Pit Mattes
– Kaperfahrt

Hein Ennak

Hamburg-Krimi

›Pit Mattes – Kaperfahrt‹ ist das zweite Buch aus der Pit-Mattes-Reihe.

Konzeption/Koordination: Hein Ennak, Hamburg
Layout und Cover: Hein Ennak, Hamburg

Bibliografische Information der Deutschen Nationalbücherei: Die Deutsche Nationalbücherei verzeichnet diese Publikation in der Deutschen Nationalbibliografie; detaillierte bibliografische Daten sind im Internet über www.dnb.de abrufbar.

V1 © 2018 Hein Ennak

Herstellung und Verlag:
BoD – Books on Demand GmbH, Norderstedt
ISBN: 978-3-7481-2935-6

1

DONNERSTAG, 08.03.2018, 4:30 UHR, ELBANLEGER STADER-SAND:

Der Nebel war so dicht, dass man kaum etwas erkennen konnte. Dazu war es auch noch dunkel. Das Thermometer zeigte minus acht Grad. Die zwei Männer auf dem Schiffsanleger schauten angestrengt auf das Wasser.

»Jan, ich hör was. Muss ein kleineres Schiff sein, ein Kümo. Das könnte die ›Maria‹ sein.«

»Bei dieser dicken Suppe und den Eisschollen auf dem Wasser braucht die länger. Bestimmt noch zwanzig Minuten. Ich glaube sowieso, dass die ›Palmira‹ früher hier vorbeikommt«, kam von dem dicken Seemann mit dem Elbsegler auf dem Kopf.

»Gib mir das Fernglas!«, forderte er Klaas auf.

»Nutzt nichts, zu nebelig. Wir müssen warten, bis sie auf unserer Höhe ist.«

»Da ist sie!«, rief Klaas eine halbe Stunde später.

»Stimmt, ich kann sie sehen! Ruf den Iren an. Es geht los.«

»Wird auch Zeit, bin total durchgefroren.«

Jan Baumann zündete sich die sechste Zigarette an, während Klaas Schieber telefonierte.

»Der Ire kümmert sich um die ›Palmira‹. Was soll mit der ›Maria‹ passieren?«, fragte Klaas, nachdem er aufgelegt hatte.

»Keine Ahnung. Wir sollen nur beobachten, hat er gesagt. Der Boss wird schon wissen, was zu tun ist.«

Nachdem die ›Maria‹ Stadersand passierte und Jan Baumann den Chef informiert hatte, gingen sie zum Parkplatz und stiegen in den schwarzen Geländewagen. Sie hatten einen neuen Auftrag bekommen. Der nächste war im Hamburger Hafen, Heimspiel.

DONNERSTAG, 08.03.2018, 6:30 UHR, HAFEN HAMBURG, STEINWERDER HAFEN, AUF DEM SCHIFF PALMIRA:

»Wie sieht's aus?«, fragte Kapitän Hansen, nachdem der Erste von der Nock auf die Brücke zurückkam.

»Brrr, kalt im Freien und scharfer Ostwind. Aber ansonsten, alles ruhig draußen. Der Smutje verließ eben das Schiff. Wieder einmal mit seinen beiden Tragetaschen.«

»Und war die Blonde auch diesmal da, um ihn abzuholen?«

»Negativ, heute musste er seine Taschen alleine tragen. Sie wird sich verspätet haben – bei dem Nebel!«

»Unser Schiff wird in drei Stunden gelöscht sein. Es sind nur 623 Container. Wir nehmen heute 810 für Rotterdam auf. Voraussichtlich laufen wir um achtzehn Uhr aus.«

»Okay! Kapitän kann ich für drei Stunden von Bord, ich würde gerne meine Mutter besuchen?«, fragte Christian Hartmann, der erste Offizier auf der Palmira.

»Einverstanden. Tragen Sie sich aus und seien Sie um sechzehn Uhr wieder an Bord. Seitdem wir ausgeflaggt wurden, verkürzten sie unsere Aufenthalte in Hamburg.«

Das Telefon auf der Brücke klingelte. Kapitän Hansen nahm den Hörer ab. Der Erste merkte sofort, dass etwas passiert war. Sein Chef wurde nervös.

»Der Maschinist hat den Koch bewusstlos in der Kombüse gefunden. Ich gehe runter. Sie übernehmen hier!«, rief der Kapitän, legte den Hörer auf und verließ die Brücke.

Nur zwölf Minuten später meldete sich der Kapitän über Sprechfunk.

»Hartmann, lösen Sie Alarm aus – Code 12! Es waren oder sind fremde Personen an Bord. Wir müssen feststellen, ob noch Unbekannte auf dem Schiff sind. Und rufen Sie einen Krankenwagen und die Wasserschutzpolizei!«

»Was ist mit dem Smutje?«

»Der hat was auf den Kopf bekommen. Er ist soweit okay, sollte aber sicherheitshalber untersucht werden!«

»Aye, aye, Kapitän, wird erledigt!«

Das Gespräch war noch nicht beendet, als die Alarmklingeln im Schiff losgingen. Aus dem Lautsprecher konnte man »Alarm! Code 12!« hören.

Als der Rettungswagen der Feuerwehr mit eingeschaltetem Blaulicht die Kaimauer vor der Palmira erreichte, stieg eine blonde Frau in ihren roten Escort und fuhr los. Den dunklen Rover, der zweihundert Meter weiter stand, hatte keiner bemerkt.

2

Pit Mattes befand sich auf seinem Lieblingsplatz, im ›Bücher&Lese-Café‹. Er saß vor dem Laptop und beantwortete seine Fanpost. Wie immer, wenn er dort verweilte, wurde er von Mio mit friesischem Tee versorgt.

Pit Mattes: Eigentlich heißt er Peter Johannes Mattes. Seine Mutter nannte ihn Hannes, während alle anderen ihn Pit nennen. Er ist ein Meter dreiundachtzig groß, grau auf dem Kopf und trägt nicht nur einen grauen Lippenbart, sondern eine moderne Hornbrille und oft einen schwarzen Stetson Hut.

Der nicht schlanke, aber sportliche fünfundfünfzigjährige Mann studierte Betriebswirtschaft und Mathematik. Bei einer Versicherung arbeitete er in der Marketingabteilung und schrieb dort die Jahresberichte. Vor zwanzig Jahren stellte er fest, dass andere Unternehmen auch Geschäftsberichte brauchen. Er machte sich als Schriftsteller selbstständig.

Heute schreibt er Krimis und Romane. Er ist Ghostwriter für Prominente aus Wirtschaft und Politik und fertigt ihre Biografien oder Memoiren an.

Tatsächlich ist Mattes ein ruhiger, maulfauler, nachdenklicher Zeitgenosse. Er ist nicht der Schnellste, dafür aber neugierig, präzise und besitzt eine rasche Auffassungsgabe.

Um fit zu bleiben, praktiziert er seit seinem Studium Judo. Ein- oder zweimal in der Woche nimmt er an einer Trainingsstunde teil. Für Wettkämpfe hat er nichts übrig, obwohl er durchaus eine Chance für einen Titel hätte. Zumindest sein Trainer behauptete das immer.

Seit über dreißig Jahren wohnt er in einer Zweihundert-Quadratmeter-Wohnung im ersten Stock eines alten dreistöckigen Hauses an der Eppendorfer Landstraße. Verheiratet ist er nicht. Seit Oktober 2017 wohnt die hübsche Mio Takahashi bei ihm. Er ist verliebt.

»Na Pit! Hast du eine Antwort vom Verlag bekommen?«, fragte Mio.

»Nein, noch nicht! Ich beantworte meine Mail-Anfragen. Es macht Spaß, das zu lesen. Ich bekomme täglich Anregungen für neue Kriminalfälle. Komm und setz dich hier mal hin und lies das.«

»Tut mir leid, Schatz. Ich habe im Moment keine Zeit. Ich möchte die Buchlieferung katalogisieren und einsortieren. Außerdem habe ich mich mit Rebekka verabredet. Können wir das heute Nachmittag machen. Was ist? Wolltest du nicht zum Judo? Und was ist mit dem Keller?«

»Ja, sowieso! Ich werde um elf losmarschieren.«

Mio Takahashi: Sie ist neunundvierzig. Ihr Vater war japanischer Konsul, ihre Mutter stammt aus einer deutschen Reederfamilie. Sie lernten sich auf der Köhlbrandbrücke kennen. Takahashi (高橋) heißt auf Deutsch ›Hohe-Brücke‹.

Die schlanke, mittelgroße Frau trägt eine Bubikopffrisur. Sie bringt ihr asiatisches Flair durch ihre schwarzen, mit grauen Strähnchen versetzten Haare und durch ihre tiefschwarzen Augen zum Ausdruck.

Germanistik und Journalismus studierte sie in Hamburg und arbeitete achtundzwanzig Jahre als Bibliothekarin in der Bücherei. Im Oktober gründete sie mit Susanne Offner und Thomas Eberhardt ein ›Bücher&Lese-Café‹ an der Eppendorfer Landstraße. Dabei übernahm sie den Bü-

cher- und Lese-Teil der kleinen Firma. Außerdem lektoriert Frau Takahashi für den Schriftsteller Pit Mattes.

Schon lange befasste sie sich aktiv mit Aikido, eine Kunst der Harmonie der Kräfte. Das ist ein japanischer defensiv ausgerichteter Kampfsport.

Mio Takahashi ist eine immer höfliche Frau, die sich nicht so schnell in die Karten gucken lässt.

Seit Oktober sind sie und Pit Mattes ein Paar. Sie bewohnen im ersten Stock des Mietshauses an der Eppendorfer Landstraße ein großes Appartement.

Pit Mattes ging um elf Uhr zum Sport. Er ging zum Sport, weil er sich vor dem Aufräumen des Kellers drücken wollte. ›Aufgeschoben ist zwar nicht aufgehoben!‹, überlegte er. ›Aber es muss ja nicht unbedingt diese Woche sein.‹

FREITAG, 09.03.2018, 13:00 UHR, EPPENDORF, BÜCHER&LESE-CAFÉ:

Pit kam um eins zurück und brachte etwas zu essen mit. Er gab Mio ein Zeichen und ging nach oben in ihre Wohnung.

Mio folgte ihm fünf Minuten später. Sie hatte sich Sushi gewünscht und Pit besorgte das aus einem Lokal, das in der Nähe war. Als sie die Wohnung betrat, deckte er den Tisch. Er hatte bereits Tee aufgesetzt.

»Wie war dein Sport? Hast du was Neues kennengelernt?«

»Nein, wir wiederholen hauptsächlich. Damit man mehr Routine bekommt.«

»Kannst du mir was Neues beibringen?«

»Bestimmt! Ich bin über dreißig Jahre dabei. Da fällt mir mit Sicherheit was ein.«

»Du bist unruhig, was ist mit dir? Ich kenne dich so gar nicht. Bist du krank?«

»Nein, Schatz, mir geht es gut! Meine Bücher verkaufen sich gut, das neue Buch ist fertig. Du hast hervorragende Arbeit geleistet. Dein Lektorat ist Spitzenklasse. Und das Entscheidende ist: Du bist da und ich bin verliebt!«

»Ach, du Schmeichler. Aber ich glaube, ich weiß, was dir fehlt. Du brauchst was zu tun. Dir fehlt eine Aufgabe, ein neuer Fall!«

»Mal was anderes! Was macht deine Freundin Rebekka?«

»Du lenkst ab! Aber Rebekka, ich glaube, ihr geht es gut. Ich mag sie, sie ist unkompliziert. Aber ob sie eine richtige Freundin ist, wird sich herausstellen. Sie ist doch manchmal recht schräg.«

»Wieso schräg?«

»Sie macht jeden Tag mindestens drei Stunden Sport und raucht zwei Schachteln Zigaretten. Das passt doch nicht zusammen.«

»Ha, ha, sie macht Sport, damit sie die Raucherei kompensieren kann«, entgegnete Pit.

»Dabei rennt sie eineinhalb Stunden im ›Hayns Park‹ herum, um anschließend noch mal so viel Zeit in ihrem Fitnessstudio im Keller zu verbringen. Warst du schon mal da unten?«

»Nein.«

»Ist vielleicht auch besser so!«

»Wieso?«

»Ihr Fitnessraum ist das ehemalige Schlafzimmer ihrer Eltern. Dort stehen etliche Maschinen zum Krafttraining. Und … und ein Bett hinter einem Vorhang.«

»Was, sie schläft im Krafttrainingsraum?«

»Na ja, also nein. Ihr Schlafzimmer ist im zweiten Stock. Dort schläft sie.«

»Und?«

»Sie ist sexuell sehr aktiv. Und das passiert eben alles im Keller.«

»Sex als Fitness soll ja gut sein. Schatz, da fällt mir was ein!«

»Lass dir Zeit bis nach dem Essen!«

»So, und Rebekka hat dir das alles so erzählt?«

»Nein, ich hatte sie ein wenig überrumpelt oder überrascht.«

»Na, das hört sich doch spannend an. Erzähle mal.«

»Ich ging rüber. Die Ladentür war auf, obwohl sie am Vormittag sehr selten geöffnet hat. Ich marschierte in ihren Laden und rief ganz laut: ›Rebekka, ich bin's!‹ Aber nichts passierte. Ich ging in ihre Küche, auch dort war sie nicht. Ich wollte wieder gehen, dann kam sie die Treppe hoch. Oben ohne und unten auch nur mehr nichts an. Ihr T-Shirt hatte sie in der Hand. Sie zog es in der Küche über. Sie hatte vergessen, die Ladentür zuzusperren. Der junge Mann, mit dem sie im Keller beschäftigt war, ist ein Student, der ihr bei Wohnungsauflösungen hilft.«

»Dann zahlt sie in Naturalien?«

»Ach Quatsch. Ich weiß, du magst sie nicht. Aber sie schwärmt von dir. Seitdem sie hier im Café bei deiner Buchvorstellung war, himmelt sie dich an. Was hast du eigentlich gegen sie? Stört dich, wie sie sich kleidet?«

»Ich habe nie gesagt, dass ich sie nicht mag. Sie riecht nur unangenehm«, sagte Pit und verzog sein Gesicht.

»Ja, das stimmt, sie raucht zu viel, und das stinkt aus allen Poren. Und dann versuchte sie, das mit diesem blöden Parfüm zu überdecken. Ich hatte ihr das neulich gesagt. Sie lässt das ›Eau de Parfum‹ jetzt weg. Aber das Rauchen kann sie nicht lassen. Als ich Dienstag bei ihr war, war sie total durchgefroren, weil sie nicht in ihrer Wohnung raucht.«

»Ich kann den Rauch riechen, wenn du bei ihr warst.«

»Ja, ich nehme es ja auch wahr. Meine Sachen müffeln auch nach Rauch. Aber heute war ich nicht lange bei ihr, ein Kunde kam in den Laden und wollte die alte Uhr im Fenster kaufen. Da habe ich mich verdrückt. Wir haben uns für heute Nachmittag verabredet. Aber ansonsten ist sie doch eine tolle Frau und hat eine klasse Figur. Ich glaube, sie hat noch nie einen BH getragen, und das, obwohl sie oben herum gut ausgestattet ist.«

»Wenn du das sagst!«

»Nun tu doch nicht so. Als wenn du noch nie dort hingeschaut hättest.«

»Da kannst du mal sehen. Ich habe nur Augen für dich«, konterte Pit und musste dabei lachen.

Sie stand auf und zog ihn ins Schlafzimmer.

Mio vergaß zu erzählen, dass Rebekka sie für Sonntag zum Kaffee eingeladen hatte.

Rebekka Sauer war Antiquitätenhändlerin in Eppendorf und besaß ihren Laden nur zwei Häuserblocks von Mios und Pits Wohnung. Sie war zweiunddreißig Jahre alt und so ungefähr ein Meter siebzig groß. Sie trug eine lange dunkelbraune Naturkrause und hatte schwarze Augen. Ihre Figur ist sportlich. Sie trug immer, das heißt Sommer wie Winter, eine Jeans und ein dunkles kurzärmliges T-Shirt. Rund um ihren rechten Oberarm sah man ein Schlangen-Tattoo.

*Den Antiquitätenladen hatte sie von ihren Eltern über-
nommen. Notgedrungen, denn ihr Vater wurde vor fünfzehn Jahren wegen Drogenhandel mit Marihuana verhaftet und starb kurz darauf in der Haftanstalt.*

FREITAG, 09.03.2018, 13:30 UHR, HAFEN HAMBURG, IM PKW:

»Es geht los. Schön hinterm LKW bleiben. Aber unauffällig.«

»Jupp. Fahr nicht zum ersten Mal Auto!«

»Die Fahrtroute wird aus dem Hafen, Hammerbrook,
Richtung Hamm und dann Kurs Bergedorf gehen.«

Der graue Passat verfolgte, mit einem Abstand von
zwei oder drei Kraftfahrzeugen, den rostroten Container-
laster. Die Fahrt ging über den Roßdamm, Veddeler
Damm, dann ›Am Saalehafen‹, ›Am Moldauhafen‹, über
die Freihafenbrücke, dann Überseeallee in die HafenCity.
Sie erreichten fünf Minuten später die Amsinckstraße.

»Hier ist der Verkehr dichter.«

»Freitagmittag, das ist doch normal. Schön dranbleiben.
Hier ist die Straße glücklicherweise dreispurig, kann man
notfalls überholen.«

»Wo sind deine Kollegen? Ich kann sie nicht mehr sehen?«

Rolf drehte sich um. »Die sind bestimmt hinter dem
Bus, der uns folgt.«

»Der Bus der Hochbahn hat es aber eilig«, grunzte Torben, der den Passat fuhr. »Der will uns sogar überholen!«

»Na ja, lass ihn, wir haben Zeit. Und unseren LKW
verlieren wir schon nicht. Ich frage mal nach, wo die anderen bleiben?«

Rolf holte sein Sprechfunkgerät aus der Jackentasche
und erkundigte sich. »Die sind ein Stückchen hinter uns.
Die Ampelschaltung hielt sie auf.«

»Mist, was macht der denn da?«

Der HVV-Bus blinkte nach rechts und drängte den Passat ab. Torben musste abbremsen. Der Bus war jetzt vor ihnen. Der Busfahrer ließ die Warnblinkanlage zweimal aufleuchten.

»Er bedankt sich, dass du ihn reingelassen hast. Achtung, Torben! Die Ampel wird rot. Der LKW bremst ab. Bleib ruhig hinter dem Bus!«

Torben fuhr näher an den Bus heran, er wollte verhindern, dass sich ein weiteres Fahrzeug zwischen ihn und den Bus quetschte.

Es vergingen zwei Minuten.

»Könnte langsam wieder grün werden und losgehen!«, schnalzte Torben ungeduldig.

»Ich schau mal um die Ecke!«, kam von Rolf. Er schnallte sich ab, öffnete die Beifahrertür und guckte um die Ecke. »Die haben uns reingelegt. Im Bus ist keiner mehr, die Ampel ist grün und der LKW fährt gerade über die Kreuzung.«

»Scheiße! Komm rein, wir müssen hinterher!«

»Moment, da liegt einer auf dem Bürgersteig.«

Rolf lief zum Mann, der auf der Straße lag. Es war der LKW-Fahrer. Rolf erkannte sofort die blutige Kopfwunde. Der Mann war bewusstlos. An Weiterfahren war nicht mehr zu denken.

FREITAG, 09.03.2018, 14:30 UHR, EPPENDORF, ANTIQUITÄTEN-LADEN:

Mio war auf dem Weg zu Rebekka. Vorher schickte sie Zolloberamtsrat Gleis, der Pit besuchen wollte, in den ersten Stock.

Die Ladentür zum Antiquitätenladen war verschlossen. Mio klopfte an die Scheibe. Rebekka kam aus den hinteren Räumen und ließ Mio eintreten.

»Schön, dass es geklappt hat und du gekommen bist.«

»Ja, einen Augenblick habe ich Zeit. Pit hat Besuch bekommen und im Café werde ich im Moment nicht gebraucht. Der Ansturm geht erst um vier wieder los.«

»Komm in die Küche. Möchtest du einen Kaffee?«

»Gerne.«

Rebekka ging vor und setzte Kaffee auf.

»Das Buch von deinem Freund habe ich durch. Klasse! Hier ist es, du kannst es wieder mitnehmen.«

»Okay! Und wie hat es dir gefallen?«

»Einfach klasse! Pit Mattes, ist der wirklich so wie im Buch?«

»Ja.«

»Und der lässt sich nicht aus der Ruhe oder aus der Fassung bringen?«

»Nö! Eigentlich nicht. Jedenfalls nicht so schnell. Doch ja im November, da hatte ich erlebt, dass er in Stress geriet.«

»Oh, die Geschichte musst du mir unbedingt von Anfang an erzählen«, forderte Rebekka sie auf.

»Na ja. Als mein früherer Verlobter mich nach Hause brachte und mit auf die Bude wollte, bedrängte er mich. Ich hatte einfach eine Blockade und konnte mich nicht wehren. Den Krach im Hauseingang bekam Pit mit, und er flog mehr oder weniger die Treppe hinunter. Er krallte sich den Knaben. Der aber war früher mal Karatemeister und verplättete Pit einen Schlag mit dem Fuß in sein Gesicht.«

»Und was passierte dann?«

»Mein Ex türmte und Pit war in seiner Ehre gekränkt. So was war ihm noch nie passiert. Er war zerknirscht.«

»Und du hast ihn wieder aufgebaut?«

»Ich habe sein blaues Auge gepflegt.«

»Und er?«

»Er ist zu seinem Judo-Klub gegangen.«

»Und jetzt lernt er Karate?«

»Nein! Der Klub hat zwar einen Karate-Trainer engagiert, aber nicht, um Karate zu lernen, sondern um sich gegen solche Angriffe zu wehren.«

»Und das klappt?«

»Muss wohl, denn Pit ist im Dezember fast jeden Tag hingerannt und jetzt ist er im normalen Turn. Und … und nun bringt er mir die ganzen Übungen bei.«

»Hilft das?«

»Ja, er macht das gut. Ich hatte schon immer Probleme, mich zu wehren, und bin in angespannten Situationen total verkrampft. Aber jetzt habe ich die Berührungsängste überwunden.«

»Wow! Jetzt interessiert mich aber noch die Geschichte mit deinem Verlobten.«

»Oh! Das ist ein blödes Kapitel, über das ich nicht gerne rede.«

»Das heißt, dein Pit kennt die Geschichte auch nicht.«

»Nein, er hat mich bisher nicht danach gefragt«, kam von Mio zurückhaltend. Sie war sich darüber bewusst, dass das ein heikles Thema war, was sie mit Pit zu besprechen hat.

»Und du? Was hast du für Geheimnisse? Jetzt bist du dran!«, versuchte Mio, das Thema in eine andere Richtung zu lenken.

»Ach ne, erzähl du zuerst. Ich verspreche dir, nichts zu verraten«, flüsterte Rebekka.

»Nein du! Du bist dran!«

»Geheimnisse habe ich nicht. Ich bin jetzt zweiunddreißig, habe diesen Laden vor etlichen Jahren übernommen. Notgedrungen! Meine Mutter ist schon früh gestorben. Sie sah übrigens genauso aus wie ich heute. Hier schau mal auf diesem Bild. Das ist Papa, das ist Mama und das bin ich«, erklärte sie und zeigte auf ein Foto, das in einem schwarzen Rahmen an der Wand hing.

»Und du hast den Laden von deinem Vater übernommen?«

»Ja, Papi musste ins Gefängnis. Ich besuchte ihn oft. Er starb dort nach einem Jahr. Und ich war alleine.
Seit zwei Jahren mache ich die Wohnungsauflösungen. Das war ursprünglich nur ein Gefallen für einen Studienkommilitonen. Heute ist das die hauptsächliche Einnahmequelle. Und das, obwohl ich achtzig Prozent der Sachen, die ich aus den Wohnungen hole, wegschmeiße oder zu Stilbruch bringe.
Ich fahr nur noch selten übers Land, zum Beispiel nach Friesland oder Holland, um alte Möbel zu kaufen.«

»Und die Wohnungsauflösungen machst du immer mit Studenten?«

»Nicht immer. Ich habe seit Juli einen Mann aus Syrien fest eingestellt. Der kümmert sich hauptsächlich um den Transport. Er ist allerdings gerade im Urlaub. Deshalb habe ich zurzeit einige Studenten. Hat auch Vorteile«, erläuterte sie und griff sich dabei an den Busen.

»Ich glaube, ich verstehe«, schmunzelte Mio.

An der Ladentür klopfte es.

»Ach, wenn man vom Teufel spricht!«, rief Rebekka aus und musste grinsen.

»Dann will ich nicht weiter stören. Rebekka, ich wünsche dir ein schönes Wochenende.«

Rebekka und Mio standen auf und gingen zur Ladentür. Mio umarmte bei der Verabschiedung die Antikhändlerin. Aus dem Augenwinkel sah sie, wie der Student die Antiquarin in den Arm nahm.

FREITAG, 09.03.2018, 14:30 UHR, EPPENDORF, MIOS UND MATTES' WOHNUNG:

Es klingelte an der Wohnungstür. Da Mio ins ›Bücher&Lese-Café‹ gegangen war, öffnete Pit die Wohnungstür.

»Hallo, Herr Mattes. Haben Sie fünfzehn Minuten Zeit für mich?«

»Gerne, Herr Gleis, kommen Sie herein. Möchten Sie eine Tasse Tee trinken, ich habe welchen frisch aufgesetzt?«

»Danke nein. Ich war gerade unten im Café. Frau Takahashi erzählte mir, dass ich Sie hier oben antreffen werde.«

»Verstehe! Kommen Sie erst einmal herein. Geradeaus und dann links. Wir setzen uns ins Wohnzimmer.«

Dieter Gleis: Ein Beamter, wie er im Buche steht. Der sechzigjährige Zolloberamtsrat war der direkte Vorgesetzte von Petra Burgstaller, eine frühere Freundin von Pit.

Der mittelgroße Brillenträger hat dunkelblaue Augen und keine Haare auf dem Kopf. Pit Mattes lernte ihn bei einer Pressekonferenz der Polizei kennen.

»Herr Gleis, was kann ich für Sie tun?«

»Wir trafen uns im Oktober. Sie waren nicht abgeneigt, dem Zoll mit Ihren analytischen Fähigkeiten beratend zur Seite zu stehen. – Herr Mattes, ich bin davon überzeugt, es ist jetzt so weit, dass ich Ihre Hilfe in Anspruch nehmen muss.«

»Verstehe! Wo liegt das Problem?«

»Die Polizei und besonders der Zoll hatten in den vergangenen eineinhalb Jahren große Erfolge bei der Bekämpfung des Drogenhandels. Ich spreche jetzt hauptsächlich von Kokain. Nur eins passt nicht mit unseren Erfolgen zusammen: Der Kokainpreis, also der Straßenpreis, hat sich in den letzten zwölf Monaten nicht verändert.«

»Verstehe! Sie gehen davon aus, dass sich der Preis nach dem Angebot orientiert.«

»Richtig! Meine Vorgesetzten schauen auf die Entwicklung des Straßenpreises. Sowohl in Berlin und auch in

München ist der Verkaufspreis auf einhundertdreißig Prozent gestiegen. Nur in Hamburg haben wir einen kontinuierlichen Marktpreis zu verzeichnen. Fast eine Tonne Kokain wurde im vergangenen Jahr sichergestellt. Das Drogendezernat der Polizei geht davon aus, dass das nur zehn Prozent von dem war, was hier ankam.«

»Wie kann ich Ihnen helfen?«

»Finden Sie Antworten: Wo kommt das Kokain her? Wo und wie wird es weiterverarbeitet? Und wer bringt es auf den Markt? Dabei kommt es uns nicht darauf an, die Täter dingfest zu machen. Nein, Ihr Hauptaugenmerk sollte unsere Fragen beantworten: Wie kommt das Kokain nach Hamburg? Wenn Sie den einen oder anderen Kriminellen dabei erwischen, haben wir natürlich nichts dagegen.«

»Wie stellen Sie sich unsere Zusammenarbeit vor?«

»Sie bekommen jede Unterstützung, die Sie brauchen! Frau Burgstaller möchte mit Ihnen zusammenarbeiten. Einen Ausweis der Zollfahndung habe ich Ihnen schon anfertigen lassen«, sagte er und holte eine Identifikationskarte aus seiner Aktentasche.

Petra Burgstaller: Die hübsche, mittelgroße Frau mit grünen Augen war achtundvierzig Jahre alt. Die schlanke und sportliche Frau mit kurzen, brünetten Haaren war Beamtin beim Zoll im gehobenen Dienst. Seit vier Jahren leitet sie eine Abteilung in der Zollfahndung im Hamburger Hafen.

Petra und Pit lösten zusammen einige Kriminalfälle. Sie waren ein perfektes Team, sowohl privat als auch beruflich. Das lief so lange, bis Mattes ihr einen Heiratsantrag machte. Sie trennten sich. Pit Mattes hatte damit eine ganze Weile zu kämpfen. Sie bereute später ihren Fehler.

Das war vor acht Jahren. Im Oktober 2017, während des Falschgeldfalls, trafen sie sich das erste Mal wieder.

»Herr Mattes, ich möchte Sie nicht mit meinem Wunsch überfallen. Sie können sich mein Angebot gerne ein paar Tage überlegen.«

»Nein, einverstanden, Herr Gleis. Ich übernehme Ihren Auftrag und die Untersuchung.«

»Perfekt! Ich werde ein kleines Meeting in der kommenden Woche mit unseren Abteilungsleitern der Zollfahndung organisieren. Dabei werden Sie alle wichtigen Personen kennenlernen, die mit Ihnen zusammenarbeiten werden. Passt es am Dienstag?«

»Ja!«

»Um elf Uhr in unserem Zollfahndungsamt, Sieker Landstraße 13, Hamburg-Rahlstedt?«

»Passt, Herr Gleis. Ich werde da sein.«

FREITAG, 09.03.2018, 16:00 UHR, EPPENDORF, MIOS UND MATTES' WOHNUNG:

Dieter Gleis hatte gerade die Wohnung verlassen, als Mio die Treppe hochkam. Der Zollbeamte verabschiedete sich von Mio, bevor er zufrieden das Haus verließ.

»Na, Pit, was wollte der Zoll von dir?«

»Arbeit, ich habe einen Job beim Zoll angenommen!«

»Wow! Sollst du nach unverzollten oder geschmuggelten Zigaretten suchen?«

Pit berichtete von seinem Gespräch mit dem Zollbeamten.

Im Radio berichteten sie, welcher SPD-Politiker welches Ministerium in der neuen Bundesregierung übernehmen wird.

Um achtzehn Uhr gingen Mio und Pit ins ›Bücher&Lese-Café‹, um mit Susanne und Thomas Abendbrot zu essen.

3

»Guten Morgen, Pit!«

»Moin, Mio! Du bist schon wach?«

»Ja, ich habe schlecht geschlafen.«

»Wie kommt das denn, du schläfst doch sonst wie ein Murmeltier?«

»Ich habe geträumt, dass du angeschossen wirst und vor mir auf der Straße liegst. Und ich konnte dir nicht helfen. Dann bin ich aufgewacht und vermochte nicht mehr einzuschlafen.«

Pit nahm Mio in den Arm: »Komm, Mio, das war nur ein Albtraum. Lass uns aufstehen, ein wenig Sport machen und dann gemütlich frühstücken.«

Mio gab Pit einen Kuss und hüpfte aus dem Bett. Pit setzte Kaffee und Tee auf und deckte den Küchentisch. Als Mio aus dem Badezimmer kann, fiel sie Pit um den Hals: »Ich sah dich und freute mich, dass ich gleich einen Kuss bekommen werde. Dann knallte es. Es fiel ein Schuss und du kipptest nach vorne um. Ich schrie ganz laut. Aber du reagiertest nicht! Dann bin ich aufgewacht. Pit, ich habe das zwar nur geträumt. Aber ich habe Angst um dich!«

Er hielt sie im Arm und wischte ihre Tränen ab.

Nach den üblichen Lockerungsübungen und der Aufwärmphase arbeiteten sie ihr tägliches Selbstverteidigungsprogramm ab. Dieses Mal gewann Mio immer wieder die Oberhand. Sie erkannte, dass Pit sie gewinnen ließ. Deshalb fixierte sie ihn mit ihren Armen und ihrem Körper auf der Übungsmatte. Sie beugte sich über ihn und gab ihm einen langen Kuss. Pit erwiderte den Kuss, nachdem sie ihn freigab. Der Schriftsteller umfasste Mio und streichelte ihren Rücken, den Po und dann ihre Oberschenke. Sie stöhnte. »Mach ruhig weiter, das gefällt mir!«

»Dann schaffen wir es aber nicht bis neun Uhr in die Bücherei.«

»Richtig, aber heute Nachmittag haben wir beide Zeit. Heb deine ganze Tatkraft bis dahin auf!«, flüsterte sie ihm ins Ohr, stand auf und zog Pit hoch.

»Aber gewonnen habe ich nicht. Du hast gemogelt.«

»Okay, dann eben unentschieden!«

Beim Frühstück vermieden sie beide, Mios Traum anzusprechen.

Der NDR 90,3 berichtete: »Nachdem Scholz am Freitag offiziell als neuer Bundesfinanzminister und Vizekanzler ausgerufen wurde, gab der Hamburger SPD-Vorstand am Freitagabend bekannt, dass der bisherige SPD-Finanzsenator Peter Tschentscher der Nachfolger werden soll. Am 24. März wird bei einem Landesparteitag der Hamburger SPD über die Scholz-Nachfolge abgestimmt. Am gleichen Tag kommen auch die Hamburger Grünen zusammen. Und am 28. März wird dann die Bürgerschaft darüber entscheiden, wer künftig federführend die Geschicke im Rathaus lenken wird.«

SONNABEND, 10.03.2018, 9:00 UHR, EPPENDORF, BÜCHER&LESE-CAFÉ:

Mio und Pit gingen ins ›Bücher&Lese-Café‹. Thomas und Susanne begrüßten die beiden nur ganz kurz, da sie sehr beschäftigt waren. Das Café war gut besucht. Mio öffnete ihren Bücherverleih.

Susanne Offner: Das flippige blonde Mädchen war drei-
undzwanzig Jahre alt. Sie hatte eine Ausbildung zur Bä-
ckerin und Konditorin erfolgreich abgeschlossen. Schon
2012 zog sie in die zwanzig Quadratmeter große Studen-
tenbude im oberen Stockwerk ein. Zusammen mit Mio Ta-
kahashi und Thomas Eberhardt gründete sie im Oktober
das ›Bücher&Lese-Café‹ im Erdgeschoss.

Thomas Eberhardt: Der junge und dynamische Jungbä-
cker verliebte sich in den bunt gekleideten Wirbelwind Su-
sanne. Schon am dritten Tag zog er in ihre kleine Mansar-
denwohnung ein. Im November tauschten sie die Wohnung
mit Renate Maier, einer Cousine von Pit Mattes. Beide be-
trieben die Bäckerei im ›Bücher&Lese-Café‹.

Pit, ging zu seinem Lieblingsplatz, holte den Laptop aus
seiner Umhängetasche und recherchierte zum Thema Kokain. Mio brachte ihm einen Becher Friesentee, nachdem
sie ihre Kunden an ihrer Buchausgabe bedient hatte. Für
einen Moment konnte sie sich an Pit kuscheln, dann kam
ihr nächster Kunde durch die Eingangstür.

Gegen zehn Uhr dreißig erschien Petra im Café. Sie begrüßte Mio und ging gleich zu Pit hinüber. Pit umarmte
Petra. Sie setzte sich zu ihm.

»Pit, wir haben uns lange nicht gesehen«, stellte Petra
fest.

»Na ja – seit Weihnachten. Du warst am 21. Dezember
hier zu unserer Weihnachtsveranstaltung.«

»Stimmt, du hattest ein blaues Auge. Kommt mir wie
eine Ewigkeit vor. Hast du mal was von Gabi gehört?«

»Zu Weihnachten haben Mio und ich eine Postkarte aus
der Schweiz bekommen. Sie verbrachte mit Niels dort die
Weihnachtstage und den Jahreswechsel.«

»Wow – dann hat es zwischen den beiden gefunkt.«

»Ja, ich habe den Eindruck, das könnte was werden!«

»Vorige Woche war sie hier im Café. Sie schwärmte von Niels. Beruflich hat sich auch was bei ihr geändert. Sie ist befördert worden und hat ein Sonderkommissariat übernommen.«

»Was? – Davon habe ich nichts mitbekommen! Erzähl mal, was macht sie jetzt?«

»In Hamburg wurde eine Soko ›Blüten‹ ins Leben gerufen. Das Ziel ist, in Zusammenarbeit mit der französischen und belgischen Polizei das Falschgeldkartell zu bekämpfen«, berichtete Pit. Mio kam an den Tisch und setzte sich zu Pit auf die Bank.

»Zurzeit ist sie in Frankreich und macht dort einen Intensivkurs für Französisch«, kam von Mio.

Pit stand auf und ging zur Theke, um Kaffee und Tee zu holen.

»Schön, dass es euch so gut geht!«, sagte Petra.

»Das hört sich so an, als wenn es dir nicht gut geht?«, erkundigte sich Mio indirekt.

»Eigentlich geht es mir gut.«

»Wenn du ›eigentlich‹ sagst, ist das eine Einschränkung. Was ist los mit dir?«

»Na ja – mit meinem Liebesleben ist eben nichts los. Und das ist verdammt einsam! Beruflich habe ich für ein paar Wochen einen neuen Chef. Der kommt von außerhalb, er hat einen Beratervertrag bekommen.«

»Ha! Ich glaube, den kenne ich«, rief Mio.

»Ja – ich auch!«

»Petra, und wo ist das Problem dabei?«, wollte Mio weiter wissen.

»Na – Mio, ich glaube, ich bin immer noch in Pit verliebt!«

»Oh! Dann muss ich auf ihn aufpassen?«

»Nein – ich mag dich, Mio, ich werde euch nicht in die Quere kommen. Ich möchte nur mit offenen Karten spielen«, flüsterte Petra.

»Danke!«, kam von Mio und sie gab ihr einen Kuss auf die Wange.

Der Hobbykriminalist kam in dem Moment mit den beiden Kannen und Bechern zurück.

»Hab ich was verpasst?«, fragte er.

»Nein, Schatz! Nur Frauengespräche!«, grinste Mio ihn an.

»Pit, ich bin gekommen, um mit dir das Gespräch mit dem Führungskreis vorzubereiten.«

»Ah! Sollst du mich auf die Führungsgruppe vorbereiten?«

»Nein, die wissen gar nicht, dass ich hier bin. Nein, ich wollte euch nur mal wiedersehen!«

»Das ist lieb von dir!«

»Pit, der Zoll steht unter einem gewissen Erfolgszwang. Wenn eine Abteilung dreißig Leute auf den Kokainhandel ansetzt, die dann Frachter für Frachter und Container für Container überprüfen, dann wollen die Chefs am Ende des Monats auch einen Erfolg sehen: Wie viele Festnahmen, wie viel Kokain wurde gefunden und so weiter.«

»Verstehe!«

»Dazu kommt, dass unser Informant in Kolumbien, der uns gegen gutes Geld mit Informationen versorgt hatte, sich nicht mehr meldet. Entweder ist er aufgeflogen oder er will mehr Geld. Jedenfalls sind unsere Informationen aus Südamerika versiegt«, erklärte Petra.

»Wenn ihr doch alle Container überprüft, warum findet ihr dann nicht das Zeug?«, fragte Mio.

»Es kommen sieben Komma zwei Millionen Container im Jahr in Hamburg an. Dann müssten wir zwanzigtausend Boxen täglich kontrollieren. Das schaffen wir nicht. Und das würde auch viel zu lange dauern. Wir durchsuchen nicht einmal ein Prozent. Selbst wenn wir uns nur auf die Container aus Südamerika konzentrieren würden, halten wir das nicht lange durch. Und dann kommt noch das Stückgut. Das hört sich immer so toll an, wenn im Radio oder Fernsehen berichtet wird, dass der Zoll bei der Durchleuchtung eines Containers Kokain gefunden hat. Die Wirklichkeit ist nicht so rosarot. Das sind alles Zufallsfunde oder Entdeckungen, die aus Hinweisen resultieren.«

»Wie viel Kokain kommt in Rotterdam an?«, wollte Mattes wissen.

»Das Verhältnis Rotterdam zu Hamburg schätze ich drei zu zwei ein. Genau können wir das nicht sagen. Wir sind zwar ständig mit dem niederländischen Zoll in Verbindung, aber über Mengen haben wir noch nicht diskutiert. Unsere holländischen Kollegen gehen aber davon aus, dass sechzig Prozent der Kokainmenge, die in Rotterdam ankommen, nach Mittel- und Süddeutschland weitergeschleust werden.«

»Verstehe!«

»Das wird mit dem Kokain, das hier ankommt, auch so sein. Wir gehen davon aus, dass nur zwanzig oder fünfundzwanzig Prozent der Ware, die hier ankommt, auf dem Hamburger Markt landet.«

»Wissen sie, wo das Material gestreckt und verkaufsfertig gemacht wird?«

»Wenn wir das wissen würden, wären wir ein großes Stück weiter!«

»Was stellen sich die Herren aus eurer Führungsetage denn vor, was wir anstellen sollen?«

»Wenn sie das wüssten, würden sie das selber machen!«, erklärte Petra.

»Ich glaube, wir müssen einen neuen Denkansatz finden und eine andere Herangehensweise entwickeln«, kam von Mattes, während er Kaffee für Mio und Petra nachgoss.

»Ja, genau! Und gerade dafür bist du der Richtige. Ich hoffe nur, wir erzielen brauchbare Ergebnisse.«

Mio, Petra und Pit diskutierten noch bis dreizehn Uhr. Zwischendurch musste Mio immer mal wieder für einen Kunden aufstehen, der sich ein Buch ausleihen wollte, oder eine Beratung in Anspruch nahm.

SONNABEND, 10.03.2018, 17:00 UHR, EPPENDORF, BÜCHER&LESE-CAFÉ:

Pit Mattes packte gerade seine Sachen ein, als Rebekka Sauer durch die Tür kam. Sie winkte zu Mio hinüber und ging direkt auf Pit zu.

»Hallo, Herr Mattes. Ich brauche Ihre Hilfe«, sagte sie und holte eine vierzig Zentimeter große Bronzefigur aus ihrer Einkaufstasche. Die Figur zeigte einen alten Seemann, der in seinem Ölzeug an der Kaimauer stand und auf das Meer schaute.

Mio kam zu den beiden und guckte verdutzt Rebekka an. »Schön sieht der aus!«, sagte sie beiläufig und nahm Rebekka zur Begrüßung in den Arm.

»Hallo, Mio«, flüsterte sie. »Herr Mattes, diese Figur ist schon zwanzig Jahre im Laden. Da ist Stoff drin!« Rebekka war aufgeregt und fummelte an der Figur herum.

»Immer mit der Ruhe, Frau Sauer, bitte setzen Sie sich erst einmal hin und berichten Sie ganz von vorne.«

Mio holte einen Becher Kaffee und stellte ihn vor Rebekka. Sie guckte kurz nach Mio.

»Ja, da ist reichlich Zucker drin«, bestätigte Mio.

Rebekka rührte den Kaffee schwungvoll um. »Sie stand immer auf Papas Schreibtisch. Mein Vater liebte sie und wollte sie nie verkaufen. Ich habe sie heute mit in die Küche genommen, um sie abzustauben. Dabei habe ich sie genauer betrachtet. Diesen Marmorsockel schraubte ich ab, um zu sehen, ob ich unter der Figur einen Gießerei-stempel finden kann.«

Pause – sie trank einen Schluck.

»Und dann?«, fragte Mio ungeduldig.

»Und dann fanden Sie – was?«

»Herr Mattes, schrauben Sie bitte den Sockel ab und schauen Sie selbst. Mio, ich habe mich erschrocken.«

Pit nahm die Bronze in die Hand und drehte sie um. Mio reichte ihm den Zehnerschlüssel, den Rebekka mitge-bracht hatte.

Die Statuette war ein Hohlguss. Im Inneren waren klei-ne Tütchen mit Marihuana.

»Ach! Das ist ja interessant«, kam von Pit Mattes.

»Die kommen nicht von mir. Die müssen noch von Pa-pa stammen.«

»Ein gutes Versteck«, ergänzte Mio.

»Ja, vor über zehn Jahren vielleicht. Heute würden Drogenhunde das mit Leichtigkeit finden.

Frau Sauer, wir müssen die Polizei verständigen.«

»Ja – ja, jetzt geht es wieder los. Fremde Leute durch-stöbern das Haus, die Schränke, die Wäsche und was auch immer.«

»Rebekka, das muss aber sein!«, sagte Mio. »Da führt kein Weg vorbei. Ich werde dir helfen«, bemerkte Mio und berührte sachte ihre Hand.

»Ich rufe für Sie an«, flüsterte Mattes. Frau Sauer nick-te.

Pit Mattes rief im Polizeipräsidium am Bruno-Georges-Platz an und ließ sich mit dem LKA 62 verbinden, dem Rauschgiftdezernat. Er schilderte den Fund und den Ver-dacht, dass das Rauschgift mindestens fünfzehn Jahre dort versteckt war.

»Frau Sauer«, begann Pit Mattes, nachdem er aufgelegt hatte. »Das Rauschgiftdezernat wird gleich bei Ihnen vor-beikommen. Sie werden den Seemann mitnehmen und

Ihre Aussage aufnehmen. Vielleicht schauen sie sich in Ihrem Laden um. Das wird der Kriminalpolizist, der zu Ihnen kommt, entscheiden.«

»Rebekka, keine Angst, ich komme mit!«, sagte Mio, die inzwischen den Seemann wieder zusammengeschraubt hatte.

Mio und Frau Sauer verabschiedeten sich bei Pit. Darauf gingen sie in den Antiquitätenladen.

SONNABEND, 10.03.2018, 20:15 UHR, EPPENDORF, MIOS UND MATTES' WOHNUNG:

»Ich machte mir schon Sorgen!«, sagte Pit, nachdem Mio durch die Wohnungstür kam.

»Hallo, Pit!«, begann Mio, sie hatte Tränen in den Augen. »Sie haben Rebekka verhaftet.«

»Warum das denn?«

»Sie haben weiteres Rauschgift im Laden gefunden. Jetzt verdächtigen sie Rebekka, dass sie ein Drogenhändler ist.«

»Ich hätte mitkommen müssen!«

»Ich glaube nicht, dass du mehr erreicht hättest.«

»Wie hat sie es aufgenommen?«

»Ich war überrascht. Sie war ganz ruhig. Den Schlüssel zum Laden hat sie mir gegeben.«

»Verstehe!«

»Damit fällt wohl Kaffee und Kuchen bei ihr morgen aus.«

Pit sah überrascht Mio an.

»Ja, wir waren für morgen um vier Uhr bei ihr eingeladen. Entschuldige, dass ich dir das gestern nicht gesagt hatte«, heischte Mio ihn an und erschrak über ihre Artikulation.

Pit schaute sie direkt an und stand auf. Sie rannte auf ihn zu und fiel in seine Arme. Pit hielt sie fest. Sie standen eine Weile zusammengeschlungen, dann trocknete er ihre Tränen ab.

Im Radio in der Küche spielten sie: ›Stand by Me‹ von ›Ben E. King‹.

4

Pit wollte den Tag vor dem Treffen mit dem Führungskreis vom Zoll nutzen, in Sachen Kokain zu recherchieren. Nach ihren Sportübungen und dem ausgiebigen Frühstück gingen die beiden nicht in das ›Bücher&Lese-Café‹. Mio nahm Pit mit in den Antiquitätenladen. Zwei Studenten standen bereits vor der Tür und warteten. Mio gab ihnen den Schlüssel zum LKW und die Anschrift, bei der sie die Wohnung ausräumen sollten. Die Adresse fand sie im Auftragsbuch.

»Pit, könntest du nicht hierbleiben und den Laden übernehmen? Ob du hier arbeitest oder im Café. Ich versorge dich mit frisch aufgebrühtem Friesentee.«

Mio und Pit waren bereits am Sonntag drei Stunden im Laden und in Rebekkas Wohnung gewesen. Sie beseitigten die Unordnung, die nach der Durchsuchung der Polizei und der Spurensicherung entstand.

MONTAG, 12.03.2018, 11:00 UHR, EPPENDORF, ANTIQUITÄTENLADEN:

Natürlich ließ er sich überreden. Er setzte sich an den alten Schreibtisch. Von hier konnte er den gesamten Laden überblicken. Er holte sein Mobiltelefon, sein Notizbuch und den Laptop aus seiner Umhängetasche. Einen Doppelstecker mit Verlängerungsschnur fand er in der Küche. Er ging zur Tür. Dort drehte er das Schild von ›closed‹ auf ›open‹.

Mio gab ihm einen Kuss und lief zurück ins ›Bücher&Lese-Café‹.

Zuerst rief Mattes bei einem Bekannten, der Pressesprecher beim Zoll war, an. Nach der Begrüßung und dem üblichen Small Talk berichtete er: »Ja Pit, unser letzter großer Fang war am 29. November hier im Hamburger Hafen, bei einer Schiffskontrolle. Die Hamburger Zöllner stellten an Bord eines aus Südamerika kommenden Frachters fünfzig Kilogramm hochreines Kokain sicher.«

»Wo wurde das Zeug auf dem Schiff aufbewahrt?«

»Meine Kollegen fanden es hinter einer Seitenverkleidung im Frachtraum. Insgesamt wurden fünfzig steinhart gepresste Pakete mit Kokain sichergestellt.«

»Verstehe. Kann man anhand der Form und der Paketgröße erkennen, dass es sich um Kokain handelt?«

»Na ja – bei einem Schiff aus Südamerika besteht dann schon der Anfangsverdacht, dass es sich um Kokain handelt. In diesem Fall wurde vor Ort ein Drogenschnelltest durchgeführt. Der beseitigte alle Zweifel.«

»Kann man den Wert dieses Fundes beziffern?«, wollte Pit Mattes wissen.

»In der Regel wird das hochreine Kokain drei- bis fünfmal gestreckt. Bei diesem Kokainschmuggel rechnen wir mit einem Straßenverkaufswert von mindestens zwölf Millionen Euro.«

»Das ist viel Geld! Wie ging es weiter? Was waren die nächsten Schritte?«

»Das Kokain wurde beschlagnahmt. Die anschließenden Ermittlungen hat das Zollfahndungsamt Hamburg übernommen. Sie versuchten, die Hintermänner zu ermitteln. Das ist uns allerdings nicht gelungen.«

Der Hobbykriminalist hatte gerade aufgelegt, als die Ladentür klingelte. Zuerst dachte er an Mio, die ihm den Tee bringen wollte. Aber es kamen Kunden. Ein junges Paar suchte nach Porzellan. Sie waren gerade erst nach Hamburg gezogen und mussten sich noch einrichten. Sie fanden ein zwölfteiliges Tafelservice von Villeroy & Boch. Pit verkaufte ihnen auch noch Besteck und ein Set Gläser. Nur gut, dass alle Sachen sorgfältig ausgezeichnet waren. Pit Mattes hätte nicht den Wert der Gegenstände einschätzen können. Das Pärchen bezahlte in bar. Mattes packte das eingenommene Geld in eine alte Geldkassette, die er oben im Regal fand. Er schloss sie ab und befestigte den Schlüssel an dem Schlüsselbund zum Laden.

MONTAG, 12.03.2018, 11:30 UHR, EPPENDORF, ANTIQUITÄTEN-LADEN:

Um halb zwölf rief er bei seinem Freund Ortwin an. Pit erkundigte sich nach Kokain.

Doktor Ortwin Schietzler: Der große Mediziner ist Teamleiter im Institut für Rechtsmedizin im Universitätsklinikum Hamburg-Eppendorf. Nach seinem Medizinstudium arbeitete er als Internist im UKE. Vertretungsweise wurde er zu einer medizinischen Tagung nach Köln geschickt. Dort hörte er einen interessanten Vortrag über Rechtsmedizin. Das Referat fesselte ihn so stark, dass er sich in Hamburg auf einen Posten in der Rechtsmedizin bewarb. Seit 2001 arbeitet er in diesem Hamburger Institut. Seine Ausbildung zum Rechtsmediziner dauerte dann noch mal drei Jahre.

Pit Mattes lernte den jetzt Fünfundfünfzigjährigen auf einer Kreuzfahrt um Südamerika herum kennen. Bei einem Landgang in São Paulo wurde er von drei einheimischen Typen überfallen. Mattes griff ein, legte zwei flach, der Dritte entkam. Seitdem war eine Freundschaft entstanden. Ortwin Schietzler ist seit sechs Jahren verheiratet und hat einen fünfjährigen Sohn.

»Das Kokain, das wir aus dem Straßenverkauf kennen, kann erhebliche gesundheitliche Schäden verursachen. In der Regel kommt es aus Südamerika, als gepresstes, reines Kokain. Hier wird dann das eingeschmuggelte Rauschgift drei- bis fünfmal gestreckt. Hierzu werden unterschiedlichste Streckmittel wie zum Beispiel Rattengift, Kalk oder Waschpulver benutzt. Häufig werden auch andere psychoaktive Substanzen unter das Kokain gemischt, damit eine stärkere Dosierung vorgetäuscht wird. Diese Streckmittel können zu Kreislaufversagen, Ohnmacht, Psychosen, Wahnvorstellungen, Muskelzerfall und weiteren körperlichen Beeinträchtigungen führen.

Kokain bewirkt im zentralen Nervensystem eines Menschen eine Stimmungsaufhellung, Euphorie, ein Gefühl gesteigerter Leistungsfähigkeit und Aktivität. Es bewirkt, dass Hunger- und Müdigkeitsgefühle verschwinden.

Pit, wenn du mehr wissen willst, Zusammensetzung, Herstellung und so weiter, sollten wir uns treffen. Sag bitte vorher Bescheid. Ich habe jetzt einen Termin mit einer Leiche. Tut mir leid, die kann nicht warten.«

»Nein, Ortwin, das reicht im Augenblick. Aber ich komme auf dein Angebot zurück. Ich wünsche dir eine gute Woche und grüße deine Familie von mir.«

MONTAG, 12.03.2018, 12:30 UHR, EPPENDORF, ANTIQUITÄTEN-LADEN:

Es klingelte an der Ladentür. Wieder war es nicht Mio mit dem Tee, sondern ein Kunde, der einen Biedermeierschrank kaufen wollte. Mattes ging mit ihm in den ersten Stock, wo sich die antiken Möbel befanden. Er kaufte einen Kleiderschrank und bezahlte die dreitausend Euro, ohne zu handeln, in bar. Mattes half beim Abbau des Möbels und verstaute die Schrankteile in einem Lieferwagen, den der Kunde direkt vor der Ladentür parkte.

MONTAG, 12.03.2018, 13:00 UHR, EPPENDORF, ANTIQUITÄTEN-LADEN:

Kurz nach dreizehn Uhr kam Mio, allerdings ohne Tee. Sie brachte Pizza mit. Sie deckte den Tisch in der Küche und verteilte die Pizza. Als sie essen wollten, klingelte die Ladentür. Ein Kunde schaute sich eine Vase an, die im Fenster ausgestellt war. Pit holte die Porzellanvase mit viel Mühe aus der Fensterauslage. Dem Kunden war das Objekt zu teuer und er ging. Als Pit in die Küche zurückkam, war die Pizza kalt. Mio hatte eine Tüte Tee mitgebracht und inzwischen einen für Pit gekocht. Sie bekam dafür einen dicken Kuss von Pit. Die beiden unterhielten sich noch eine gute halbe Stunde. Dann verschwand Mio wieder in ihre Bibliothek und Pit wollte weiterarbeiten.

MONTAG, 12.03.2018, 14:00 UHR, EPPENDORF, ANTIQUITÄTEN-LADEN:

Gegen vierzehn Uhr rief dann Renate an, Pits Cousine.

»Moin, Renate!«

»Moin, Pit, du hast mir eine Nachricht geschickt.«

»Ja, du bekamst gestern einen Brief vom Finanzamt. Soll ich ihn dir nach Bielefeld schicken?«

Renate Maier ist die Cousine von Pit Mattes. Ihre Väter waren Zwillinge und arbeiteten und wohnten in Hamburg-Altona. Als Kinder spielten Renate und Pit oft zusammen, zumal sie in demselben Haus wohnten. Pits Vater war Hafenlotse und Renates Vater fuhr als Kapitän zur See. Er war so gut wie nie zu Hause. Deshalb wuchsen die beiden zusammen auf.
Renate heiratete mit dreißig einen Gottfried Maier aus Bayern und zog mit ihm nach München. Sie bekamen zwei Kinder. Ihren Beruf als Deutschlehrerin gab sie auf, nachdem ihre erste Tochter geboren wurde. Seitdem schreibt sie bayrische Kriminalgeschichten. Die Ehe hielt zehn Jahre. Renate zog zurück nach Hamburg in eine kleine Wohnung im gleichen Haus wie Pit, Mio, Susanne und Thomas.
Ihre jüngere Tochter lebte in Bielefeld und hatte zwei Kinder. Renate ist die meiste Zeit dort, um ihre berufstätige

alleinerziehende Tochter bei der Betreuung der Kinder zu
unterstützen.
Ihre kleine Wohnung in Pits Haus gab sie nie auf, obwohl
sie so gut wie nie dort anwesend war. Pit Mattes sorgte
für ihre ›kleine Residenz in Hamburg‹, für die Topfpflan-
zen und kümmerte sich um ihre Post, die dort ankam.

»Nein, mach ihn auf und lese mir vor, was die schon wieder von mir wollen. Du – Pit, eigentlich wollte ich aus
diesem Verein schon längst austreten. Kannst du das für
mich veranlassen?«

»Ha – ha! Da bist du nicht die Einzige! Aber wir brauchen das Finanzamt, wenn die Steuer einigermaßen ge-
recht erhoben werden soll.«

»War auch nur ein Scherz! Mach zu! Lies vor! Was will
der Fiskus von mir?«

Pit öffnete den Brief und las vor.

»Die wollen von dir einige Belege und Rechnungen.
Das ist nichts Dramatisches. Soll ich dir das Schreiben zu-
senden?«

»Nein, ich weiß Bescheid. Ich kümmere mich darum.
Lege den Brief bitte in die rechte obere Schublade vom
Schreibtisch. Danke!«

Nach zwanzig Minuten war das Gespräch beendet.

Im Radio in der Küche diskutierten sie über die HSV-
Misere. Der Sender berichtete, dass der Trainer Bernd
Hollerbach nach dem 6:0 Desaster bei den Bayern entlas-
sen wurde und Christian Titz die Nachfolge antrat.

Pit musste grinsen, er kannte Titz als einfühlsamen,
aber auch fordernden und ehrgeizigen Menschen. ›Das ist
viel zu spät, die hätten gleich auf Christian zurückgreifen
müssen‹, überlegte er und verstaute den Brief vom Finanzamt in seiner Umhängetasche.

Um sechzehn Uhr betrat ein korpulenter Mann den Laden. Er trug einen Aluminiumkoffer unter dem Arm. Es sah so aus, als wenn der Tragegriff ihm nicht sicher genug wäre.

Pit Mattes fragte ihn: »Was kann ich für Sie tun?«

»Ich will Rebekka Sauer sprechen. Hol sie!«, forderte der Hüne ihn auf.

»Tut mir leid, Frau Sauer ist in einer Familienangelegenheit unterwegs. Sie wird voraussichtlich nächste Woche wieder hier sein.«

Der Kerl, mit einem ausländischen Akzent, stierte Mattes böse an, drehte sich um und verließ den Laden. Den Koffer trug er immer noch unter seinem Arm.

Gegen siebzehn Uhr kam einer der Studenten zurück und gab Mattes den Schlüssel vom LKW. »Wir haben die Wohnung ausgeräumt. Es ist alles auf dem LKW. Da Rebekka nicht da war, ist das natürlich unsortiert. Das Fahrzeug steht im Lager. Wir hatten heute zweimal Glück. Einmal, dass wir einen Parkplatz vor dem Haus bekamen und dass es nicht regnete oder schneite. Ansonsten ist zweiter Stock schon ganz schön hart. Karl ist dortgeblieben, er fegt noch aus und geht von dort aus nach Hause. Hier sind unsere Abrechnungszettel. Ich habe eintausenddreihundert Euro direkt kassiert. Hier ist das Geld.«

»Danke«, sagte Mattes und nahm das Geld entgegen. »Möchten Sie einen Tee oder einen Kaffee?«

»Nein danke, ich bin kaputt, und morgen schreibe ich eine Klausur in Geografie. Ich möchte nach Hause und ausschlafen, damit ich morgen fit bin.«

»Verstehe. Sagen Sie mir bitte Ihren Namen.«

»Natürlich, Rüdiger, Rüdiger Grasmeyer.«

»Danke, Herr Grasmeyer.«

»Was ist mit Rebekka, sie hat mir nichts davon erzählt, dass sie heute weg ist?«

»Das kam sehr kurzfristig. Sie ist in einer Familienangelegenheit unterwegs.«

»Okay, dann wird sie ja übermorgen wieder da sein. Sie erzählte mir, dass am Mittwoch eine größere Aktion ansteht.«

»Davon können Sie mal ausgehen.«

»Dann tschüss!«

»Tschüss, Herr Grasmeyer, und viel Erfolg morgen für Ihre Klausur.«

Mattes brachte den Studenten zur Tür, drehte das Schild auf ›closed‹ und wollte gerade abschließen, als Mio um die Ecke kam.

»Was, noch ein Kunde?«

»Nein, das war der Student, der heute die Wohnungsauflösung gemacht hat.«

»Und, wie war der Tag als Antiquitätenhändler?«

»Na ja, immer dann, wenn ich mir was vornahm, kam ein Kunde. So ruhig, wie du mir die Arbeit angepriesen hattest, war sie nun doch nicht. Ich habe wenig für meine Recherche machen können«, berichtete Pit, während er das Geld von der Wohnungsauflösung in die Geldkassette packte.

»Wie ich sehe, hast du gut verkauft.«

»Richtig! Deine Freundin ist übrigens gut organisiert. Ich habe Angebotsformulare für Wohnungsauflösungen gefunden. Alle Ausstellungsstücke haben eine kurze Expertise und sind ausgezeichnet. Die Buchführung ist auf einem aktuellen Stand.«

»Komm, Pit, schließen wir ab und gehen nach Hause.«

5

Petra holte Pit mit ihrem Dienstwagen zu Hause ab. Sie erreichten die Sieker Landstraße in Rahlstedt und das Zollfahndungsamt nach einer dreiviertel Stunde Fahrt.

Es waren auffällig viele Personen in dem kleinen Besprechungsraum, nachdem Frau Burgstaller und Mattes den Raum betraten. Herr Gleis begrüßte die beiden und stellte ihnen die anderen Personen vor. Kriminalrat Biestmann kannte Pit aus dem Falschgeldfall, den er im Oktober mit Gabriele Sommer lösen konnte. Der Leiter der Abteilung sechs, für Organisierte Kriminalität und Rauschgiftkriminalität, Kriminalrat Nicolaas Lammert, begrüßte Pit Mattes und Petra Burgstaller mit einem festen Händedruck. Jürgen Biestmann stellte Jessika Günter vor. Sie war Kriminalhauptkommissarin und Teamleiterin eines Fachkommissariats für Rauschgifthandel, im LKA 62.

»Zwei Personen fehlen noch in dieser Runde. Das sind Torben Erdmann und Rolf Baumgartner«, erklärte Herr Gleis.

»Kommissar Erdmann ist heute Vormittag verhindert. Vielleicht wird er gegen Mittag noch hinzukommen«, warf Herr Lammert ein.

»Und Zolloberinspektor Baumgarten ist wie Frau Burgstaller mein Mitarbeiter. Er muss heute zum Gericht. Er ist als Zeuge geladen«, ergänzte Herr Gleis.

»Kommen wir zur Sache: Herr Mattes, wir haben seit dem Wochenende eine veränderte Situation. Wir, damit meine ich diese Runde hier, mit Ausnahme von Frau Burgstaller und Ihnen. Wir haben uns gestern Nachmittag im Polizei-präsidium getroffen und beraten. Anlass ist eine Aktion, die das Rausgiftdezernat und wir von der Zollfahndung am Freitag durchführten. Aus diesem Grund sind Frau Günter, Herr Biestmann und Herr Lammert von der Kri-minalpolizei oder genauer vom Rauschgiftdezernat dabei. Kommissar Erdmann und Zolloberinspektor Baumgarten leiteten am Freitag einen gemeinsamen Einsatz im Ham-burger Hafen. Es ging um einen Kokaintransport. Dabei wurde ein Kriminalbeamter schwer verletzt.

Herr Mattes, das Thema, was wir am Donnerstag bespro-chen hatten, würde ich gerne nach hinten verschieben und Sie bitten, an unserem aktuellen Fall zu arbeiten. Ich hof-fe, Sie sind damit einverstanden.«

Pit Mattes schaute Petra an. Sie zuckte mit den Schul-tern. Also wusste sie nichts von der neuen Situation. Pit zögerte: »Verstehe! Das heißt, eigentlich verstehe ich das noch nicht.«

Jemand klopfte an der Tür. Den großen blonden Mann mit einem Dreitagebart, der gerade kam, stellte Herr Gleis als Rolf Baumgartner vor. Mattes registrierte, dass Petra den Beamten gleich anlächelte. Er erwiderte ihren Gruß und setzte sich auf einen freien Platz.

»Das trifft sich gut, dass Sie gekommen sind. Ich glau-be, wir sollten Herrn Baumgartner berichten lassen. Dann wird Herr Mattes unsere Dringlichkeit verstehen«, sagte Herr Gleis und wirkte etwas unsicher.

»Okay! Herr Baumgartner, würden Sie bitte mit Ihrem Bericht beginnen!«, forderte Herr Gleis den Zollinspektor auf. Gleichzeitig startete er den Projektor. Auf der Wand entstand eine Karte vom Hamburger Hafen.

»Einverstanden!«, kam von Baumgartner, als er aufstand und nach vorne ging. Er nahm den Zeigestock und ging damit zur Karte.

»Wir bekamen einen Tipp aus Rotterdam über eine Kokainlieferung. Das Betäubungsmittel sollte sich in einem Container aus Kolumbien befinden. Der Container kam mit einem Kümo, Küstenmotorschiff ›Maria‹, der Reederei Navis im Steinwerder Hafen, nach Hamburg.«

Bei dem Namen Reederei Navis horchte Pit auf. Das Interesse war bei ihm geweckt.

»Der Container wurde am Freitag gelöscht und auf einen LKW der Spedition Lustburg & Wegler geladen. Wir beobachteten den Löschvorgang des Containers und wie er auf den LKW gestellt wurde. Die Spedition Lustburg & Wegler ist ein Vertragspartner der Reederei.
Wir wollten die Hintermänner dingfest machen und baten die Rauschgiftfahndung um Amtshilfe. Den Container rüsteten wir mit einem GPS-Sender aus und den Fahrer tauschten wir mit einem Kripobeamten.«

GPS ist die Abkürzung von ›Global Positioning System‹, auf Deutsch würde man das ›globales Positionsbestimmungssystem‹ bezeichnen. Es handelt sich dabei um ein satellitengestütztes Navigationssystem. Mit einem GPS-Sender, auch GPS-Tracker oder GPS-Logger genannt, kann in Echtzeit die Position des Senders geortet werden.

Der Vortragende zeigte mit dem Stock auf den Standort der Reederei im Steinwerder Hafen.

»Hier begann der Transport. Der LKW fuhr über den Roßdamm, Veddeler Damm, hier entlang, ›Am Saalehafen‹, ›Am Moldauhafen‹, über die Freihafenbrücke, dann Überseeallee in die HafenCity. Ein Zivilfahrzeug der Kriminalpolizei und ein getarntes Fahrzeug des Zolls verfolgten den LKW. Auf der Amsinckstraße in Höhe Nagelsweg, direkt vor der Ampel, wurden die Verfolgungsfahrzeuge von einem Hochbahn-Bus abgedrängt. Die Lichtzeichenanlage wurde grün und der LKW fuhr an. Wir waren hinter dem Bus gefangen und konnten auch nicht auf die Überholspur. Als wir dann losfahren wollten, sahen wir, dass unser LKW-Fahrer verletzt am Straßenrand lag. Wir hielten und das Fahrzeug der Kriminalpolizei verfolgte den LKW weiter. Das heißt, sie versuchten das. Das GPS-Signal fiel aus, der LKW nebst Container war für uns verloren.«

Frau Günter ergänzte: »Auch mit einer Großfahndung, dreißig Polizeiautos und unserem Polizeihubschrauber, konnten wir den blauen Lastwagen mit dem rostroten Container nicht mehr ausfindig machen.«

»Was ist mit dem LKW-Fahrer?«, wollte Mattes wissen.

»Ja, der Fahrer liegt im Koma. Den konnten wir nicht befragen. Der Bus, der uns behinderte, war eine Stunde zuvor im Hochbahn-Depot gestohlen worden. Natürlich war dort keine Person mehr im Fahrzeug. Ein Kind, zwölf Jahre alt, stand auf der gegenüberliegenden Straßenseite. Der Junge beschrieb uns, was er gesehen hat: Zwei Männer in grauen Overalls kamen aus dem Bus. Sie trugen weiße Katzenmasken. Einer lief zur LKW-Fahrertür und der andere zur Beifahrertür. Der Mann an der Fahrertür drängte sich in das Fahrzeug. Als die Ampel grün wurde, fuhr der Mann im Overall. Was mit der anderen Person geschehen war, konnte der Junge nicht erkennen.«

»Danke, für Ihren Bericht, Herr Baumgartner. Herr Mattes, wir, das heißt, die beiden Führungskräfte von der Kriminalpolizei und ich, saßen gestern im Polizeistern und beschlossen, dass wir den LKW-Entführungsfall mit einer vorrangigen Priorität versehen. – Ich hoffe, dass Sie uns unterstützen werden. Wenn Sie zusagen, gründen wir ein Spezialteam, in dem Sie, Zollamtfrau Petra Burgstaller, Kriminalkommissar Torben Erdmann und Zolloberinspektor Rolf Baumgartner sind. Kriminalrat Biestmann wird Ihnen außerdem eine Assistentin für den Innendienst zur Verfügung stellen. Und ich besorge Räumlichkeiten am Standort Zollamt Waltershof in der Finkenwerder Straße.

Herr Mattes, sind Sie dabei?«

Pit schaute zu Petra rüber. Sie grinste.

»Ja! Einverstanden. Ich bin mit dabei!«

»Sehr schön! Sie können sofort starten. Ab morgen stehen Ihnen die Räumlichkeiten zur Verfügung. Und einen Dienstwagen bekommen Sie von mir oder von Herrn Biestmann.

Herr Mattes, haben Sie Fragen an uns?«

»Ja! – Wie groß war oder ist der Personenkreis, der von dem LKW-Einsatz wusste?«

»Der Kreis wurde absichtlich klein gehalten. Ich gebe Ihnen im Anschluss eine Namensliste«, antwortete Kriminalrat Biestmann.

»Verstehe! Die Reederei Navis aus dem Steinwerder Hafen fährt nicht nach Südamerika. Wie kommt der Drogencontainer auf die ›Maria‹?«

»Das kann ich Ihnen beantworten«, begann Herr Baumgartner. »Der Container wurde in Rotterdam gelöscht und reiste mit der ›Maria‹ weiter nach Hamburg. Der Empfänger war ein Paulo Aurélio mit einer Adresse in Hamm.

Auf dem Grundstück steht ein Gebäude, das seit acht Jahren verlassen ist. Der Name Paulo Aurélio ist uns unbekannt.«

»Was können oder dürfen Sie mir zu Ihrem Informanten sagen?«

»In diesem Fall ist das kein großes Geheimnis. Die Information über das Kokain im Container kam vom niederländischen Zoll. Die Kollegen aus Rotterdam bekamen die Auskünfte zu spät, da war die ›Maria‹ bereits auf dem Weg nach Hamburg. Sie informierten uns«, erklärte Dieter Gleis.

Damit war die Besprechung beendet. Jürgen Biestmann kam auf Mattes zu und nahm ihn beiseite: »Sie bekommen von mir die Namensliste. Dazu möchte ich Ihnen was sagen. Ich oder wir wurden aufgefordert, diese Liste zu erstellen. Die interne Revision ermittelt gegen uns. Sie geht davon aus, dass es bei uns eine undichte Stelle gibt.«

»Verstehe! Das war auch mein erster Gedanke!«

»Die ganze Brisanz ist, dass wir zurzeit nicht an dem Fall weiterarbeiten können. Deshalb sind Sie im Boot. Wir möchten, dass nicht nur nach innen geschaut wird, sondern auch nach außen.«

»Was oder wie ist Ihre Meinung dazu?«

»Meinen Standpunkt interessiert leider keinen. Wenn ich alle Fakten zusammenzähle, dann haben wir einen ›Maulwurf‹ in unseren Reihen. Auf der anderen Seite kann ich mir aber nicht vorstellen, dass eine Person, die auf dieser Liste steht, ein doppeltes Spiel spielt. Ich würde die Schnittstellen genauer betrachten. Zum Beispiel, wie ist der Tipp von Rotterdam nach Hamburg gekommen. Ich glaube, Sie wissen, was ich meine.«

»Ja! Weiß die Revision, dass Sie mich beauftragen?«

»Natürlich – sie gehen davon aus, dass Sie auf dasselbe Ergebnis kommen wie sie. Sie heißen Ihren Einsatz nicht für gut, aber Sie tolerieren Ihre Beauftragung.«

»Können Sie mir einen Ansprechpartner bei der Revision nennen?«

»Nein, noch nicht. Der Untersuchungsleiter wurde bisher nicht bestimmt. Hoffen wir mal, dass es nicht Zorro wird.«

Mattes schaute Herrn Biestmann fragend an.

»Zorro – Zohier Rolffs. Er ist der Mann mit der höchsten Erfolgsquote in der Revision. Aber er ist der Unangenehmste.«

»Verstehe.«

»Herr Mattes – ich wünsche Ihnen und Ihrem neuen Team viel Erfolg. Dass die Sache drängt, brauche ich Ihnen nicht zu sagen. Viel Glück!«

»Danke! – Herr Biestmann, was ist mit Rebekka Sauer?«, fragte Mattes.

»Das Rauschgift, das wir im Laden fanden, ist einige Jahre alt. Das ermittelte und bestätigte unser Labor. Wir haben Frau Sauer heute Morgen freigelassen. Es wird keine Anklage geben, sie ist sauber.«

»Das ist gut«, bemerkte Mattes.

»Ich habe mich zum Fall ihres Vaters erkundigt. Mein alter Herr hatte damals den Sachverhalt bearbeitet. Rebekka, die Tochter, zeigte ihn an«, sagte Biestmann.

»Das wirft ein anderes Bild auf sie«, bemerkte Mattes.

»Ja, mein Vater wurde böse, nachdem ich ihm berichtete, dass wir Frau Sauer verhaftet haben.«

Damit verabschiedete sich der Kriminalrat.

Herr Gleis stellte sich neben den Schriftsteller und schaute ihn ernst an: »Sie bekommen alles von mir, was Sie brauchen, Herr Mattes. Rufen Sie in meinem Geschäftszimmer an. Die Kollegin Gutweil wird jegliches möglich machen.«

»Danke.«

Damit war auch er verschwunden. Im Raum waren noch Petra und Herr Baumgartner. Die beiden sprachen miteinander. Als Mattes auf sie zuging, verstummten beide.

»Ich gehe davon aus, dass wir uns morgen im Hafen treffen werden. Können wir schon was vorbereiten?«, fragte der Zöllner.

»Ja, Herr Baumgartner, bitte durchleuchten Sie den Tipp der niederländischen Zollbehörde. Mir geht es darum, ob noch andere Personen auf diese Information Zugriff hatten.«

Der Zollinspektor verstand sofort, worauf Mattes hinauswollte und grinste den Hobbykriminalisten an.

»Wird erledigt.«

»Pit, ich bringe dich noch nach Eppendorf. Dann werde ich mich um die Räumlichkeiten am Standort Zollamt Waltershof kümmern. Wie du weißt, ist mein Büro auch dort. Ich sorge dafür, dass wir morgen früh starten können.«

Als sie das Gebäude verließen, bekam er eine Nachricht von Mio: ›Rebekka ist wieder frei.‹

»Pit ich wusste bestimmt nichts von dem Fall«, begann Petra das Gespräch im Auto.

»Ich weiß! Du stehst auch nicht auf der Liste, die ich von Biestmann bekommen habe. Ich gehe davon aus, dass Gleis dich dabeihaben möchte.«

»Es war mein Wunsch, mit dir zusammenzuarbeiten.«

»Verstehe!«

»Du meinst, es verbirgt sich mehr dahinter!«, sagte darauf Petra.

»Wie gut kennst du Herrn Baumgartner?«

»Er ist seit fünf Jahren bei der Zollfahndung im Hafen. Ich kenne ihn von den Lehrgängen und vom Small Talk auf dem Flur.«

»Wie er in den Besprechungsraum kam, sah ich bei dir eine andere Reaktion.«

»Na ja. Ich mag ihn. Mehr ist aber nicht. Er ist verheiratet und hat zwei Kinder. Bist du eifersüchtig?«

»Nein! Euer Privatleben geht mich nichts an. Ich möchte nur wissen, ob ich ihm vertrauen kann.«

»Ich traue ihm! Reicht das?«

»Erst mal ja! Danke, dass du mich mitgenommen hast.«

»Ich hole dich auch morgen früh ab. Da ich hier in der Eppendorfer Landstraße nie einen Parkplatz bekomme, werde ich dich hier an der Ecke einsammeln. Sagen wir mal um sieben Uhr dreißig?«

»Einverstanden. Danke, Petra!«

»Da nich' für! Bitte grüß Mio von mir.«

DIENSTAG, 13.03.2018, 18:00 UHR, EPPENDORF, ANTIQUITÄTENLADEN:

Gegen achtzehn Uhr spazierten Mio und Pit zum Antiquitätenladen. Bevor sie das Haus verließen, gingen sie in den Keller und suchten zwei Flaschen Wein aus. Rebekka Sauer hatte sie zu einem kleinen Imbiss eingeladen.

Die Ladentür war nur angelehnt. Mio stampfte mit ihren Füßen auf dem Rost den Schnee von ihren Stiefeln und marschierte in das Antiquitätengeschäft.

Der Tisch mitten im Raum, normalerweise ist er mit Geschirr, Besteck, Kerzenleuchter und Porzellanvase zugestellt, war abgeräumt. Dafür befanden sich auf einer weißen Tischdecke Teller, Besteck, Gläser, Brot und Butter. In der Mitte vom Tisch stand der bronzene Seemann. Frau Sauer kam mit Minifrikadellen, Tomatenpilzen und einem Käseigel in den Händen ihren Gästen entgegen.

Die Begrüßung war herzlich. Pit registrierte einen angenehmen Duft bei Frau Sauer, während er ihr die Weinflaschen übergab. Sie setzten sich an den Tisch und die Antiquarin berichtete von ihrem Aufenthalt im Untersuchungsgefängnis.

»Heute Morgen um zehn Uhr kam eine Kriminalpolizistin und erklärte mir, dass ich frei bin. Sie entschuldigte sich für die Unannehmlichkeiten und überreichte mir die Bronzefigur. Ich bekam meine Sachen wieder und Fahrgeld für den Bus nach Hause.«

»Na, Gott sei Dank, dass du wieder hier bist!«, sagte Mio und streichelte ihr freundschaftlich über den Arm.

»Als ich hier ankam, musste ich feststellen, dass ihr den Laden aufrecht gehalten habt. Und heute Abend besucht ihr mich und bringt was zum Trinken mit. Das ist das erste Fest hier im Laden, seitdem mein Vater weg ist. Danke! Danke und nochmals danke!
Herr Mattes, ich möchte Ihnen das Du anbieten!«

»Gerne! Sehr gerne! Ich heiße Pit!«

»Danke! Ich bin Rebekka!« Sie standen auf und umarmten sich. Dann griff sie nach der Bronzestatue auf dem Tisch. »Pit, ich möchte dir den Seemann als kleines Geschenk dafür, dass du den Verkauf hier für mich geführt hattest, schenken. Und wie ich gesehen habe, hast du einiges veräußern können.«

»Oh – danke, Rebekka! Der bekommt einen besonderen Platz auf meinem Schreibtisch«, begann Pit und nahm die Figur entgegen. »Rebekka, deine Antiquitäten sind hervorragend beschrieben und ausgezeichnet. Es war für mich eine besondere Erfahrung, in deinem Laden zu arbeiten«, erläuterte Pit. Er machte eine kleine Pause, bevor er fortsetzte. »Ich habe heute Morgen gehört, dass du damals deinen Vater angezeigt hattest. Mich würde interessieren, wie es dazu kam!«

»Ja, das stimmt. Mama starb früh. Ich habe sie nie richtig kennengelernt. Auch habe ich wenig Erinnerungen an sie. Das Antikgeschäft lief nach dem Tod meiner Mutter, also unter Papis Regie, nicht besonders erfolgreich. So übernahm er die Verteilung von Drogen. Damals wurde hauptsächlich Hasch oder Marihuana geraucht. Kokain auch, aber nicht so viel wie heute. Und die Aufputschtabletten waren noch nicht in Mode. Der Antikladen war als Verkaufsstelle eine hervorragende Tarnung. Mit dem Geld aus der Drogenverteilung konnte er uns und den Laden finanzieren. Nach einigen Jahren wurden antike Gegenstände immer mehr gefragt. Der Antikverkauf lief besser. Deshalb wollte Papi aus dem Rauschgiftgeschäft aussteigen. Aber die Hamburger Drogenbosse hatten was dagegen. Zuerst schlugen sie ihn zusammen. Dann versuchten sie, mich zu entführen, um Papi zu erpressen. Letztendlich blieb uns nur die eine Lösung: Ich zeigte Papi an. Damit war er vor den Gangstern sicher. Er bekam vierundzwanzig Monate und starb nach einem Jahr in Fuhlsbüttel. Er war lungenkrank.«

»Jetzt verstehe ich die Zusammenhänge!«

»Lasst uns von erfreulichen Dingen sprechen und auf diesen Tag und diese Stunde anstoßen!«, forderte Rebekka auf.

Sie aßen, tranken und feierten bis zehn. Dann verabschiedeten sich Mio und Pit. Die beiden verließen den Laden. Rebekka schloss die Tür hinter ihnen ab. Mio hakte sich bei Pit ein.

»Rebekka riecht nicht mehr nach diesem fürchterlichen schweren Parfüm. Sie benutzt jetzt was Frischeres.«

»Und gefällt dir das?«

»Sie gebraucht denselben Parfümduft wie du!«

»Ja, Pit, fast richtig!«

»Wieso fast?«

»Es ist kein Parfüm!«

»Was dann?«

»Kannst du dich erinnern, als ich bei dir einzog?«

»Ja, damals trugst du einen süßlichen Duft.«

»Genau. Du rümpftest die Nase. So richtig gefallen hat dir das nicht. Stimmt's?«

»Na ja. Du hattest aber schon am anderen Tag eines, was mir sehr gut gefiel.«

»Das war dein Rasierwasser!«

»Was?«

»Genau, es riecht gut und du magst es. Seitdem benutze ich dein Aftershave.«

Pit blieb stehen. Er schaute Mio direkt an.

»Klasse Frau, die ich da liebe!«, flüsterte er und gab ihr einen Kuss.

6

Pit verließ das Haus um kurz vor halb acht. Es war unter null Grad und der aufkommende Ostwind sorgte dafür, dass sich die Kälte noch frostklirrender anfühlte. Petra wartete bereits am verabredeten Ort.

Sie erreichten das Zollamt im Hafen um acht Uhr.

Nachdem sie durch die Glastür im ersten Stock kamen, wurden sie von einer großen, stabilen Frau begrüßt, die hinter einem Schreibtisch saß, der im ausladenden Foyer stand.

»Mein Name ist Svenja Kleinberg«, sagte sie, während sie aufstand und dem Schriftsteller die Hand gab. »Herr Mattes, wir haben gestern Nachmittag telefoniert.«

»Schön, dass Sie da sind!«, sagte Mattes überrascht, denn er hatte sich Frau Kleinberg, nach dem Telefonat, anders vorgestellt.

»Zeigen Sie mir die Räumlichkeiten?«, fragte er und schaute sie abschätzend an.

»Warum? Das kann ja Frau Burgstaller machen! Sie ist ja die Standortverantwortliche in diesem Gebäude.«

»Komm, Pit, ich zeig dir die Räume«, kam schnell von Petra.

»Dieser ganze Bereich hier ist für Gästegruppen oder kleine Arbeitsgruppen vorgesehen. Es gibt drei Büroräume, zwei Besprechungsräume, eine winzige Küche und die Toiletten in diesem Abschnitt. Der Vorteil ist, dass dieses Areal in sich ein geschlossener Bereich ist. Den auch nur wir betreten können.«

»Perfekt!«

»Frau Kleinberg war schon gestern hier und hat mit mir einiges vorbereitet.

Dieses hier ist der Besprechungsraum. Er ist für zehn Personen ausgelegt und damit ausreichend groß für uns.

In diesem Raum sollen Herr Erdmann und Herr Baumgartner arbeiten. Gehen wir weiter.

Hier sind die Toiletten und hier ist die Teeküche. Die Kaffeemaschine hat Frau Kleinberg besorgt.

Das hier ist ein kleiner Besprechungsraum, in dem Verhöre beziehungsweise Befragungen stattfinden sollten. Und dieses Büro haben wir für dich vorgesehen.«

»Okay, und wo finde ich deinen Arbeitsplatz?«

»Ich habe gleich über dem Flur mein reguläres Büro. Ich brauche hier kein eigenes. Du kennst es von früher! Es sei denn, du bestehst darauf, dass ich auch hier arbeite.«

»Nein, das ist so okay!«

Die beiden gingen zurück ins Foyer. Sie erreichten den Schreibtisch von Frau Kleinberg, während Herr Baumgartner mit noch einem Herrn durch die Eingangstür kam. Der Hobbykriminalist ging auf die Männer zu und reichte zuerst Herrn Baumgartner und dann dem Fremden die Hand.

»Sie sind bestimmt Herr Erdmann?«

»Stimmt, und Sie sind Herr Mattes, unser neuer Chef?«

»Genau, herzlich willkommen. Wir sind vollständig und können starten. Sagen wir in fünfzehn Minuten!«, verkündete Mattes.

»Frau Kleinberg, würden Sie bitte einen Kaffee aufsetzen?«

»Warum ich? Ich bin nicht die Kaffeetante!«, rief sie ihm entgegen.

»Außerdem friere ich hier, es zieht!«

»Ich setze Kaffee auf!«, lenkte Petra ein.

Mattes ging in sein Büro und räumte seine Aktentasche aus. Sein Mobiltelefon klingelte. Herr Biestmann rief an: »Hallo, Herr Mattes! Ich hoffe, Sie hatten einen guten Start. Ich möchte mit Ihnen über Frau Kleinberg sprechen. Sie ist nicht gerade eine einfache Mitarbeiterin. Und sie hatte sich gestern mit Händen und Füßen gegen einen Einsatz bei Ihnen gewehrt. Ich habe erst in der kommenden Woche eine andere Kraft, die ich zur Verfügung stellen kann.«

»Verstehe, welches Problem hat Frau Kleinberg?«

»Ich weiß es nicht! Sie schrie hier rum und rannte aus meinem Zimmer!«

»Verstehe! – Ich werde mit ihr reden!«

»Tun Sie das – vorausgesetzt, Sie kommen zu Wort!«

»Ach, noch was – der Untersuchungsbeamte ist doch Zohier Rolffs geworden. Er wird sich bei Ihnen melden!«

»Danke für die Warnung, Herr Biestmann.«

»Ich wünsche Ihnen viel Erfolg!«

»Danke.«

An der Tür zu Mattes' Büro klopfte es. Frau Kleinberg kam in den Raum. Sie stellte eine Kaffeekanne und einen Becher auf seinen Schreibtisch.

Pit musste in sich hineingrinsen.

›Das war ihre eigene Entscheidung gewesen, hier mit Kaffee hereinzukommen. Hätte sie mit Petra gesprochen, hätte sie ihr erzählt, dass ich nur Tee trinke!‹, überlegte Pit.

»Setzen Sie sich bitte!«, forderte er sie auf.

»Ich habe Probleme, Festnetzanschlüsse für uns zu bekommen. Der Telefonserver in diesem Haus ist voll.«

»Wir müssen eine gute Kommunikation sicherstellen. Bestellen Sie fünf Smartphones. Am besten so eins, wie ich es habe. Damit kenne ich mich inzwischen aus.«

Frau Kleinberg grinste Mattes an, während er ihr die Telefonnummer von Frau gab.

»Erzählen Sie mir bitte, warum Sie nicht hierherkommen wollten«, forderte er sie auf.

Frau Kleinberg drockste herum: »Dieser Standort ist nicht der idealste Ort, um mit öffentlichen Verkehrsmitteln hierherzukommen. Ich bin von der Haltestelle BAB-Auffahrt-Waltershof bis hier zwanzig Minuten zu Fuß gelatscht, weil ich zuerst in die falsche Richtung gegangen bin.«

»Okay, verstehe. Wir werden eine Lösung für Sie finden! Frau Kleinberg, bitte erzählen Sie mir, warum Sie zur Polizei gegangen sind«, forderte Pit sie auf.

»Wir waren drei Mädels, und wir wollten alle zur Polizei. Nach unserer Ausbildung arbeiteten wir in den Polizeikommissariaten hier in Hamburg. Bis vor einem Jahr die erste von uns in der Schanze zusammengeschlagen wurde. Sie ist immer noch krankgeschrieben. Silvia wurde während des G20-Gipfels im Stadtpark von Chaoten angegriffen. Doppelter Armbruch, und etliche Rippen sind eingetreten worden. Ich war nicht mehr in der Lage, meinen normalen Dienst anzutreten. So wurde ich in den Innendienst versetzt und da ich lesen und schreiben kann, kam ich ins Sekretariat.«

»Verstehe!«

»Darf ich Ihnen den Kaffee eingießen?«

»Nein danke, Frau Kleinberg. Ich trinke keinen Kaffee!

Kommen Sie, wir sollten jetzt anfangen! Nehmen Sie die Kanne mit. Noch was, lassen Sie Ihren Schreibtisch hier in dieses Büro bringen!«

Mattes stand auf, nahm den Becher vom Tisch und ging Richtung Besprechungsraum.

MITTWOCH, 14.03.2018, 9:30 UHR, ZOLLAMT WALTERSHOF, FINKENWERDER STRAßE, BESPRECHUNGSRAUM:

Während der Kriminalist und Schriftsteller in den Raum eintrat, hörte er, dass drinnen gelacht wurde und Erdmann fragte: »... und hast du mit ihm geschlafen?«

Alle verstummten, nachdem Pit den Besprechungsraum betrat. Petra bekam einen roten Kopf.

»Können wir anfangen?«, erkundigte sich Mattes, während er sich einen Platz an dem Besprechungstisch suchte.

Er bekam keine Antwort.

»Petra, würdest du bitte Frau Kleinberg holen!«

Nachdem die beiden Frauen sich an den Tisch gesetzt hatten, begann Mattes: »Wir müssen ein schlagfertiges Team werden. Das ist die Grundvoraussetzung für unseren Auftrag. Damit wir uns besser kennenlernen, stellen wir uns vor. Ich mache den Anfang.«

Pit erzählte fünf Minuten aus seinem Leben. Darunter auch von seiner Beziehung zu Petra: »... wir waren vor acht Jahren ein Paar. Und um Ihre Frage, Herr Erdmann, zu beantworten, wir haben miteinander geschlafen!«

Eine Stunde später hatte sich jeder vorgestellt. Anschließend wurde abgestimmt, ob man sich duzen wollte. Bis auf Svenja Kleinberg waren alle dafür.

»Ich habe noch nie einen höhergestellten Kollegen oder Chef geduzt!«, begründete sie ihre Ablehnung. Man akzeptierte ihren Wunsch.

Nach einer kurzen Pause, Petra hatte belegte Brötchen besorgt, wurden der Auftrag und der Tathergang besprochen. Frau Kleinberg wollte sich entfernen. Mattes hielt sie am Arm fest: »Sie bleiben auch hier!«

»Wieso, ich ermittle doch nicht«, war ihre Reaktion.

»Sie sind Polizistin und Sie gehören zu unserem Team, also sind Sie bei jeder Teambesprechung dabei!«, bestimmte Pit Mattes. Er ging zum Flipchart und schaute in die Runde. Überall Zustimmung.

Torben Erdmann und Rolf Baumgartner berichteten ausführlich über den Ablauf der schlecht gelaufenen Verfolgungsaktion. Sie wurden etliche Male von Pit oder Petra unterbrochen, die Fragen hatten.

»Danke für eure Berichte«, begann Pit. »Mit Rolf hatte ich gestern nach dem Führungskreis gesprochen. Konntest du schon was ermitteln?«

»Ja, ich untersuchte den Informationsfluss, wie und wo ist die Information beim Zoll über den Kokaintransport angekommen und wer hat zu welcher Zeit das Fax gelesen, beziehungsweise angefasst. Ich war gestern noch bei Gleis und holte das Dokument ab. Auf meinem Schreibtisch liegt eine Kopie. Das Original gab ich Torben. Er lässt es auf Fingerabdrücke untersuchen.«

»Das Doppel könnte ich einscannen und jedem schicken«, warf Frau Kleinberg ein.

»Eine gute Idee, ich wollte gerade danach fragen«, sagte Pit.

»Das bedeutet, dass das Dokument auf dem Faxgerät im Geschäftszimmer von Gleis, also bei Frau Gutweil ankam?«

»Ja!«, antwortete Rolf.

»Dann kennt sie auch den Inhalt!«

»Davon gehe ich aus! Sie steht allerdings nicht auf der Liste von Biestmann«, ergänzte Pit und gab die Liste an Frau Kleinberg weiter, damit sie das Schriftstück auch einscannen konnte.

»Ich habe mit ihr darüber gesprochen. Sie ist sehr gewissenhaft. Ich halte sie nicht für verdächtig. Aber natürlich gehört sie auch auf die Liste.«

»Rolf, wir machen zurzeit erst einmal eine Bestandsaufnahme. Und dazu gehört auch die Liste. Ich möchte mich nicht auf die interne Ermittlung konzentrieren, das macht die Revision, sondern mehr auf die Möglichkeit, dass der Täterkreis außerhalb eurer Behörden liegt.«

Es wurden viele Details besprochen und diskutiert.

»Wie geht es jetzt weiter?«, wollte Petra danach wissen. Frau Kleinberg war geradeaus dem Besprechungsraum gegangen, da ihr Mobiltelefon klingelte. Als sie wiederkam, legte sie Mattes einen Zettel auf den Tisch.

›*Kriminaloberrat Rolffs hat sich für 12 Uhr angekündigt!*‹, stand auf dem Stück Papier.

Mattes bedankte sich mit einem Kopfnicken bei ihr.

»Rolf, du bleibst weiter an dem Thema Informationsfluss und untersuchst den Hinweis vom niederländischen Zoll.

Torben, bitte nimm mit der Polizei Verbindung auf, wir sollten versuchen, den LKW und den Container wiederzufinden. Ich weiß gar nicht, ob das Fahrzeug offiziell gesucht wird. Bitte kläre das ab.

Frau Kleinberg, nehmen Sie Kontakt zum Krankenhaus auf, ich möchte sofort Bescheid wissen, sobald sich der gesundheitliche Zustand des Fahrers verändert.

Da fällt mir was ein. Torben, wenn ich die Liste so richtig

überblicke, dann finde ich den LKW-Chauffeur der Kriminalpolizei auch nicht darauf. Bitte ergänze das.«

»Kein Problem, ich glaube, den hat Frau Günter rekrutiert. Ich werde mit ihr reden«, erwähnte Torben.

»Dann gehört Frau Günter auch auf die Liste!
Torben und Rolf, ich möchte, dass ihr ab viertel vor zwölf nicht hier im Büro seid«, kam von Mattes.

»Warum?«, fragte Petra.

»Zorro hat sich für zwölf Uhr angekündigt, ich möchte euch aus der Schusslinie haben.«

»Ich habe ihn heute Morgen schon genossen. Deshalb kam ich fünf Minuten zu spät«, berichtete Torben Erdmann.

»Okay, wir werden um halb zwölf hier verschwinden«, gab Rolf an.

»Ich möchte, dass ihr bei jedem Schritt, den ihr macht, Frau Kleinberg informiert. Ihr bekommt von ihr ein Mobiltelefon. Bitte nutzt es für die Kommunikation. Macht Bilder, schreibt einen kurzen Kommentar und schickt alles an Frau Kleinberg. Sie übernimmt in diesem Fall die Koordination und ist die Schnittstelle zwischen euch und mir. Habt ihr das verstanden!«

»Was hast du für mich zu tun?«, fragte Petra.

»Mir wäre es lieb, wenn du Frau Kleinberg beim Aufbau eines Servers unterstützen würdest. Sobald Rolffs weg ist, möchte ich mit dir zur Reederei Navis und dann zur Spedition Lustburg & Wegler fahren.«

»Klar! Ich warte dann auf deinen Startschuss.«

Mattes schaute sich noch einmal das Flipchart an, als wenn er sich alles genau einprägen wollte. Dann bat er Frau Kleinberg, das Blatt für ein Fotoprotokoll abzuknipsen, abzunehmen und für eine kommende Besprechung bereitzuhalten.

Flipchart:

Blatt 1:   *14.3.2018:*
Überfall auf Container-LKW (Fr. 09.03. 15:25 Uhr).
Ort: Amsinckstraße in Höhe Nagelsweg.
Täter: 2 männliche Personen
           (Annahme — anhand der Kleidung)
Täter kamen aus HVV-Bus. Der Bus wurde 1 Std. vorher im Depot entwendet.

Ablauf:
Container löschen, Navis Reederei (11:15 Uhr).
LKW mit Polizeifahrer versehen (12:00 Uhr).
Container auf LKW laden (13:45 Uhr).
Container mit GPS versehen (14:50 Uhr).
Überfall auf LKW (15:25 Uhr).

Bestandsaufnahme:
Untersuchung Informationsfluss der Kokain-Meldung (Torben, Rolf & Petra)
Nicht auf der Liste:
Frau Gutweil, Siegfried Salzwedel (LKW-Fahrer der Polizei),
Frau KHKrn Günter (Vorgesetzte von Salzwedel).

To-Do's:
LKW mit Container suchen (Torben).
LKA 3, Untersuchung Bus? (Torben/Rolf).
Was war im Container? (Petra).
Reederei Navis und der Spedition L&W (Petra & Pit).
Befragung KHKrn Günter, zum Fahrer: Salzwedel (Torben).
Krankenhaus: Zustand Salzwedel (Fr. Kleinberg).

Alle standen auf und verließen den Besprechungsraum.

Der Schriftsteller holte sich einen roten Sessel aus dem Foyer und stellte ihn in den Befragungsraum, in dem Verhöre stattfinden sollten. Er setzte sich in den bequemen Sessel und schaute durchs Fenster auf den Hamburger Hafen.

»Hallo, Herr Mattes!«, weckte Frau Kleinberg ihn aus seinen Überlegungen. »Herr Mattes, Ihr Auto ist angekommen!«

»Ja?«

»Ihr Auto ist angekommen! Sie müssen eine Abnahme des Fahrzeuges machen.«

»Bitte übernehmen Sie das! Sie haben doch einen Führerschein.«

»Ja, aber Sie müssen den Empfang quittieren.«

Pit Mattes unterschrieb das Formular. Frau Kleinberg verschwand. Er stand auf, reckte und streckte sich und schrieb seine Überlegungen in sein kleines schwarzes Notizbuch. Anschließend ging er in sein Büro. Er registrierte, dass der Schreibtisch von Frau Kleinberg bereits in seinem Raum stand und ihr PC angeschlossen war. Er schaute sich den Fußboden an. Es waren keine Schleifspuren zu sehen. Sie hatte den Schreibtisch alleine herübergetragen.

Als sie das Büro betrat, telefonierte er. Sie legte ihm den Autoschlüssel und das Übergabeprotokoll auf seinen Bürotisch und setzte sich an ihren Desktop.

»Die Telefone sind da, sie können abgeholt werden«, sagte sie, nachdem Mattes aufgelegt hatte.

»Okay! Was für ein Auto ist es geworden?«, fragte er über den Tisch.

»Es ist ein BMW i3. Das ist ein Elektroauto«, antwortete sie. »Können Sie nachher die Mobiltelefone abholen, wenn Sie mit Frau Burgstaller rausfahren?«

»Äh! Holen Sie bitte die Geräte ab. Dann können Sie im Bauhaus vorbeifahren und eine Teleskopstange und einen Vorhang mitbringen. Den hängen wir vor unsere Eingangstür, damit es im Foyer nicht mehr zieht.«

Mattes nahm das breite Grinsen von Frau Kleinberg wahr, obwohl sie es verbergen wollte. Sie griff den Schlüssel und verschwand.

Petra klopfte an Pits Bürotür. »Herr Zohier Rolffs ist da.«

»Verstehe! Bring ihn in den Befragungsraum! Ich komme gleich nach.«

»Hallo, Herr Rolffs«, begrüßte Mattes seinen Gast.

»Kriminalrat!«

»Mattes, Peter Johannes Mattes«, entgegnete Pit.

»Was darf ich Ihnen zu trinken anbieten, einen Kaffee oder einen Tee?«

»Wollen Sie mich bestechen? Mir bietet keiner Tee oder Kaffee an! Nein danke, ich möchte nichts.«

Dennoch ging Mattes in die Teeküche und holte sich einen Becher vom starken Friesentee, der dort auf einem Stövchen heiß gehalten wurde. Sein Gast schaute etwas überrascht, als Pit den Teebecher auf seinen Platz stellte.

Bei schwierigen Gesprächen hielt sich Pit gerne an einem Becher Tee fest. Denn, wenn er einen Schluck trank, konnte er noch einen Moment länger überlegen, was er antworten wollte.

»Was führt Sie hierher, Herr Kriminalrat?«

»Ich bin der Leiter der Untersuchungskommission. Sie haben in Ihrem Team zwei Personen, die ich befragen muss.«

»Verstehe! – Habe ich gehört!«

»Mattes, kommen wir auf den Punkt. Meine Hauptverdächtigen sind Erdmann und Baumgartner. Ich möchte sofort diese beiden Herren befragen!«

Pit machte provokativ ein überraschtes Gesicht.

»Herr Rolffs, Sie haben sich für ein Gespräch mit mir angemeldet. Sie haben nicht gesagt, dass Sie meine Mitarbeiter verhören wollen. Sowohl Herr Erdmann als auch Herr Baumgartner sind dienstlich unterwegs und ermitteln in einem Rauschgiftfall. Außerdem haben Sie Herrn Erdmann heute bereits befragt.«

»Dabei hat er gelogen! Er behauptete, dass er am Freitagmittag zu Hause gewesen war. Sein Nachbar hat was anderes ausgesagt!«

Pit war überrascht, ließ es sich aber nicht anmerken. Er nahm seinen Becher in die Hand und trank ganz langsam einen kleinen Schluck. Dann setzte er den Teebecher wieder ab. »Das wird eine Verwechslung oder ein Irrtum sein.«

»Lächerlich! Alles hier ist lächerlich! Die Dienststelle, das Team, Ihre Beauftragung und besonders Sie! Zivilisten, die Polizeiarbeit machen wollen. Das klappt nie!«

Wieder nahm Pit Mattes einen Schluck Tee, eher er darauf antwortete.

»Herr Rolffs, ich muss mich nicht von Ihnen beleidigen lassen. Es ist besser, Sie gehen jetzt! Das Videoprotokoll von unserem Gespräch kann ich Ihnen und Ihrem Vorgesetzten zur Verfügung stellen.«

Mattes stand auf und ging aus dem Raum. Der Kriminalrat erschrak. Den zweiten Schreck bekam er, nachdem er die vier Kameras in den Raumecken erkannte. Als er den Raum verließ, las er auf dem Zimmerschild ›Befragungsraum‹, darunter stand der Hinweis in Rot: ›Der Raum wird ständig videoüberwacht!‹

Gerade als Petra und Pit das Gebäude verließen, um zur Reederei Navis zu fahren, kam Frau Kleinberg zurück. Bei der Gelegenheit schauten sich Petra und er das Elektroauto an.

»Läuft ganz große Klasse!«, berichtete Frau Kleinberg.

»Wir werden das austesten«, entgegnete Mattes und musste grinsen.

»Ich habe einen Stromanschluss für E-Autos beantragt. Dann können Sie Ihr Auto hier mit Strom versorgen.«

Mattes bedankte sich und erzählte ihr, dass er ihr einen Zettel auf ihren Schreibtisch gelegt hatte.

Sie erreichten die Reederei eine viertel Stunde später. Dort trafen sie einen jungen Mann an. Er saß an dem Schreibtisch, an dem Pit Frau Malberg erwartet hatte.

»Ich bin die studentische Aushilfskraft. Frau Malberg macht ihre schriftliche Masterprüfung. Sie wird ab Dienstag wieder im Büro sein. Manchmal kommt sie abends hier vorbei, um nach dem Rechten zu schauen. Soll ich was ausrichten?«

»Ja, sagen Sie ihr, dass ich da war«, erklärte Mattes und gab ihm seine Visitenkarte. »Darüber hinaus gehe ich davon aus, dass Sie uns auch einige Informationen zur Verfügung stellen können.«

Er konnte, da er in den letzten acht Wochen für die Ablage zuständig war, die gewünschten Schriftstücke heraussuchen und Kopien anfertigen.

Petra setzte sich hinter das Steuer und startete ihr Auto, nachdem Pit einstieg. »Lustburg & Wegler, das ist doch die Spedition, bei der wir im Herbst schon einmal waren.«

»Stimmt, es ging um die falschen Fünfziger!«

Sie brauchten zwanzig Minuten bis zur Spedition. An der Eingangstür stand Spedition Lustburg & Sohn. Der Empfang war herzlich. Herr Lustburg begrüßte Frau Burgstaller und Mattes im Foyer der Firma.

Lutz Lustburg war der Firmeninhaber. Der zirka sechzig Jahre alte Mann hatte ein freundliches, lustiges Gesicht. Er war einfach gestrickt und kannte jedes Dorf in Deutschland, das mehr als tausend Einwohner hatte.

Als Mattes ihn auf das Eingangsschild ansprach, erklärte er, dass die Spedition einen neuen Namen bekommen hat. »Mein Sohn, er ist zurzeit in einer kaufmännischen Ausbildung, wird in dem Geschäft mitarbeiten.

Frau Burgstaller, wann erhalte ich meinen Auflieger wieder. Ich brauche das Fahrzeug?«

»Was hat man Ihnen erzählt?«, fragte Mattes.

»Der wird für einen Polizeieinsatz gebraucht. Ich stelle hin und wieder ein Fahrzeug für die Polizei zur Verfügung. Die benutzen es für schnelle Straßensperrungen und so weiter.«

»Verstehe! Und hat man Ihnen gesagt, wann Sie das Fahrzeug zurückbekommen?«, fragte Petra.

»Eigentlich war Montagmorgen vereinbart! Aber jetzt steht er schon seit Sonnabend auf einem Parkplatz bei ›Lidl‹ in Hamm, Carl-Petersen-Straße 55«, erklärte er seinen beiden Besuchern.

»Woher wissen Sie das denn?«, fragte Mattes.

»GPS! Meine LKWs sind alle mit einem GPS ausgerüstet. So weiß unser Disponent immer, wo sich das Fahrzeug befindet!«

Petra wurde bleich im Gesicht. »Mir wird schlecht! Ich gehe mal für fünf Minuten vor die Tür!«, sagte sie und verschwand. Mattes unterhielt sich noch eine viertel Stunde mit Herrn Lustburg, trank den ihm angebotenen Tee aus und verabschiedete sich vom Firmeninhaber.

»Herr Lustburg, ich werde dafür sorgen, dass Sie spätestens morgen das Fahrzeug wiederhaben.«

Petra wartete auf Pit in ihrem Auto.

»Na, geht es dir besser?«, fragte er.

»Als ich hörte, dass der LKW ein eigenes GPS hat, da musste ich einfach raus. Da waren mal wieder absolute Spitzenkräfte am Werk!
Ich habe jedenfalls bei Torben angerufen und ihm den Standort des LKWs durchgegeben. Du, Pit, das ist schräg gegenüber dem Polizeikommissariat 41 (PK41) in Hamburg-Hamm. Die verarschen uns!«

MITTWOCH, 14.03.2018, 15:30 UHR, ZOLLAMT WALTERSHOF, FINKENWERDER STRAßE, BESPRECHUNGSRAUM:

Als Petra und Pit zu ihrem Standort zurückkamen, war der Vorhang aufgehängt. Jetzt konnte nicht gleich jeder durch die Glastür sehen, wer sich im Foyer aufhielt. Frau Kleinberg hatte dort einen Tisch und mehrere Hocker zu den vorhandenen roten Sesseln gestellt. Anerkennend bedankte er sich bei ihr. Sie hatte bereits mit Frau Gutweil abgerechnet. Pit Mattes bat alle, in den Besprechungsraum zu gehen.

Am Tisch saßen Frau Kleinberg, Petra Burgstaller, Rolf Baumgartner und Pit Mattes. Frau Kleinberg ging zum Flipchart und hängte das Blatt vom Vormittag wieder auf.

Rolf begann: »Ich glaube, ich habe fast alle Informationsspuren abgearbeitet. Die Zolltechniker, die das GPS-System auf dem Container installiert haben, hatten nicht erfahren, worum es bei der Verfolgung des Containers ging. Ich müsste jetzt nur noch den Fahrer des LKWs befragen.«

»Dazu kann ich was sagen«, meldete sich Frau Kleinberg. »Der Fahrer liegt in der Asklepios Klinik St. Georg an der Lohmühlenstraße. Er ist nicht bei Bewusstsein. Ich bekomme vom Stationsarzt eine SMS, wenn sich was am Zustand des Patienten ändert.«

»Danke, Frau Kleinberg!«, kam von Mattes.

»Polizeiinspektor Salzwedel, so heißt der Fahrer, wurde von der Kriminalhauptkommissarin Günter angeheuert. Mit ihr hatte ich noch keinen Kontakt. Das wollte ich zusammen mit Torben machen.«

»Danke für deinen Bericht. Gute Arbeit!«

»Petra, würdest du fortsetzen?«, forderte Pit sie auf.

»Ja, gerne!«, begann sie und berichtete von den Erlebnissen bei der Reederei Navis und der Spedition Lustberg & Sohn.

»Heute Vormittag habe ich sämtliche Fracht- und Zollpapiere passend zum Container herausgesucht, allerdings noch nicht durchgearbeitet. Frau Kleinberg hat sie bereits eingescannt und auf unserem Server platziert.«

»Interessant, was war denn offiziell im Container?«

»Kaffee! Bin noch nicht dazu gekommen, mir das näher anzuschauen.«

»Danke, Petra! – Frau Kleinberg, haben Sie was zu berichten oder was von Herr Erdmann gehört?«, wollte Pit Mattes wissen.

»Ja – beides! Ich habe die Smartphones abgeholt und verteilt. Frau Burgstaller, Sie können Ihr Gerät gleich mitnehmen. Herr Mattes, Ihr Telefon liegt auf Ihrem Schreibtisch. Eine Liste mit den neuen Telefonnummern ist auf dem Server hinterlegt. Ein Ausdruck befindet sich an unserem Schwarzen Brett.«

»Gute Arbeit, Frau Kleinberg«, bedankte sich Pit Mattes. »Rolf, ich möchte, dass du Torben bei seinen Ermittlungen unterstützt.«

»Kein Problem! Allerdings müsste ich morgen um acht Uhr zur Befragung von diesem Zorro. Mein Chef, Zolloberamtsrat Gleis, rief mich um zwölf an. Er möchte, dass ich dort hingehe.«

»Okay, mache das – das war's dann auch für heute!«

Die Verabschiedung fiel kurz aus. Mattes ging in sein Büro, Frau Kleinberg folgte ihm. Sie räumte ihren Schreibtisch auf.

»Frau Kleinberg, ich habe so ein Smartphone, packen Sie dieses als Ersatzgerät gut weg.«

Sie nahm den Karton entgegen und verstaute ihn in ihrer Schreibtischschublade.

»Herr Mattes, wo wohnen Sie?«

»In Eppendorf, warum fragen Sie?«

»Würden Sie mich bis dort hin mitnehmen?«

»Kein Problem!«

Herr Mattes und Frau Kleinberg verließen gemeinsam das Gebäude. Er gab ihr den Autoschlüssel: »Sie fahren!«

Sie nahm den Schlüssel und grinste ihn an. »Sie fahren nicht gerne Auto?«

»Ach, kann man so nicht sagen. Ich vermeide es bloß, wenn es auch ohne geht!«

»Haben Sie ein eigenen PKW?«

»Ja, einen alten Mercedes GLK.«

»Was, Sie besitzen so ein schönes Auto und fahren damit nicht?«

»Doch, wenn es sich nicht vermeiden lässt. Aber innerhalb von Hamburg kann man doch fast alles mit dem

HVV erreichen. Allerdings, unser Dienstort ist grenzwertig. Da muss man einige Male umsteigen.«

»Ich fahre gerne Auto!«

»Ich weiß.«

»Hin und wieder darf ich mit dem Golf von meiner Mutter oder mit dem Audi von meinem Vater fahren. Der fährt wie Sie möglichst mit den Öffentlichen.«

»Das kann ich nachvollziehen.«

»Und wohin müssen wir jetzt genau?«

»Eppendorfer Landstraße ist unser Ziel!«

»Das kenne ich. Da wohnt eine Sportkameradin von mir.«

»Was für Sport betreiben Sie?«

»Aikido, das ist ein japanischer Kampfsport. Der ist sehr harmonisch. Und ich bin gut darin. Ich war etliche Male Vereinsbeste. Lediglich meine Kameradin, die auch in der Eppendorfer Landstraße wohnt, ist, seitdem sie mit ihrem Freund trainiert, besser als ich!«

»Das kommt vor. Sie können mich übrigens hier am Marie-Jonas-Platz absetzen. Bitte holen Sie mich morgen früh um sieben Uhr dreißig hier wieder ab. Ich wünsche Ihnen einen schönen Abend und viel Erfolg nachher bei Ihrem Aikidotraining.«

Mattes schnallte sich ab und stieg aus dem Auto. Er hinterließ eine sehr überraschte Frau am Steuer.

MITTWOCH, 14.03.2018, 16:30 UHR, EPPENDORF, BÜCHER&LESE-CAFÉ:

Pit ging gleich ins Café. Susanne und Thomas wurden kurz begrüßt und Mio bekam einen Kuss.

»Na Pit! Wie war dein erster Tag als Zöllner? Habt ihr schon was herausbekommen?«

»Der Tag war gut! Wir haben uns heute in den Räumlichkeiten eingerichtet und zum Fall machten wir eine Bestandsaufnahme.«

»Pit, komm mal mit. Ich möchte dir eine Kollegin von mir vorstellen«, sagte Mio und zog Pit in eine hintere Ecke. Dort saß an einem Besuchertisch eine mittelgroße, etwas dreißigjährige Frau mit braunen langen Haaren.

»Das ist Maren Rose. Sie hat ein Bachelor-Studium in Bibliothekarwesen abgeschlossen, und das ist Max, ihr Sohn«, stellte Mio die junge hübsche Frau mit grünen Augen und ihrem Baby vor.

»Maren ist eine Freundin von Susanne. Sie möchte hier vier Wochen zur Probe arbeiten.«

»Dabei ist es mir wichtig, dass ich Max mitbringen kann«, erklärte sie.

»Moin, Frau Rose, ich möchte Ihnen gleich das Du anbieten. Ich heiße Pit!«

»Sehr gerne! Ich bin Maren und das ist Max«, lächelte sie Pit an. Mio holte das Baby aus dem Kinderwagen und hielt ihn Pit hin.

»Moin, kleiner Max!«, begrüßte Pit das winzige Kerlchen.

»Ich muss jetzt los zum Sport. Kannst du eine halbe Stunde mit Maren die Stellung halten?«, fragte Mio und reichte Pit den kleinen Max.

»Kein Problem!«, bestätigte der Schriftsteller und gab Mio einen flüchtigen Kuss. Sie verschwand aus dem Café. Pit setzte sich auf seinen Lieblingsplatz und spielte mit Max. Maren übernahm Mios Aufgaben. Sie verlieh Bücher und nahm ausgeliehene Druckwerke zurück. Zwischendurch beobachtete sie Pit und musste feststellen, dass Max sich auf seinem Schoß wohlfühlte.

»Pit, ich habe dich und Mio beobachtet. Ihr seid sehr kinderlieb. Vielleicht solltet ihr über Nachwuchs nachdenken«, bemerkte Maren, nachdem sie den letzten Kunden bedient hatte.

»Ja, vielleicht hast du recht.«

»Ich bin zurück!«, rief Mio in die Wohnung. Pit kam aus seinem Büro und begrüßte sie mit einem langen Schmatz.

»Und wie war eure Übung? Wer hat gewonnen?«, fragte Pit.

»Bei uns gewinnen wir alle. Wir machen keinen Wettkampf. Wir üben lediglich!«

»Verstehe! Und wer hat die Übung gewonnen?«

»Ich natürlich!«

»Was hältst du von Frau Kleinberg?«

»Frau Kleinberg? Muss ich die kennen?«

»Ich glaube schon. Ihr übt zusammen«, sagte Pit und beschrieb seine Kollegin.

»Das ist Svenja. Sie ist okay. Sehr ehrgeizig, selbstbewusst, aber auch einfühlsam. Sie hat mich eben nach Hause gebracht. In einem ganz neuen Auto. Das gehört ihrem Chef«, erklärte Mio.

»Und den kennen wir beide!«

»Habe ich mir schon gedacht, denn ich sah deine Visitenkarte im Auto!«

»Hast du sie darauf angesprochen?«

»Dass wir ein Paar sind – nein! Das überlasse ich dir. Heute hat sie jedenfalls von ihrem neuen Chef geschwärmt!«

»Erzähl mal.«

»Nein, das wäre nicht fair. – Hat das in der Bibliothek mit Maren geklappt? Sie ist erst ein paar Tage da und kennt noch nicht alle Abläufe«, fragte sie, um auf ein anderes Thema zu kommen.

»Alles sehr gut und dank Max hatte ich genügend Beschäftigung!«

»Sie macht sich gut, auch mit einem Blick auf unsere ausgefallene oder besondere Kundschaft.«

»Ja, stimmt – werdet ihr ihr einen Arbeitsvertrag geben?«

»Sofort, wenn sie will. Sie ist perfekt und ich habe mehr Zeit für dich und für meinen neuen Beruf als Lektorin.«

Mio wurde ruhig und nachdenklich.

»Ein ganz Süßer, der Kleine!«, schwärmte sie.

»Dass du kinderlieb bist, hat mir Maren vorhin bestätigt.«

Mio schaute überrascht Pit an und rannte plötzlich in ihr Zimmer. Pit bekam einen Schreck.

›Hatte er was Falsches gesagt?‹, überlegte er und ging ihr nach.

Mio stand am Fenster und schaute hinaus. Pit stellte sich hinter sie und umfasste sie.

»Pit, ich kann keine Kinder bekommen«, sagte sie, indem sie sich nach einer Weile umdrehte.

»Entschuldige bitte, das habe ich nicht gewusst!«, flüsterte er und wischte ihr die Tränen ab. Pit nahm sie in den Arm und drückte sie.

»Ist schon okay! Jede Frau hat so ihre Heimlichkeiten!«, versuchte sie das Thema runterzuspielen.

»Ein jeder hat so seine verborgenen Rätsel!«

»Ach! Und welche Geheimnisse hast du?«

»Na ja! Ich bin reich und habe einige Häuser, eine eigene Immobilien- und Hausservicefirma und einen fleißigen Vermögensberater- und -verwalter!«

»Ja, ja! Ich weiß: Mein Haus, mein Auto, mein Boot und so weiter ...«, rief Mio und knuffte Pit.

»Ich gehe jetzt duschen! Erzählst du mir anschließend, was du den ganzen Tag ohne mich gemacht hast?«

»Natürlich!«, kam von Pit. Mio konnte das nicht mehr hören, denn sie war schon im Badezimmer verschwunden.

MITTWOCH, 14.03.2018, 20:00 UHR, EPPENDORF, EPPENDORFER LANDSTRAβE:

»Wenn du unbedingt rauchen musst, gehe bitte vor die Tür. Dieses ist ein Nichtraucherauto. Das erkennt man daran, dass es hier keinen Aschenbecher gibt!«

»Ist ja schon gut. Nur draußen ist es saukalt und es regnet auch noch.«

»Jan, wir bekommen gutes Geld für wenig Arbeit. Eigentlich machen wir gar nichts. Wir sitzen bloß herum!«

»So würde ich das nicht sehen. Wir sind die besten und preiswertesten Informationsbeschaffer, die der Ire bekommen konnte. Außerdem ist das Rumsitzen ganz schön anstrengend. Ich bin sogar der Meinung, dass wir bei diesen klimatischen Bedingungen eine Erschwerniszulage verdient hätten. Zumindest sind wir die letzten Tage bis zu vierzehn Stunden unterwegs gewesen. Und das bei dieser Kälte.«

»Überspann den Bogen nicht. Wir bekommen beide eine gute Rente. Mittlerweile kriegen wir für dieses Rumsitzen das Doppelte davon obendrauf. Und das nur für vierzehn Tage!«

»Ja, schon!«

»Und, was ist jetzt? Gehst du nun endlich raus zum Rauchen!«

»Okay, bin schon weg!«

MITTWOCH, 14.03.2018, 21:00 UHR, EPPENDORF, MIOS UND MATTES' WOHNUNG:

Der Schriftsteller lief in sein Büro, weil sein Mobiltelefon klingelte. Das Gespräch dauerte lediglich vier Minuten. Dann ging er ins Badezimmer.

»Wer hat denn angerufen?«, fragte Mio, während Pit sie abrubbelte.

»Rebekka. Sie wollte sich vergewissern, dass wir sie zum Winterfest mitnehmen!«

»Wenn da nicht mal mehr dahintersteckt!«

»Mio, wir werden es sehen. Spätestens Freitag.«

»Pit, mein Busen ist aber schon lange trocken!«

»Soll ich aufhören?«

»Nein!«, kam ganz bestimmt.

Pit wickelte das Badetuch sorgfältig um ihren Körper. Sie schaute ihn enttäuscht an. Dann griff er sich Mio, legte sie sich über seine Schulter und verschwand mit ihr im Schlafzimmer.

Später berichtete er seiner Lektorin, was er am Tag alles erlebt hatte. Sie hörte aufmerksam zu.

Gegen dreiundzwanzig Uhr stand er noch einmal auf und machte das Radio in der Küche aus. Als er aus dem Fenster auf die Straße schaute, sah er einen älteren Mann, der neben einem Rover stand und rauchte. ›Ungewöhnlich, zu dieser Zeit‹, überlegte Pit, bevor er zurück ins Bett stieg.

»Pit, ich brauche keine Kinder, ich habe doch dich!«, sagte Mio, kuschelte sich an Pit und schlummerte ein.

Er war noch eine ganze Zeit lang wach. Zuerst dachte er über sein Verhältnis zu Mio nach und dann nahm der Fall ihn in Beschlag. Erst gegen fünf Uhr schlief er ein.

7

Mattes bestieg das Elektroauto am verabredeten Platz. Vorher übte er mit Mio einen ausgefallenen Griff in der Selbstverteidigung. Und um sieben Uhr frühstückten sie.

Frau Kleinberg hatte gute Laune. Sie begrüßte Mattes mit einem freundlichen Lächeln und fuhr gleich los.

»Das E-Auto ist spitze. Wenn ich mit Papas Audi unterwegs bin, muss ich stundenlang einen Stellplatz suchen. Es ärgerte mich, dass die Stadt vor unserem Haus drei E-Parkplätze eingerichtet hatten. Jetzt genieße ich den Vorteil!«

Frau Kleinberg machte das Radio lauter, als ein Bericht vom Hamburger Hafen ausgestrahlt wurde. Der NDR informierte, dass das bisher größte Containerschiff am Donnerstagmorgen in Hamburg festgemacht hatte. »Die vierhundert Meter lange und neunundfünfzig Meter breite ›CMA CGM Antoine de Saint Exupéry‹ liegt am Burchardkai. Das Güterschiff hat eine Ladekapazität von über zwanzigtausend TEU. Der Frachter hat die Hansestadt mit weniger als dreizehn Meter Tiefgang erreicht. Er war nicht voll beladen angekommen, weil die Elbe nicht tief genug ist. Am Burchardkai in Waltershof werden rund siebentausend Container gelöscht, die hauptsächlich mit Elektronik und Textilien gefüllt sind. Etwa viertausend Container nimmt das Schiff dann wieder mit. Unter anderem sind Chemikalien und Maschinenteile in diesen Frachtboxen.«

»Was ist denn TEU?«, fragte Mattes. »Ich kenne nur Bruttoregistertonnen.«

»Herr Mattes, die Ladungskapazität von Container-schiffen wird nach der Anzahl von zwanzig Fuß Contai-nern, also in TEU, das heißt ›Twenty Foot Equivalent Units‹, bemessen.

Ja – wenn unsere Elbe tief genug wäre, könnte das Schiff voll beladen Hamburg anlaufen. Heute müssen dreißig Prozent der Ladung schon in Rotterdam entladen werden. Und das Verrückte ist, es werden Container in den Nieder-landen gelöscht, die für uns bestimmt sind.«

»Und mit der Elbvertiefung könnte das Schiff direkt nach Hamburg durchfahren?«

»Im Prinzip ja. Ich glaube aber nicht, dass ein Contai-nerfrachter, der im Linienverkehr zwischen China und Europa unterwegs ist, Rotterdam auslassen würde, auch nach einer Elbvertiefung. Man muss sich so ein Schiff wie einen Speditions-LKW vorstellen. Er lädt Fracht für alle seine folgenden Anlaufstationen. Damit bringt er was und nimmt was mit. Das geht immer so weiter. Aber er bräuchte keine Container für Hamburg unterwegs ausla-den, nur weil der Frachter einen zu großen Tiefgang hat. Dazu kommt, dass mit der Elbvertiefung auch Ausweich-plätze für Schiffe geschaffen werden. Diese braucht man, wenn sich größere Wasserfahrzeug begegnen. Das macht den gesamten Schiffsverkehr auf der Elbe wesentlich si-cherer!«

»Sie kennen sich aber gut aus!«, sagte Mattes.

»Ich hatte mal einen Freund, der arbeitete bei der HHLA, Hamburger Hafen und Logistik AG.«

Mattes schaute mit Frau Kleinberg die eingegangene Post durch und lud dann alle zur Besprechung ein. Pit Mattes erklärte seine Vorgehensweise, stand auf und stellte sich ans Flipchart.

Zuerst informierten Petra, Rolf und Torben über ihre aktuellen Ermittlungsstände.

»Ich habe mir die Zollpapiere angeschaut. Im gestohlenen Container waren laut Papiere fünfundachtzig Säcke Rohkaffee, zu je neunundsechzig Kilogramm, enthalten. Also knapp sechs Tonnen Kaffee.

Dann habe ich mit dem Zoll in Rotterdam gesprochen. Mir ging es darum, zu erfahren, woher sie die Information über den Kokaintransport in diesem konkreten Container hatten. Von den niederländischen Kollegen werde ich offiziell nichts erfahren. Ich habe aber das Gefühl, dass dort etwas vorgefallen ist, womit die Leute nicht rauswollten.

Pit, ich würde gerne für ein oder zwei Tage nach Rotterdam reisen und vor Ort ermitteln. Der Zoll dort ist sogar bereit, mich zu unterstützen. Darf ich?«

»Einverstanden. Aber halte ständig mit Frau Kleinberg Kontakt und keine Alleingänge.«

»Mach ich doch nie!«

»Genau! Darum erwähne ich das ja auch!«, sagte Pit Mattes und machte ein ernstes Gesicht. Petra grinste. Sie wusste, worauf Pit anspielte.

»Ich habe meine Sachen bereits gepackt und würde dann gleich fahren!«

»Okay«, kam von Pit. Petra stand auf und verließ den Besprechungsraum. Frau Kleinberg folgte ihr.

Die Besprechung wurde fortgesetzt. Kriminalkommissar Erdmann begann: »Der LKW war tatsächlich an dem genannten Standort. Er wurde durch die Polizei sichergestellt. Der Container war leer. Die Spurensicherung untersuchte das Fahrzeug. Aber fangen wir mit dem Bus an.

Der Autobus, mit dem die Täter uns abgedrängt hatten, wurde von der SpuSi gecheckt. Ein gebrauchtes Papiertaschentuch lag unten im Fußraum am Fahrerplatz. Da das Fahrzeug vorher gereinigt worden war, gehen wir davon aus, dass das Taschentuch einem der Täter gehörte. Sicherheitshalber nahmen wir von dem Busfahrer und den beiden Reinigungskräften DNA-Proben. Ein Ergebnis liegt nicht vor. Kriminalrat Biestmann versprach mir heute Morgen, dass er für eine Beschleunigung sorgen wird. Ansonsten gab es keine weiteren Hinweise im Bus.

Auch der LKW wurde von unseren Spezialisten im LKA 36 genauestens untersucht. Im Fahrzeug wurden keine Fingerabdrücke oder andere Anhaltspunkte gefunden. Die Täter müssen Handschuhe getragen haben. Die forensische Abteilung hat am Lenkrad DNA-Abstriche genommen. Wenn wir Glück haben, sind genetische Fingerabdrücke dabei, die nicht vom regulären Fahrer oder von dem Polizeikollegen, der das Fahrzeug bis zum Überfall fuhr, stammen. Ich glaube, Salzwedel heißt der.«

Rolf nickte zustimmend.

DNA ist die Abkürzung für ›deoxyribonucleic acid‹. In Deutschland wird es Desoxyribonukleinsäure, kurz DNS genannt. Es handelt sich um eine Nukleinsäure, die sich als Polynukleotid aus einer Kette von vielen Nukleotiden zusammensetzt. Das in den Chromosomen befindliche Biomolekül ist bei allen Lebewesen der Träger der Erbinformation. Es handelt sich damit um die materielle Basis der Gene.

Mit einer DNA-Analyse kann man Rückschlüsse auf ver-
schiedene genetische Aspekte des Individuums ziehen.
In der Kriminalistik werden DNA-Spuren am Tatort si-
chergestellt und analysiert, um den Täter zu finden und zu
identifizieren. In diesem Zusammenhang spricht man auch
von einem ›genetischen Fingerabdruck‹.

»Der LKW wurde einstweilen an die Spedition zurückgegeben. Der Container steht noch auf dem Polizeihof. Dazu
kann Rolf Genaueres berichten.«

Frau Kleinberg war inzwischen wieder im Raum. Sie
hantierte mit ihrem Mobiltelefon herum.

»Ich habe bei Frau Burgstallers Telefon die GPS-Funk-
tion eingeschaltet. So können wir ständig verfolgen, wo
sie sich befindet. Oder besser, wo sich ihr Handy aufhält.
Dann habe ich vorhin mein Gerät auf Konferenz geschal-
tet. So kann uns Frau Burgstaller während ihrer Fahrt hören.«

»Sehr gute Idee. Hallo Petra – kannst du uns hören!«

»Ja! Klar und deutlich«, kam es aus dem Mobiltelefon.

»Perfekt! Rolf, bitte fahr fort.«

»Okay – wie Petra schon erwähnte, waren im Container
etliche Kilo Rohkaffee. Mit unseren Rauschgifthunden
überprüften wir den Container. Es war tatsächlich Kokain
dort enthalten. Anhand der Intensität und Verteilung im
Container können wir von einer Menge von mindestens
fünfzig Kilogramm reinem Kokain ausgehen. Wahrscheinlich viel mehr. Petra und ich versuchen, den Ver-
bleib des Kaffees zu untersuchen. Dazu haben wir im Um-
kreis von dreihundert Kilometern alle Röstereien und Kaf-
feegroßhändler angemailt. Vielleicht meldet sich eine oder
einer. Dann können wir weitersehen.«

»Danke, Torben, und danke, Rolf.«

»Ich kann berichten, dass sich der Zustand von Siegfried Salzwedel verbessert hat. Er ist jetzt bei Bewusstsein, aber nicht vernehmungsfähig. Das heißt, er vermark noch nicht zu sprechen! Wenn ich Genaueres weiß, werde ich es bekannt geben!

Dann habe ich in Absprache mit Herrn Mattes, Kriminalrat Zohier Rolffs über unseren Ermittlungsstand informiert. Von ihm bekam ich kein Feedback.«

»Danke, Frau Kleinberg«, begann Pit. »Ich möchte, dass ihr den Platz oder die Stelle untersucht, wo der Container entladen wurde. Es kann sein, dass nicht nur der Zoll dort den Containertransfer observiert hatte.

Nach der Beladung auf dem LKW ist der Container mit einem GPS versehen worden. Ich gehe davon aus, dass das auch von den Kriminellen beobachtet wurde. Denn gleich nach der Entführung ist der GPS-Sender ausgefallen. Also mussten die Täter gewusst haben, wo der Sender angebracht wurde. Bitte untersucht die Orte, vielleicht finden wir einen Hinweis.

Noch was, Torben, bevor du verschwindest, möchte ich was mit dir besprechen.«

»Gerne! Ich würde gegen zehn Uhr so weit sein.«

»Perfekt!«

Mattes überflog noch einmal das Flipchart, brachte Korrekturen und Ergänzungen an, und las den Text laut vor, damit Petra den Inhalt mitbekommen konnte. Dann bat er Frau Kleinberg, die Seite zu fotografieren.

»Wer oder was ist eigentlich ›LKA 3‹?«, kam Petras Frage aus dem Telefon.

»LKA 3 ist die Abteilung ›Landeskriminalamt Hamburg – Kriminalwissenschaft und -technik‹. LKA 36 ist die klassische Kriminaltechnik und das LKA 35 und 39 kümmern sich um die DNA-Analytik und die sich daraus ergebende Fallbearbeitung«, antwortete Frau Kleinberg.

»Danke, Frau Kleinberg!«, sagte Petra. Dann verabschiedete sie sich und legte auf.

Torben und Pit trafen sich im Besprechungsraum. Pit hatte nur einen Becher mit Tee mitgebracht, Herr Erdmann seinen Laptop und einen Stapel Papier.

»Torben, du musst mir meine Fragen nicht beantworten. Aber ich bin neugierig und ich möchte wissen, woran ich bin. – Rolffs verdächtigt dich, in den Rauschgiftfall verwickelt zu sein, weil du kein Alibi hast. Du gabst bei ihm an, dass du zu Hause warst. Ein Nachbar von dir bestätigte das Gegenteil. Kannst du das aufklären?«

»Mm – ja. Ich traf mich mit einer Frau.«

»Das ist doch perfekt. Dann kann sie bestätigen, dass du nicht der Verräter bist.«

»Ja, das könnte sie. Das ist aber nicht so einfach! Die Frau ist verheiratet.«

»Und, ist das ein Problem?«

»Ja, es ist die Frau von Biestmann. Jetzt denke bitte nichts Verkehrtes, ich habe kein Verhältnis mit ihr. Wir sind lediglich befreundet.«

»Nun musst du mir aber die ganze Geschichte erzählen!«, forderte Pit ihn auf.

»Okay! Das fing auf dem Polizeifest Anfang Dezember an. Tolle Musik, tolle Stimmung, viele tanzten. Ich sah eine hübsche Frau einsam an einem Tisch sitzen und forderte sie zum Tanz auf. Sie zögerte, kam aber dennoch mit. Wir schwoften bestimmt eine gute halbe Stunde. Das passte perfekt mit uns beiden, sie ließ sich sehr gut führen. Das hat Spaß gemacht. Wir tranken an der Bar noch einen Cocktail und ich brachte sie an ihren Tisch zurück. Da saß

Biestmann. Ich wusste nicht, dass ich mit seiner Frau getanzt hatte. Ich wusste aber von meinen Kollegen, dass er eifersüchtig ist. Und ohne Vorwarnung hatte ich seine Faust im Gesicht. Ich fiel unglücklich und schlug mit dem Kopf auf dem Fußboden auf. Als ich aufwachte, befand ich mich im Krankenhaus, und es war eine Woche vergangen. Frau Biestmann war fast jeden Tag im Klinikum und nachdem ich wieder wach war, kam auch er mit und entschuldigte sich bei mir. Er schenkte mir dein Buch, damit ich was zum Lesen hatte. Kurz vor Weihnachten wurde ich entlassen. Hilde, Frau Biestmann, brachte mich nach Hause. Wir befreundeten uns. Seitdem telefonieren wir einmal in der Woche. Pit, mehr ist nicht.«

»Okay, wo liegt jetzt das Problem?«

»Montag vor acht Tagen rief sie an. Sie wollte meine Hilfe in Anspruch nehmen. Morgen haben sie und ihr Mann Silberhochzeit. Sie geben eine kleine Familienfeier. Ihr Gatte hat allerdings keinen gescheiten Anzug. Wir trafen uns am Freitag, um halb zwölf bei Karstadt in der Mönckebergstraße, und sind dann von Laden zu Laden gewandert. Ich habe die gleiche Statur und Größe wie Biestmann, deshalb probierte ich vielleicht zwanzig Anzüge an, bis wir endlich einen fanden, der ihr gefiel.«

»Verstehe!«

»Den Anzug, den sie kaufte, bekommt er morgen von ihr zur Silberhochzeit. Ich habe mit ihr telefoniert. Sie wird morgen ihrem Mann erzählen, dass sie mit mir los war, zum Aussuchen.«

»Dann wird sich dein Problem ja morgen, oder besser am Montag, wenn Biestmann aus dem Urlaub zurück ist, auflösen.«

»Ja, bis Montag muss ich durchhalten.«

»Torben, danke für deine offenen Worte. Ich werde das Geheimnis bewahren.«

Frau Kleinberg bestellte zum Mittag Pizza, die sie in der kleinen Küche aßen. Sie erwähnte, dass Frau Burgstaller in Rotterdam angekommen war. Anschließend verschwand Pit Mattes im Befragungsraum, setzte sich in den roten Sessel und versank in seinen Überlegungen.

DONNERSTAG, 15.03.2018, 14:30 UHR, ZOLLAMT WALTERSHOF, FINKENWERDER STRAßE, BESPRECHUNGSRAUM:

Um vierzehn Uhr dreißig erschien Dieter Gleis im Zollamt. Pit brachte ihn auf den aktuellen Stand der Ermittlungen. Herr Gleis wurde nachdenklich und rutschte unruhig auf seinem Stuhl hin und her.

»Herr Mattes, ich hatte heute Morgen ein unangenehmes Gespräch mit Herrn Rolffs, Kriminalrat Rolffs. Er verdächtigt nach wie vor Herrn Erdmann, und was mir absolut neu war, ist, dass auch Frau Günter auf seiner Liste ganz oben steht. Deshalb traf ich mich zum Mittagessen mit Kriminalrat Biestmann. Der hatte auch Besuch von Rolffs. Rolffs verlangte von Biestmann, dass er Frau Günter vom Dienst freistellt. Haben Sie ein Indiz oder ein Verdachtsmoment, das irgendwie auf sie hinweist?«

»Nein – ich kenne diese Frau nur von unserer Besprechung am Montag. Und da machte sie nicht gerade einen kooperativen Eindruck.«

»Stimmt! Kriminalhauptkommissarin Jessika Günter ist zwar hübsch, aber nicht unbedingt der Sympathieträger. Das bestätigte mir auch Biestmann. Er ist allerdings jetzt in Zugzwang und bat mich, mit Ihnen über den Fall zu reden.«

Nun rutschte Mattes unruhig auf seinen Stuhl hin und her.

»Biestmann hat heute Mittag Frau Günter rückwirkend Ihnen zugeordnet. So konnte er die Freistellung verhindern. Das hatte er im Vorwege mit seinem Chef abgestimmt.«

»Oha! Und was sagt die Hauptkommissarin dazu?«

»Ich glaube nicht, dass sie begeistert sein wird!«, bemerkte Dieter Gleis und schaute bekümmert Pit Mattes an.

»Und da ist noch was!«, setzte Zolloberamtsrat Gleis fort. »Wir müssen die Presse einschalten. Es ist ein Beamter zu Schaden gekommen. Die Redakteurin vom Abendblatt wurde von uns informiert. Da eine Veröffentlichung unsere Ermittlungen beeinflussen würde, hält sie bis Montag die Füße still. Momentan sind die Zeitungen auch noch mit der gestrigen Wahl von Frau Merkel und mit dem Weggang von Olaf Scholz als Bürgermeister von Hamburg beschäftigt. Aber spätestens am Montag erwarten sie eine Pressekonferenz von uns.«

»Verstehe!«

»Richtig – Herr Mattes, wir haben von zwei Seiten Druck! Können Sie uns, bis Montag Fakten liefern? Uns würde schon helfen, wenn wir sicher sein könnten, dass bei uns und bei der Polizei keine internen Verdachtsmomente vorliegen.«

»Ich kann Ihnen das nicht versprechen. Wir ermitteln auf Hochtouren.«

»Kann ich Sie irgendwie unterstützen?«

»Ich würde gerne die Ermittlungsergebnisse von Rolffs lesen. Lässt sich das irgendwie einrichten? Wir haben unsere Ergebnisse auch an Rolffs geschickt, dann könnte er doch ...«

»Rolffs will Sie aus dem Weg räumen. Er arbeite daran, dass Ihre Beauftragung annulliert wird. Gott sei Dank haben Sie bei der Staatsanwaltschaft mehr Fürsprecher als er. Ich glaube nicht, dass Sie von ihm Unterstützung bekommen werden. Dazu müssen Sie wissen, die interne Revision oder das Dezernat Interne Ermittlung (DIE) sind zwar Kriminalbeamte, sie unterstehen aber nicht dem Polizeipräsidenten, sondern der Innenbehörde der Stadt Hamburg.«

»Verstehe! Wann wird Frau Günter hier auftauchen?«

»Keine Ahnung! Und auch keine Ahnung, wie sie sich hier machen wird. Biestmann ist morgen nicht da. Er hat bis Montag Urlaub.«

»Ja – er feiert morgen Silberhochzeit.«

»Oh! Dann wissen Sie mehr als ich!«

»Nur durch einen Zufall erfahren!«

»Herr Mattes, Sie können mich jederzeit erreichen und Sie haben mein Vertrauen und das meiner Vorgesetzten.«

Damit verabschiedete er sich aus der Dienststelle.

Im Foyer traf Pit auf Torben. »Hast du was von Frau Günter gehört?«

»Nein – und da lege ich auch keinen so großen Wert darauf. Mir gefällt es hier besser.«

»Kriminalrat Biestmann hat sie uns zugeordnet.«

»Dieser Witzbold, Biestmann wollte bestimmt mal ein paar Tage Ruhe haben! Und dann versetzt er sie hierher. Als wenn wir nicht schon genug Probleme haben.«

»Nein, da verbirgt sich mehr dahinter. Die Hauptkommissarin steht unter Beschuss von Zorro. Der verlangt, dass sie freigestellt wird.«

»Aua! Die Günter und sich was zu Schulden kommen lassen, das sind zwei Sachen, die nicht zusammenpassen. Die würde sich selber anzeigen, wenn sie einmal versehentlich bei ›Rot‹ über die Ampel gegangen wäre.«

»Kannst du mir bitte ihre Mobiltelefonnummer geben. Ich rufe sie an.«

»Kein Problem, ich habe die Nummer in meinem Büro«, sagte er und ging vor.

»Sag mal, was hast du mit der Kleinberg gemacht? Die ist ja ganz verträglich, schon fast nett! So habe ich sie noch nie erlebt.«

»Ich habe mit ihr gesprochen und ihr eine Aufgabe gegeben. Außerdem bestehe ich darauf, dass sie zu unserem Team gehört, so wie du, Rolf und Petra«, kam von Pit, der einen Zettel mit einer Telefonnummer entgegennahm.

Der Hobbykriminalist bedankte sich bei Torben und ging in den Befragungsraum, um ein paar Telefonate zu tätigen. Anschließend marschierte er in sein Büro.

»Zolloberamtsrat Gleis hatte ich mir ganz anders vorgestellt. Er ist ein väterlicher Typ, weiß aber, was er will«, bemerkte Frau Kleinberg.

»Richtig, so schätze ich ihn auch ein. Wo sind unsere Leute?«

»Frau Burgstaller ist in Rotterdam, sie rief vor einer Stunde an und teilte mit, dass das Rauschgift wohl in den Niederlanden in den Container gekommen ist. Sie will das noch genauer recherchieren und möchte möglichst heute Abend oder Nacht nach Hamburg zurückfahren.«

»Das habe ich mir schon fast gedacht. Petra ist nicht gerne alleine in einem fremden Hotel.«

»Ja – und Herr Baumgartner ist zur Zolltechnik unterwegs. Er will mit den Leuten, die das GPS installierten, sprechen.

Herr Torben Erdmann fährt noch zur Spurensicherung und zur forensischen Abteilung. Er hofft, dass wir heute Untersuchungsergebnisse zu den gefundenen Spuren bekommen. Außerdem will er mit den Leuten von der Polizeitechnik reden, kriminaltechnische Untersuchung – KTU, die den LKW und den Container untersucht haben.«

»Gut, danke, sehr gut! Apropos, Torben hatte Sie eben gelobt!«

»Was? – Na ja, ich finde ihn auch ganz nett.«

»Und warum duzt ihr euch nicht?«

»Das hat sich so bisher noch nicht ergeben!«

»Verstehe – okay, wir machen jetzt einen kleinen Ausflug. Nehmen Sie das Ersatztelefon und eine Telefonliste mit. Alles Weitere erkläre ich Ihnen im Auto.«

DONNERSTAG, 15.03.2018, 15:30 UHR, IM AUTO:

»Sie machen es auch sehr spannend. Wo soll es denn jetzt hingehen?«

»Nach Eppendorf. Wir werden in einem Café die Hauptkommissarin Jessika Günter treffen.«

»Ich glaube, ich habe sie schon mal gesehen. Ich hatte keine Berührung mit ihr. Aber sie hat bei ihren Kollegen nicht den besten Ruf. Sie verlangt sehr viel.«

Nachdem sie in die Eppendorfer Landstraße abbogen, sagte Mattes: »Frau Kleinberg, hier an der linken Seite müssen wir hin. Fahren Sie geradeaus, und die nächste Straße links in die Kümmellstraße. Am Bezirksamt bekommt man hin und wieder einen Parkplatz.«

So auch dieses Mal. Pit stieg aus und löste einen Park-schein. Dann gingen sie gemeinsam zum ›Bücher&Lese-Café‹.

DONNERSTAG, 15.03.2018, 16:00 UHR, EPPENDORF,
BÜCHER&LESE-CAFÉ:

»Ich vermute, Sie werden gleich etwas überrascht sein, wenn Sie sehen, wer uns dort erwartet«, flüsterte Mattes Frau Kleinberg zu, als sie die Räumlichkeiten betraten. Zuerst wurden sie von Susanne begrüßt, die hinter dem Tresen stand und Kundschaft bediente.

»Ich glaube, ihr kennt euch?«, sagte Pit, als Mio um die Ecke bog und auf die beiden Neuankömmlinge zuging.

Frau Kleinberg war sprachlos, und das will was heißen. Mio grinste. Sie ging auf die Polizistin zu und umarmte sie. Dann erklärte sie der immer noch perplexen Frau Kleinberg, dass sie und Pit Mattes seit einem guten halben Jahr ein Paar sind.

Pit setzte sich an seinen Lieblingstisch, während Mio Svenja das ›Bücher&Lese-Café‹ vorstellte und zeigte.

Susanne stellte Kaffee und Tee auf den Tisch und Mio und Frau Kleinberg setzten sich zu Pit.

Pit hatte es noch nie verstanden, wie Frauen es hinbekommen, dass beide gleichzeitig reden und dem anderen dabei zuhören können. Er lehnte sich zurück und war auch schon in seinen Gedanken vertieft. Im Radio lief ›Girl‹ von ›John Lennon‹ komponiert und von den ›Beatles‹ ge-spielt.

»… und wenn es dir bei Pit so gut gefällt, warum duzt ihr euch nicht?«, fragte Mio.

»Ich weiß nicht, er ist doch mein Chef! Obwohl ich das gar nicht merke. Er ist fantastisch.«

»Aber Svenja – dass er fantastisch ist, weiß ich längst! Aber ihr solltet euch duzen.«

»Sag mal, Mio, was macht er da?«

»Der hört und sieht zurzeit nichts. Er denkt konzentriert nach. Das kann eine Weile dauern. Er errechnet Wahrscheinlichkeiten oder sucht einen Fehler oder sonst was. Auf jeden Fall ist er schneller, gründlicher und genauer als wir alle zusammen. Manchmal ist es mir schon fast unheimlich. Ich brauche oft Stunden, um das nachzuvollziehen, was bei ihm in der Birne abgeht. Aber wir sollten ihn jetzt wecken, sein Tee wird sonst kalt.«

Nach dem Tee und Small Talk fragte Frau Kleinberg: »Herr Mattes, wann wird denn Frau Günter hier erscheinen?«

»So gegen achtzehn Uhr wollte sie hier sein.«

»Dann habe ich ja noch Zeit, mit Ihnen etwas zu besprechen.«

»Natürlich, raus mit der Sprache.«

Mio lachte: »Los, Svenja, raus damit!«

»Na ja – so einfach ist das nicht. Also gut. Herr Mattes, würden Sie mir bitte das ›Du‹ noch einmal anbieten. Ich würde Ihnen dieses Mal keinen Korb geben?«

»Selbstverständlich. Bitte sage Pit zu mir.«

»Danke, und ich heiße Svenja!«

»Na, das war aber eine schwere Geburt«, mischte Mio sich ein und tätschelte Svenjas Hand. Dabei grinste sie Pit an und gab ihm einen flüchtigen Kuss.

Pit stand auf und holte die Tee- und Kaffeekanne. Er goss ein und die drei prosteten sich zu.
Frau Günter betrat das Café. Sie sah bleich und erschöpft aus. Mattes stand gleich auf und ging auf sie zu. Er erkannte, dass sie Wasser in ihren Augen hatte. Er reichte ihr ein Papiertaschentuch. Schroff lehnte sie ab und wischte sich die Tränen im Mantelärmel ab. Mattes half ihr aus dem Kleidungsstück.

»Ich möchte Ihnen Svenja Kleinberg und Mio Takahashi vorstellen. Und das ist Kriminalhauptkommissarin Jessika Günter. Bitte nehmen Sie Platz. Was möchten Sie trinken?«

Sie lehnte ab, setzte sich auf den angebotenen Stuhl und hielt sich eine Aktentasche vor ihre Brust.

›Sie hat Angst und ist total unsicher‹, stellte Mattes fest.

»Wollen Sie mit mir alleine sprechen, oder in diesem Kreis?«, fragte der Hobbykriminalist.

»Ich weiß nicht! Sinnvoll wäre es bestimmt, gleich in der Gruppe, dann brauche ich es nur einmal erzählen.«

»Okay«, fing Mattes an und machte eine Pause, weil Susanne eine Tasse mit grünem Tee brachte.

»Herr Biestmann hat Sie in unser Team versetzt. Unsere Aufgabe kennen Sie von der Besprechung im Zollfahndungsamt.
Heute Mittag war Herr Gleis bei mir und berichtete, dass Sie bei Rolffs unter Verdacht stehen.«

»Stimmt. Biestmann geht gerne Problemen aus dem Weg und versetzte mich deshalb in Ihren Verantwortungsbereich.«

»Ja – vielleicht. Vielleicht wollte er aber Ihre ›Freistellung vom Dienst‹ verhindern, oder zumindest verschieben.«

Man konnte ihr ansehen, dass sie über den Gedanken erschrak und dann darüber nachdachte.

»Was soll ich für Sie machen?«, fragte sie, obwohl sie genau wusste, was man von ihr hören wollte.

»Bevor wir über Aufgaben sprechen, würde ich gerne wissen, welche Verdachtsmomente Zorro gegen Sie in der Hand hat«, kam von Mattes. Den Spitznamen ›Zorro‹ benutzte er ganz bewusst.

»Okay!«, kam von ihr und sie klammerte sich etwas mehr an ihre Aktentasche.

»Ja – das ist eine lange Geschichte!«

»Frau Günter, wir haben so viel Zeit wie Sie wollen!«

»Ja – na, ja!«, flüsterte sie und löste ihren Griff um die Tasche. Dann schaute sie einmal in die Runde: »Sie werden mich gleich genauso verurteilen wie Kriminalrat Rolffs.«

»Das werden wir sehen! Nein – ich schätze mal nicht, denn Biestmann glaubt an Sie!«

Frau Günter erschrak und schaute Mattes verwundert an. Dann löste sie sich von ihrer Aktentasche und holte einen Umschlag heraus. Den DIN-A4-Brief nahm der Schriftsteller entgegen.

»Lesen Sie, das wird am Montag in einem großen Magazin erscheinen.«

Mattes öffnete den Umschlag und holte ein Foto und einen Artikel heraus. Zuerst schaute er sich das Bild an. Es war eine hübsche junge Frau mit einem älteren fetten, kahlköpfigen Mann abgebildet. Sie saßen in einem Restaurant an einem Zweiertisch. Auf dem Tisch standen eine Weinflasche und ein Sektkübel. Vor den Personen befanden sich leere Sektgläser und halb gefüllte Rotweingläser.

Mattes kannte den Mann aus der Zeitung: Franz Jörg Oppenheimer. Eine zwielichtige Person in der Hamburger Drogenszene. Auf der Rückseite des Fotos war ein Datum und eine Uhrzeit handschriftlich vermerkt: ›*Freitag, 9.3.2018, 12:13 Uhr.*‹

Franz Jörg Oppenheimer war eine sogenannte Kiezgröße. Der kahlköpfige, fette Kerl war sechzig Jahre alt und nur einen Meter sechzig groß. Bekannt wurde er als Drogenhändler und durch Verwicklungen in vielen schmutzigen Geschäften in der kriminellen Szene. Dazu gehörten Erpressung, Prostitution, Entführung und natürlich auch der Drogenhandel. Bisher konnte die Staatsanwaltschaft ihm nichts nachweisen. Er hatte entsprechende Anwälte, die gut beschäftigte und wohl auch gut bezahlte. Oppenhei-

mer galt als knallhart und rücksichtslos. In der Öffentlich-
keit trat er oft als großzügiger Spender und Mäzen auf.

Der Schriftsteller reichte das Foto an Mio weiter und las den Artikel. Er zog die Luft hörbar durch seine Zähne, während er das Schriftstück auf den Tisch legte.

»Harter Tobak! Frau Günter …«

»Sehen Sie! Was hab ich Ihnen gesagt!«, unterbrach sie ihn.

Mattes ließ sich nicht aus der Ruhe bringen: »Frau Günter, Ihr Chef Jürgen Biestmann muss sehr viel Vertrauen in Sie haben.«

Pit reichte den Artikel an Mio weiter, die ihn las und dann weiterreichte.

Verwirrt schaute die Kriminalhauptkommissarin Mattes an.

»Wissen Sie: Sie sitzen mit einem in der Szene bekannten Rauschgiftgangster oder Drogenboss vertrauensvoll in einem noblen Restaurant auf dem Kiez an einem Zweiertisch mit Sekt und Rotwein. Sie benutzen einen falschen Namen und Sie verkleiden sich. Und das alles ein paar Stunden, bevor der Überfall auf einen Rauschgifttransport stattfindet, von dem Sie wissen. Versetzen Sie sich mal in die Situation von Ihrem Chef!«

»Der wollte nicht mal meine Version hören!«

»Verstehe! Und das kann ich auch nachvollziehen. Aber ich – und ich glaube, wir alle möchten Ihre Sichtweise hören.«

Wieder hatte Mattes sie überrascht! Sie war unschlüssig, ob sie einfach aufstehen sollte und verschwinden, oder ob sie …

Mio und Pit erahnten ihren Gedanken. Unabhängig voneinander legten sie ihre Hände auf die von Frau Günter, die sich krampfhaft an der Tischkante festhielt.

Pit schaute zu Mio rüber und sie antwortete mit einem Augenaufschlag. Bei der Gelegenheit blickte Pit Svenja in die Augen. Sie reagierte wie Mio.

Es entstand eine Pause.

Langsam beruhigte sich Frau Günter und fing dann an zu erzählen:»Ich bin schon lange hinter Oppenheimer und dem Griechen Michelakakism her. Dass wir hin und wieder mal essen gehen, begann vor einem halben Jahr. Das war auch so geplant. Seit zwei Jahren arbeitete ich an meinem Plan. Ich mietete mir in Eidelstedt im Baumacker eine kleine Wohnung. Besorgte mir einen neuen Namen und einen entsprechenden Ausweis. Schnitt mir meine roten Haare ab, damit mir die blonde Perücke passt. Denn Oppenheimer steht auf blond. Seit einem Jahr tauche ich dann immer mal wieder auf den Partys auf, wo er sich herumtummelt.

Im Oktober lud er mich zum ersten Mal zum Essen ein. Im Dezember waren wir gemeinsam im Theater. Nach und nach begann er aus seinem Leben zu erzählen.

Und nun kommt auf einmal diese Tussi vorbei und macht ein Foto, und das, nachdem ich es ihr verboten hatte. Dann verfolgte sie mich bis nach Eidelstedt.

Ich vermute, dass sie meine Wohnung beobachtete und mir zum Präsidium gefolgt war. So kam sie an meine wahre Identität.«

»Das kann ich nachvollziehen. Aber warum bekamen Sie nicht durch Ihre Abteilung Unterstützung? Ich weiß, dass einige Beamte undercover arbeiten«, fragte Svenja.

»Man hatte mir verboten, gegen Oppenheimer zu ermitteln«, flüsterte sie.

»Und wie kommen Sie auf diesen komischen Namen: Christine Ó Dingsbums?«, wollte Mio wissen.

»Ó Cuidighthigh ist der Mädchenname meiner Mutter. Christine ist mein zweiter Vorname. Mama kam aus Irland. Sie verliebte sich hier in Deutschland und blieb hier. Die Ehe hielt fünf Jahre. Sie zog wieder zurück gen Dublin. Ich wuchs dort auf. Nach Mamas Tod holte mich mein Vater zurück. Ich bin hier zur Schule gegangen und habe hier studiert. In den Ferien und im Urlaub fahre ich immer wieder nach Irland. Ein tolles Land!«, schwärmte sie.

»Christine passt besser zu Ihnen. Und bitte lassen Sie sich Ihre Haare wieder wachsen. Ich habe Sie ein paarmal in der Kantine gesehen. Sie sahen Klasse aus!«, sagte Svenja.

»Welche Sprache spricht man in Irland?«

»In Irland spricht man Englisch und Irisch. Die irische Sprache ist eine der drei goidelischen oder gälischen Sprachen. Sie zählen zu den keltischen Sprachen.«

»Dann gibt es doch noch Ulster Scots?«, fragte Mio.

»Ja, es handelt sich um einen Dialekt, der in der Provinz Ulster gesprochen wird. Ulster Scots ist neben Englisch und Irisch eine Amtssprache in Nordirland.«

»Und Sie können die alle sprechen?«, wollte Svenja wissen.

»Nein, ich spreche Englisch und Gälisch, so wie in Dublin gesprochen wird.«

»Erzählen Sie weiter!«, forderte Mattes sie auf.

»Was soll ich erzählen, das war schon alles!«

»Nein, Frau Günter! Sie haben noch nicht erzählt, warum man Ihnen verboten hat, gegen Oppenheimer und Michelakakism zu ermitteln. Und Sie haben uns verschwiegen, warum Sie unbedingt ihn mit so viel Aufwand beobachten oder ausspionieren wollten.«

»Der Grund hieß Sascha. Er war Journalist und arbeitete für die gleiche Redaktion wie diese Tussi!«, begann sie und zeigte auf den Artikel, der vor ihr lag.

»Sascha war mein Freund. Wir waren verlobt. Er recherchierte über die Drogenszene in Hamburg. Eines Abends kam er nicht nach Hause. Erst vier Tage später fand man ihn in einem leer stehenden Gebäude. Er starb an einer Überdosis.–

Nie im Leben hätte er freiwillig Rauschgift genommen. Er wurde als Junkie hingestellt und damit war der Fall erledigt.
Ich habe mich vom Mord- zum Rauschgiftdezernat versetzen lassen. Das ging ganz einfach, da will sowieso nie einer hin.«

»Was passierte dann?«

»Ich ermittelte gegen Oppenheimer. Wir haben ihn empfindlich bei seinen Geschäften gestört. Aber wir konnten ihm nichts beweisen. Er war immer sehr vorsichtig. Dann beschwerte er sich über unsere Belästigungen, wie er es nannte, und wir bekamen ein striktes Verbot, weiter zu ermitteln. Das war vor zwei Jahren. Seitdem arbeite ich undercover.
Ich habe Sascha geliebt. Wir wollten heiraten. Vor lauter Aufregung verlor ich dann auch noch unser Kind.«

Plötzlich war es ruhig im Raum. Nur das Radio spielte. Es war das Lied ›Honey I miss you‹ von Bobby Goldsboro. Alle hörten zu. Keiner sprach ein Wort.

Dieses Mal nahm sie das Papiertaschentuch von Mattes entgegen. Erst nach dem Lied ergriff Pit das Wort: »Ich glaube Ihnen!«

»Ich auch«, kam von Svenja und Mio fast gleichzeitig.

Nach einer Weile ergänzte Mattes: »Indirekt hat uns Biestmann mit Ihrer Versetzung, die er übrigens rückwirkend datierte, einen Auftrag gegeben.«

»Und der wäre?«

»Sie da raushauen!«

»Okay, wie fangen wir an?«, fragte Svenja.

»Das hätte ich jetzt nicht vermutet, dass Sie alle auf meiner Seite stehen«, schluchzte sie und nahm dieses Mal das Taschentuch von Mio.

Susanne unterbrach die Gedanken der Anwesenden. »Ich habe da hinten den großen Tisch gedeckt. Kommt ihr bitte und lasst uns eine Kleinigkeit essen.«

In diesem Moment klopfte es an der Eingangstür. Doktor Rechtler, Mattes' Freund, stand mit Frau Malberg vor der Tür. Thomas lief hin und öffnete. Pit folgte ihm.

»Moin, Gertrud, und moin, Harald! Wie kommt ihr denn hierher?«

»Es gibt mehrere Anlässe. Erstens hat Gertrud ihre schriftlichen Prüfungsarbeiten hinter sich gebracht und zweitens will ich mal schauen, was mit dir los ist. Deine Schachzüge in den letzten zwei Tagen sind katastrophal.«

»Das finde ich schön, dass ihr hierherkommt. Kommt erst einmal rein. Draußen ist es saukalt. Und über unser Schachspiel unterhalten wir uns später.«

Doktor Harald Rechtler war Jurist und hatte sich als Anwalt und Notar selbstständig gemacht. Rechtsanwalt und Notar, Vermögensberatung und -verwaltung stand auf seiner Visitenkarte und auf dem Türschild an seiner Kanzlei.

Mattes und er studierten in Hamburg und lernten sich auf einer Uni-Fete kennen. Sie befreundeten sich.

Haralds Eltern kamen bei einem Autounfall um, sodass er bei seiner Oma aufwuchs. Als sie 1987 starb, fand er bei Mattes Halt. Seit mehreren Jahren unterstützt Mattes ihn bei kniffligen Nachforschungen oder Ermittlungen. Dafür kümmert sich Harald um alle rechtlichen Angelegenheiten von Pit.

Beide spielen sie gerne Schach, Fernschach. An jedem Tag ist ein Schachzug fällig. Die Kommunikation erfolgt per Mail oder SMS. Da der Doktor laufend verlor, kaufte er sich einen Schachcomputer und lässt sich von diesem unterstützen.

Regelmäßig treffen sie sich, unternehmen etwas oder gehen gemeinsam essen und trinken ein paar Biere. Der le-

*dige Jurist ist fünfundfünfzig Jahre alt, ist groß, hat brau-
ne lange Haare und besitzt eine sportliche Figur.*

»Wie ich sehe, hat Susanne dichtgehalten. Wir hatten uns nämlich bei ihr angemeldet!«

Susanne stand im Hintergrund, Thomas im Arm und grinste in sich herein. Mio begrüßte Gertrud Malberg und Harald. Pit stellte die anderen Personen vor.

»Pit, du warst in der Spedition und wolltest Information zu einem Container, den wir aus Rotterdam geholt hatten. Brauchst du meine Hilfe? Kann ich was für dich tun?«

»Alles okay, Gertrud! Deine studentische Kraft konnte uns zeigen, was wir brauchten. Er was uns eine große Hil-fe«, antwortete Pit und half ihr aus dem Mantel.

*Gertrud Malberg war die Prokuristin der Reederei Navis
in Hamburg. Sie studierte Betriebswirtschaft mit Schwer-
punkt Außenhandelswirtschaft. Ihren Bachelor absolvierte
sie vor drei Jahren, die Masterprüfung stand jetzt an.
Die attraktive Frau war mittelgroß, zirka fünfundvierzig
Jahre alt und trug blond gefärbte, voluminöse Haare. Sie
ist ledig, wohnt in einer kleinen Wohnung in Hamburg-
Barmbek, die im Stil der Fünfzigerjahre eingerichtet war.
Außerdem kleidet sie sich gerne in diesem Stil. Sie hat wenig Bekannte, kann zuhören und ist etwas leichtgläubig.
Seit sie mit Harald zusammen ist, duzt sie sich mit Mio
und Pit. Sie besuchte mit ihrem Freund jede Autoren-
lesung im ›Bücher&Lese-Café‹.*

Sie setzten sich an den großen ovalen Tisch, den Thomas ausgezogen hatte.

»Erwartest du noch einen Gast?«, fragte Mio Susanne.

»Ja, es kommt ein Überraschungsgast. So in etwa …«, Susanne schaute auf die große Uhr über dem Tresen. »… so in etwa einer halben Stunde. Ich habe heute Nachmit-

tag einen Schreck bekommen, als sie hier zur Tür herein-
kam. Zumal ich sie noch nie gesehen hatte. Aber ich
konnte sie sofort zuordnen!«

»Nun erzähl schon, wer ist sie?«, wollte Pit wissen.

Mio grinste, als wenn sie was wüsste. Pit ging zu ihr
und wollte von ihr hören, wer der Überraschungsgast ist.

»Pit, ich weiß das doch auch nicht! Es ist nur herrlich,
wie du dich verhältst, sobald es um ein Geheimnis geht!«

Alle lachten. Das ernste und traurige Thema, was zuvor
die Stimmung getrübt hatte, war vergessen.

Susanne und Thomas hatten reichlich aufgedeckt. Es
gab frisch gebackene Brötchen und Brot und üppig Auf-
schnitt, Käse und Salat. Thomas hatte außerdem Rundstück warm vorbereitet.

*Das ›Rundstück warm‹ ist ein in Hamburg traditioneller
Imbiss. Dabei wird eine Scheibe warmer Braten auf ein
halbiertes Rundstück, das ist ein rundes Weizenbrötchen,
gelegt und dann mit Bratensoße übergossen. Dazu gibt es
eine Senfgurke oder Aspik aus dem Bratenfond.*

»Gertrud? Wie sind deine Prüfungen gelaufen?«

»Alles perfekt. Es sind die Themen gefragt worden, die
ich gut beherrschte. Kein Problem.«

»Wann sind deine nächsten Prüfungen?«

»Meine Masterarbeit habe ich im Januar abgegeben.
Das Ergebnis erwarte ich in drei Wochen und die mündli-
chen Prüfungen sind dann kurz vor Pfingsten.«

»Ich wünsche dir für die Prüfung alles Gute!«

»Danke, Pit«, flüsterte sie.

»Und was ist mit deinen Schachzügen?«, frage Harald.

»Ach ja! Harald, in drei Zügen bist du matt.«

Sie saßen alle an dem großen Tisch, aßen und unterhielten sich. Um kurz nach acht Uhr kam der Überraschungsgast.

»Ah! Das ist deine Schwester«, rief Svenja laut in den Raum.

»Nein, das ist Renate, meine Cousine«, berichtete Pit, sprang auf und umarmte sie.

»Sie sieht dir aber sehr ähnlich!«

»Ja – Größe, Statur, Kinn, Augen und Nasen sind gleich«, stellte Susanne fest.

»Nur die Haare von Pit sind grau!«, gab Mio zu bedenken.

»Meine sind auch grau. Da habe ich nachgeholfen«, kam von Renate.

Schnell war sie in der Gruppe aufgenommen. Das ›Du‹ war lediglich eine Formsache.

»Erzähl mal, Renate, wie war Pit früher?«, fragte Susanne.

»Pit – ja, Pit war schon immer Pit. Neugierig, aufgeschlossen, und er konnte jederzeit grübeln. Er war der Denker in der Familie.«

»Also wie heute!«, stellte Svenja fest.

»Wie war es damals? Wie habt ihr gelebt?«

»Das ist doch gar nicht so lange her. Pits Vater war Hafenlotse. Er war immer zu Hause. Nur an Geburtstagen zum Kaffeetrinken, da hatte er jedes Mal Dienst. Mein Vater fuhr zur See. Er war so gut wie nie da. Und wenn er dann mal da war, so für vier Wochen, dann musste ich zur Schule. Also spielte sich meine Jugend mehr oder weniger bei Pit und seinen Eltern ab. Und da wir beide Mattes hießen, hielten sie uns alle sowieso für Geschwister«, erzählte Renate.

»War deine Mutter berufstätig?«

»Mama – ja – Mama war technische Zeichnerin bei ›Blohm & Voss‹. Tagsüber war sie nicht da. Deshalb ging ich nach der Schule immer mit Pit zu Tante Charlotte und Onkel Fiete.«

»Pit, arbeitete deine Mutter nicht?«

»Doch, natürlich«, antwortete Renate für Pit.

»Sie war Übersetzerin. Sie übersetzte englische Bücher ins Deutsche. Da kann ich mich an ihren fünfzigsten Geburtstag erinnern, als der Verleger kam und eine Rede hielt. Er sagte: ›Wenn die Engländer auch so viel Erfolg haben wollen mit ihren Büchern, sollten sie sie aus dem Deutschen ins Englische zurückübersetzen.‹ Bei den Büchern, die Tante Charlotte dolmetschte, stand auf dem Umschlag: ›Aus dem Englischen übersetzt von Charlotte Mattes.‹ Da war sie sehr stolz drauf. Nich', Pit?«

Pit nickte nur und musste grinsen. Mio streichelte ihn und hielt seine Hand. Pit genoss diese Situation.

»Erzähl mal, Pit, warum bist du nicht zur See gefahren oder Kapitän geworden, wie dein Vater?«

»Das hat sich so ergeben, außerdem hätte ich neben meinem Vater nie bestehen können«, antwortete der Schriftsteller. »Dazu kommt, ich fühle mich wohl in Hamburg, ich wollte auch nie aus Hamburg weg.«

»Ja, ja! Warst du überhaupt schon mal weg aus Hamburg? Warst du jemals in Urlaub?«

»Also, ich habe dich in München besucht, und in Bielefeld besuchte ich dich auch. Und in Dänemark, auf Rømø war ich recht lange. Und eine Kreuzfahrt um Südamerika habe ich gemacht. Außerdem gibt es keine schönere Stadt als Hamburg!«

»Ich weiß, zwei Tage hast du es in Bielefeld ausgehalten. Und in München warst du nur, weil dein Verlag das so wollte. Da waren unsere Väter anders. Auch Pits Vater berichtete aus anderen Ländern.
Ja – erzählen konnte der, Pits Vater, Fiete Mattes. Und die tollsten Geschichten erzählte er. Wenn wir in die Kneipe gingen, und das taten wir oft, dann musste Onkel Fiete immer Geschichten erzählen und das ganze Lokal hörte

zu. Er bekam sein Bier und wir kriegten Fassbrause«, schwärmte Renate.

»Na, das Erzählen hat dann Pit wohl von seinem Vater geerbt!«, sagte Mio und musste schmunzeln.

Sie saßen noch bis zweiundzwanzig Uhr zusammen. Renate unterhielt sie alle. Dann löste sich die Gruppe auf. Gertrud und Harald verließen zuerst das Café. Dann gingen Svenja und Frau Günter. Die Kriminalhauptkommissarin versprach beim Tschüss-Sagen, am nächsten Morgen im Zollamt Waltershof zu sein.

»Das war ein schöner Abend«, begann Mio. Sie kuschelte sich an Pit. »So was kenne ich aus meiner Familie nicht.«

Pit Mattes war inzwischen in seinen Gedanken versunken. Bevor er einschlief, revidierte er seine Meinung zu Jürgen Biestmann.

8

Pünktlich um sieben Uhr dreißig stieg Pit in Eppendorf in das E-Auto. Svenja erzählte, dass sie am Vorabend Frau Günter nach Hause gebracht hatte. »Zuerst unterhielten wir uns eine halbe Stunde im Auto. Dann wurde es uns zu kalt und wir gingen in ihre Wohnung. Ich war erst kurz nach Mitternacht zu Hause!«

»Was hältst du von ihr?«, fragte Pit nachdenklich.

»Ich vermute – nein, ich bin mir sicher – sie ist nur nach außen diese coole, taffe Frau. Innerlich ist sie aufrichtig und gefühlsbetont. Ich finde sie in Ordnung. Und Pit, ich habe sie über unseren Ermittlungsstand informiert. Ich hoffe, ich durfte das?«

»In diesem Fall ist das okay. Und was sagte sie dazu?«

»Ich glaube, sie war beeindruckt. Auch als ich ihr erzählte, wie wir miteinander umgehen und wie wir unsere Besprechungen abhalten.
Und – noch was! Ich habe ihr das Smartphone und unsere Telefonliste ausgehändigt. Die Sachen waren doch für sie!«

»Richtig! – Was hältst du davon, wenn wir sie in unserem Büro unterbringen und wir beide ziehen ins Foyer?«

»Jetzt, wo der Vorhang da ist, zieht es nicht mehr. Damit bin ich einverstanden. Aber warum wir beide?«

»Ganz einfach, ich möchte am Zentrum des Wissens mein Domizil haben!«

Svenja lachte laut auf: »Zentrum des Wissens! Oje – ich bin das Zentrum des Wissens!«

Sie freute sich über dieses Lob und war stolz darauf. Endlich hatte sie eine richtige Aufgabe, die Spaß machte, und ihre Arbeit wurde anerkannt. Sie beschloss, doch bei der Polizei zu bleiben.

Sie erreichten das Zollamt Waltershof um acht Uhr. Frau Günter war schon da, sie wartete in ihrem Auto. Gemeinsam gingen sie hoch in den ersten Stock in ihre Diensträume. Svenja verschwand im Büro und Frau Günter und Mattes setzten sich ins Foyer.

»Sie sind von Frau Kleinberg auf den aktuellen Stand gebracht worden. Svenja ist die Schlüsselfigur in unserem Team. Sie ist nicht nur das ›Mädchen für alles‹, sondern hauptsächlich unsere Informationsmanagerin. Bitte jede Information, was auch immer, wo Sie sich aufhalten, wo Sie hinfahren, was Sie ermittelt haben, sämtliche Dokumente, bitte alles an Frau Kleinberg oder Svenja geben. Frau Günter, das ist mir wichtig. Wir funktionieren nur durch einen gemeinsamen und schnellen Informationsfluss.«

»Okay, Herr Mattes, das habe ich verstanden«, flüsterte sie.

»Seien Sie nicht schüchtern. Fragen Sie immer drauflos. Es gibt keine falschen Fragen. So habe ich gleich eine Frage zu dem Griechen, Michelakakism oder so ähnlich, den Sie gestern erwähnten. Wer ist das, und welche Rolle spielt er?«

»Yanni Michelakakism, oder der Grieche, weil man seinen Namen nicht aussprechen kann, ist die rechte Hand von Oppenheimer. Er ist ein brutaler Kerl ohne Kompromisse. Ich schätze ihn auf einen Meter achtzig und auf vierzig Jahre. Er hat schwarze Augen, kurze, dunkle Haare und einen Vollbart. Wenn er irgendwo auftaucht, zucken alle zusammen. Er ist für die schmutzigen Aufgaben in der Organisation zuständig. Wir haben ihn schon einige

Male verhaftet. Er kam aber immer wieder frei. Die meisten Zeugen zogen ihre Anklage oder Aussage zurück.«

»Verstehe! – Noch was – Sie bekommen ein Büro. Dieses hier«, sagte Mattes und zeigte auf seine Bürotür.

»Frau Kleinberg besorgt für Sie einen Schreibtisch. So wie ich sie kenne, wird das morgen erledigt sein.«

»Das wird schon heute Mittag erledigt sein!«, kam von der Tür. »Entschuldigung!«

»Frau Günter, haben Sie Fragen oder Wünsche?«, fragte Mattes.

Svenja stand mit verschränkten Armen in der Tür: »Jessika, nun los!«

»Ja – von Svenja habe ich erfahren, dass Sie sich alle duzen. Ich heiße Jessika.«

Pit musste lachen.

›Diese Svenja ist schon eine Nummer!‹, dachte Pit. Er schaute sie an und schüttelte den Kopf.

»Aus Fehlern kann man lernen. Und was man gelernt hat, sollte man an andere weitergeben!«

»Danke, Svenja! – Natürlich Jessika, mein Name ist Pit! Den Rest vom Team binden wir gleich in unsere Besprechung ein.«

»Tee und Kaffee sind schon fertig!«, rief Svenja und hakte Jessika ein, um sie zum Besprechungsraum zu begleiten.

Torben kam gerade durch die Eingangstür und machte bei Pit halt: »Träum ich oder habt ihr die Drogen gefunden und intern verteilt?«, lachte er und legte seine Hand zur Begrüßung freundschaftlich auf Pits Rücken.

FREITAG, 16.03.2018, 8:30 UHR, ZOLLAMT WALTERSHOF, FINKENWERDER STRAßE, BESPRECHUNGSRAUM:

Alle nahmen im Besprechungsraum Platz. Svenja befestigte das Flipchart-Blatt. Torben erwähnte, dass Rolf zehn

Minuten später kommen würde, da er bei der Zolltechnik aufgehalten wurde.

»Okay, dann warten wir einen Augenblick«, sagte Pit. Sein Telefon klingelte, er nahm das Gespräch entgegen und schlenderte in den Befragungsraum. Als er zurückkam, war Rolf da.

Pit entschuldigte sich für die Unterbrechung und hielt dabei sein Mobiltelefon hoch. Dann stellte er Frau Günter und die anderen Teammitglieder vor. Svenja hatte in der Zwischenzeit das ›Du‹ allgemein geklärt. Jessika schloss sich dem gleich an.

»Okay – lasst uns starten!«, kam von Pit und er marschierte gleich zum Flipchart.

Torben fing an: »Wir fanden acht Zigarettenkippen der Marke Marlboro in der Nähe vom Schiffsanlegeplatz der ›Maria‹. Hier wurde der Container gelöscht und auf den LKW gestellt. Schaut mal hier auf unsere Karte«, sagte Torben und zeigte mit dem Zeigestock auf den projizierten Plan. »Hier ist die Reederei Navis, hier lag das Schiff, hier stand der Zoll und beobachtete den Löschvorgang. Und hier hielt sich unser Mann ›X‹, der Raucher, auf. Sie konnten sich gegenseitig nicht sehen. Da stand der LKW dazwischen, um den es hier geht. Aber beide hatten sie ein gutes Blickfeld auf den Ladevorgang.«

»Wie groß ist die Wahrscheinlichkeit, dass ›X‹ von der Beobachtung des Zolls was mitbekommen hatte?«

»Nach meiner Einschätzung ist die Wahrscheinlichkeit recht groß. Zumal das Zollfahrzeug im Blickfeld von ›X‹ war. Und ›Zoll‹ stand auch noch auf dem Auto drauf!«, ergänzte Petra.

»Das ist noch nicht alles!«, erklärte Torben. »Ja, wir haben Kippen der gleichen Zigarettenmarke an dem Ort gefunden, an dem die Zolltechniker das GPS-Gerät installiert hatten.«

»Die Spurensicherung hat beide Plätze untersucht. Sie gehen anhand der Abdrücke davon aus, dass es sich jeweils um zwei Personen handelte, die dort standen.«

»Die Zigarettenreste sind zurzeit bei der forensischen Abteilung. Sie werden auf DNA-Spuren untersucht. Ich hoffe, dass wir bald Ergebnisse bekommen.«

Pit Mattes nahm das Flipchartblatt ab und befestigte es an der Wand. Dann begann er eine neue Seite.

»Welche Erkenntnisse erwartet ihr?«, fragte er.

»Erstens, dass die Kippen an beiden Standorten von der gleichen Person stammten. Und wenn wir Glück haben, ist uns die DNA bekannt.«

»Verstehe. Petra, du warst gestern beim Zoll in Rotterdam. Du informiertest Svenja auf deinem Rückweg über deine Ergebnisse und Eindrücke. Möchtest du das hier noch einmal vorbringen?«

»Natürlich! Ich wurde herzlich in Rotterdam von unseren Kollegen aufgenommen. Zuerst sind wir die Ladepapiere durchgegangen und haben uns vor Ort alles angeschaut. Letztendlich haben wir herausbekommen: Der Container wurde in Cartagena mit den Kaffeesäcken beladen. Der Zoll vor Ort untersuchte die Ware und kontrollierte den Ladevorgang. Wir können sichergehen, dass in diesem Container nur das enthalten war, was auf den Frachtpapieren stand. Also dort wurden keine Betäubungsmittel eingeschmuggelt oder versteckt. Entsprechend wurde die Box vom dortigen Zoll beschriftet und versiegelt. Der Container kam in Rotterdam an, wurde dort gelöscht und im Hafen zwischengelagert. Der Zeitraum zwischen dieser Lagerung und der Verladung auf der ›Maria‹ waren acht Stunden. In diesem Zeitabschnitt musste jemand den Container geöffnet und kolumbianisches Kokain dort versteckt haben. Intern untersucht der Zoll, wer und wann Zugang zur Box hatte.

Dass das überhaupt herauskam, lag daran, dass ein Lehrbeamter seinen Zollanwärtern den Container vorführte.

Dabei fiel eine falsche Verplombung auf. Die Zollbehörde untersuchte den Fall und informierte den Zoll in Hamburg.«

»Woher wussten die Holländer, dass Kokain im Container war?«

»Sie untersuchten mit Drogensuchhunden den Platz, an dem der Container stand. Auf jeden Fall ermitteln sie noch. Wenn neue Erkenntnisse vorliegen, bekommen wir Bescheid. Ich habe Svenjas Telefonnummer dort hinterlegt.«

»Sehr gut. Wann warst du zurück?«

»Heute Morgen um vier Uhr. Hatte nicht so viel Schlaf.«

»Danke, Petra. Wenn du müde bist, machst du Schluss«, forderte Pit sie auf.

»Doch nicht jetzt, wo es spannend wird.«

»Was war mit dem LKW? Haben wir neue Spuren? Und was ist mit dem Container?«

»Der LKW wurde, wie gestern schon erwähnt, von der Spurensicherung untersucht und inzwischen zurückgegeben. Am Lenkrad, an den Türeingängen und so weiter wurden DNA-Proben genommen.«

»Was erwartet ihr für Ergebnisse?«, fragte Pit.

»Erstens: DNA-Vergleich – Taschentuch aus Bus und Abstriche aus dem LKW.
Zweitens: DNA-Vergleich – Taschentuch aus Bus und die Zigarettenkippen.
Drittens: DNA-Vergleich – mit unserer Datenbank.
Viertens: DNA-Vergleich – zu Spuren an dem Container.
Sicherheitshalber und zum Vergleich haben wir die DNA vom Fahrer des LKWs und von unserem Mann, Herrn Salzwedel, der im Krankenhaus verweilt, besorgen lassen. Wenn die DNA vom Taschentuch und die auf dem LKW identisch sind, beweisen wir, dass hier ein direkter Zusammenhang besteht«, erklärte Rolf.

»Ja, aber das wissen wir doch schon jetzt.«

»Stimmt. Wenn diese DNA gleich der DNA der Zigarettenkippen ist, sind wir uns sicher, dass die Beobachter auch die Täter sind. Und schön wäre es, wenn wir die DNA in einer Datenbank finden könnten. Dann haben wir eine Identität.«

»Wann können wir mit einem Ergebnis rechnen?«

»Montag oder Dienstag, wenn Biestmann gestern Druck gemacht hat. Oder besser, die Prioritäten in unserem Sinne verändert hat.«

»Verstehe! – Was gibt es zum Container?«

»Die Box steht bei der Polizeitechnik. Wie gesagt, sie ist leer. Wir haben Kaffeebohnen beim Ausfegen gefunden, die ins Labor gingen. Ansonsten keine weiteren Erkenntnisse zu gestern.«

»Danke, Rolf und Torben. Ich möchte auf das, was Petra berichtete, zurückkommen. So wie ich dich verstanden habe, werden die Container, falls sie von den Behörden vor Ort kontrolliert wurden, in Europa nicht noch einmal überprüft. Auch dann, wenn sie aus Kolumbien stammen. Ist das richtig?«

»Es kommen jedes Jahr sieben Komma zwei Millionen Container im Hamburger Hafen an. Das sind durchschnittlich zwanzigtausend pro Tag. Wer soll die alle prüfen? Also macht man nur Stichproben«, erklärte Rolf Baumgartner.

»Ja, dabei werden die Untersuchungen natürlich etwas gesteuert. Container aus Kolumbien haben so eine größere Priorität als Container aus einem europäischen Ausland«, erklärte Petra.

»Dazu muss ich was anmerken. Zurzeit bekommen wir etliche Hinweise auf Rauschgift in Containern. So kommen wir so gut wie gar nicht dazu, die regulären Stichproben durchzuführen«, ergänzte Rolf.

»Aber, um auf deine Frage zurückzukommen, Container, die schon mal geprüft wurden, werden nicht mehr untersucht. Auch dann, wenn sie im Ausland kontrolliert wurden. Gerade die Prüfung in Kolumbien wird international unterstützt und überwacht. Da sind die USA sehr hinterher, denn der Hauptteil des kolumbianischen Kokains wird nach Nordamerika geschmuggelt«, informierte Petra.

»Verstehe. Geprüfter Container mit Kaffee für Hamburg kommt nach Europa. Wird in Rotterdam gelöscht und von dort nach Hamburg verschifft. Aus deinen Untersuchungen, beziehungsweise den von den niederländischen Zoll-Kollegen, wissen wir, dass unser Container voraussichtlich in Rotterdam mit Kokain bestückt wurde. War das eine Einzelaktion, oder kommt jede Woche oder jeden Monat ein Kaffee-Rauschgift-Container in Hamburg an? Und gibt es geprüfte Blechkisten mit anderen Waren, die als Kokainverstecke dienen? Ich möchte nicht die Ermittlung für die Holländer machen und herausfinden, wie das Kokain nach Rotterdam kommt. Aber uns muss interessieren, wie das Zeug hierherkommt. Und vielleicht genauso die Container, die mit einem LKW oder wie auch immer von Rotterdam hierher transportiert wurden und werden.«

Es war ruhig im Raum. Rolf meldete sich zuerst zu Wort: »Ich kann anhand unserer Zollpapiere den Warenstrom aus Kolumbien nachvollziehen. Ich würde mit geprüften Kaffee-Containern anfangen, und dann, je nach den Erkenntnissen, die Suche erweitern.«

»Ich werde mit dem Zoll in Rotterdam noch mal Kontakt aufnehmen und deine Fragen den Kollegen stellen. Vielleicht haben sie Antworten«, kam von Petra.

»Gut!«, fing Pit an. »Jessika und Petra, bitte untersucht die Organisation oder den Ablauf des Kaffeetransportes. Die Kaffeebohnen waren für jemanden bestimmt. Es muss eine Bestellung dazu geben. Die Kolumbianer verschiffen doch nicht sechs Tonnen Kaffee, ohne dass ein Auftrag dazu vorliegt?«

»Machen wir«, kam von Jessika. Pit registrierte ein kurzes Lächeln in ihrem Gesicht.

»Ich bin mir immer noch nicht im Klaren, warum wurde eine fiktive Adresse angegeben. Das bedeutet doch, dass der Besteller Kokain … oder nur den Kaffee erwartete. Wer bestellt Kaffeebohnen an eine fiktive Adresse?«

»Ja, die Polizei fand an der eigentlichen Empfängeradresse nur eine alte verlassene Baracke vor. Die Beamten befragten Zeugen und nahmen die Personalien von zwei Personen auf, die in einem roten Laster auf der gegenüberliegenden Straßenseite sich aufhielten«, bestätigte Torben.

Pit schrieb die Frage ›Wer ist der Empfänger des Roh-Kaffees?‹ auf das Flipchart: »Irgendetwas habe ich übersehen. Vielleicht hat von euch jemand eine Idee?«, fragte Pit und war in Gedanken. Pause.

»Jessika oder Petra, habt ihr schon so einen oder einen ähnlichen Fall gehabt?«

Beide schüttelten sie den Kopf.

»Was passiert eigentlich, wenn unsere Gangster, sagen wir mal, dreißig bis fünfzig Kilogramm reines Kokain geborgen haben? Welche Schritte folgen? Und der Kaffee?«

»Der Kaffee wird eingelagert oder kommt direkt zur Rösterei. Das Kokain muss zum Strecken ins Labor. Da aber im Moment viel auf dem Markt ist, kann ich mir vorstellen, dass auch das in einem Depot verschwinden wird«, antwortete Torben.

»Danke. Und alle Lager, die es in Hamburg gibt abzuklappern macht bestimmt keinen Sinn.«

»Richtig, zumal dreißig Kilo man fast überall verstecken kann. Und wir können nicht einmal sicher sein, ob das Kokain noch in Hamburg ist oder in eine andere Stadt, zum Beispiel Berlin, gebracht wurde.«

»Pit, ich werde mich mal in der Szene umhören, vielleicht weiß einer von meinen Informanten was.«

»Sei bitte vorsichtig, Torben. Und rufe mich beziehungsweise Svenja immer an, wenn du den Standort wechselst oder etwas Neues erfahren hast.«

»Du erreichst mich Tag und Nacht«, sagte Svenja. Torben sah sie lange an, bevor er nickte. Mattes gefiel, was er hörte und sah.

Flipchart:

Blatt 2:   16.3.2018:
Zigarettenkippen der Marke Marlboro am Standort 1 und 2 gefunden und dem LKA 35 zur DNA übergeben.

1. Ergebnis: Löschvorgang und die Anbringung des GPS wurden beobachtet!
2. Ergebnis: Kokain wurde in Rotterdam in dem Container versteckt.
To-Do's:
Fragen an LKA 3 Untersuchungen: (Torben/Rolf):
1. DNA-Vergleich – Taschentuch aus Bus und Abstriche aus dem LKW.
2. DNA-Vergleich – Taschentuch aus Bus und die Zigarettenkippen.
3. DNA-Vergleich – mit unserer Datenbank.
4. DNA-Vergleich – zu Spuren an dem Container.
Befragung Siegfried Salzwedel (Svenja/Pit).
Häufigkeit/Anzahl eines gesicherten Kaffeetransports über Rotterdam? (Rolf)
Wer ist der Empfänger des Roh-Kaffees? Wie und wer bestellte ihn? Wie sollte das Geschäft abgewickelt werden? (Petra/Jessika)

FREITAG, 16.03.2018, 10:30 UHR, ZOLLAMT WALTERSHOF, FINKENWERDER STRAßE:

Jessika kam ins Foyer: »Pit, meine Kollegin im Rauschgiftkommissariat sprach mich eben an: Im Schanzenviertel ist gestern ein Dealer überfallen worden. Er wurde brutal zusammengeschlagen und beraubt. Vielleicht könnte uns das weiterhelfen.«

Pit begleitete Jessika zum Krankenhaus. Sie besuchten den verletzten Afrikaner. Sie waren eine halbe Stunde bei ihm. Mattes erkannte, dass der Dealer aus Angst nichts sagen würde. Sie beendeten das Gespräch und fuhren enttäuscht zurück.

Svenja setzte Pit in Eppendorf ab. Die letzten Meter ging er zu Fuß. Es war kälter geworden und der Schneeregen war unangenehm im Gesicht. Mio fand er im ›Bücher&Lese-Café‹. Sie saß mit Susanne und Thomas am großen Tisch, und sie aßen Kuchen und tranken Kaffee. Pit setzte sich dazu und bekam ein Stück Nugattorte und einen Becher Tee.

Mio und Pit zogen sich für das Winterfest um. Auf dem Programmzettel stand: ›Gutes Essen, Getränke nach Wahl, Tanzmusik und humoristische Einlagen‹.

Um halb sechs verließen sie die Wohnung und trafen sich an der Bushaltestelle mit Rebekka. Gemeinsam fuhren sie in die HafenCity.

»Um achtzehn Uhr dreißig ist Einlass!«, sagte Rebekka. »Im vorigen Jahr war die Veranstaltung ein Knaller.«

»Da bin ich aber gespannt! Und Hunger habe ich inzwischen auch«, erklärte Pit. Mio nickte und hakte sich zwischen Pit und Rebekka ein.

Es spielte eine Comboband Jazz und Tanzmusik. Mio und Pit tanzten viel. Rebekka traf einen Bekannten. Auch sie war oft auf der Tanzfläche. In den Pausen trat ein Komiker auf. Die Beiträge, die er brachte, kannte man von Otto, Heinz Erhardt oder Fips Asmussen. Das Essen bestand aus einem reichhaltigen, bürgerlichen Buffet. Die meiste Zeit waren Pit und Mio auf der Tanzfläche. In den Pausen und beim Essen saßen sie zusammen an ihrem Tisch. Pit hatte den Eindruck, dass Rebekka ihm was sagen wollte. Er sprach darüber mit Mio.

»Rebekka ist nicht auf den Mund gefallen. Wenn sie was zu sagen hat, wird sie das tun. Aber du kannst sie ja nachher mal ansprechen. Du machst das schon.«

Die Veranstaltung ging um zweiundzwanzig Uhr zu Ende. Die ersten Gäste verließen die Festhalle. Die Musik, die noch gespielt wurde, kam vom Band.

Rebekka meldete sich bei Mio ab: »Ich fahre nicht mit euch zurück.« Dabei schaute sie auf ihren Tanzpartner, der gerade zur Theke ging, um die letzten Getränke zu holen. Mio und Pit tranken ihr Bier aus. Draußen regnete es. Es waren vereinzelt Schneeflocken dabei. Pit hatte ein Taxi bestellt, bevor sie sich ihre Wintersachen an der Garderobe geben ließen. Sie wollten sich von Rebekka verabschieden, fanden allerdings nur ihren Tanzpartner, der an der Theke saß. »Rebekka ist zum Rauchen.«

Mio und Pit schlenderten auf die Straße, um auf ihr Taxi zu warten. Vor der Eingangstür stand Rebekka und rauchte. Sie stritt sich mit einem großen und korpulenten Mann, den Pit nicht kannte. Der Kerl hatte eine aggressive Körperhaltung. Pit ging auf sie zu. Rebekka machte eine Handbewegung, dass er gehen sollte. Mio nahm das auch wahr und zog Pit auf die Straße.

Den Gruß, den Pit Rebekka noch hinüberschickte, erwiderte sie nicht. Das Taxi kam den Sandtorkai herunter.

Auf der gegenüberliegenden Straßenseite stand ein schwarzer Rover, mit dunklen Scheiben und Segeberger Nummernschild, im Halteverbot. Pit registrierte das Aufglimmen einer Zigarette. Er stutzte. Der Taxifahrer brachte die beiden nach Eppendorf.

Eine dreiviertel Stunde später schaute Pit aus dem Küchenfenster. Er registrierte, dass Rebekka aus einem Taxi stieg.

»Hey, Torben! Du hier? Lange nicht gesehen!«

»Stimmt! Wusste gar nicht, dass du wieder aus dem Knast bist!«

»Schschsch – nicht so laut … muss ja nicht gleich jeder mitbekommen, dass ich gesiebte Luft hatte! Was treibt dich hierher? Bist du noch mit der Gerda zusammen?«

»Ne, schon lange nicht mehr. Und du, haste was zu tun?«

»Wenn du einen Job meinst – ne! Nur hin und wieder mal was Kleineres. Du weißt Bescheid. Aber nichts mehr mit Stoff!«

Torben nahm im Augenwinkel wahr, dass zwei Typen in das Etablissement kamen, die schon aufgrund ihrer Kleidung überhaupt nicht hierhergehörten.

»Die beiden Typen da, gehören die zu dir?«

»Ne – die kleben nur an meiner Jacke!«, antwortete Torben.

»Das sind keine, die hierhergehören!«

»Sehe ich auch so.«

»Torben, komm hier um die Ecke, da können sie uns nicht sehen.«

»Okay – haste was gehört, wie sieht's auf der Platte aus?«

»Bei was? Koks, Cannabis, Ecstasy oder bloß was zu rauchen?«

»Mich interessiert momentan nur Kokain.«

»Da ist was in der Leitung. Stimmt's, dass euch zweihundert Pfund durch die Latten gegangen sind?«

»Wird wohl! Was gibt's?«

»Na ja – ich hab was flüstern gehört – letzte Nacht habe ich ein paar Fremde gesehen.«

»Und was flüsterten die?«

»Konnte ich nicht verstehen, war 'ne fremde Sprache«, wisperte er mit vorgehaltener Hand.

»Außerdem ist die Luft hier sehr trocken!«

Torben bestellte zwei Bier. »Und wird die Luft besser?«, fragte er, nachdem die Kellnerin die Biere brachte.

»Dann kam ein Schnösel, im Anzug mit Fliege. Der sprach mit denen. Auf Englisch.«

»Ja und was?«, fragte Torben geduldig.

»Hätt' gern noch was Starkes zum Bier!«

Torben winkte zur Kellnerin und machte ein entsprechendes Handzeichen. Sie nickte.

»Du nicht?«

»Du weißt, dass ich nichts Hartes trinke! Aber erzähle weiter.«

»So gut ist mein Englisch doch nicht!«

»Ach, Gerd, es ist doch schön, dass du jetzt wieder raus bist«, wechselte Torben das Thema und seine Aussprache wurde laut.

»Schon gut, schon gut – das Zeug ist im Labor und wird dort gebunkert. Noch ist zu viel auf dem Markt. – und damit haben sie recht.«

»Wo wird der Stoff versteckt und gestreckt?«

»Habe ich nicht verstanden, die sprachen immer von einer Box. Ich hatte den Eindruck, die wissen auch nicht, wo der Stoff gelagert wird.«

»Wie sah der Kerl aus?«

»Welcher?«

»Der Schnösel!«

»Knapp ein Meter achtzig, unter vierzig, schneeweißes langes Haar und er bestellte auf gebrochenem Deutsch.«

»Und die anderen?«

»Sahen ganz normal aus, wie Europäer. Mittelgroß, einer hatte rote Haare.«

»Erzähle mir was über Oppenheimer«, forderte Torben ihn auf.

»Was willst du wissen?«

»Wo hat der sein Labor?«

»Ich bin nicht lebensmüde! Das kann ich dir nicht verraten. Du weißt, der Grieche!«

»Um den festzusetzen, brauche ich nur eine Aussage! Dann ist der weg vom Fenster!«

»Da wirst'e keinen finden, der nur 'ne Andeutung macht.«

»Okay, danke!«

»Torben! Ich habe dir zu danken. Du hast mich damals nicht hängen lassen wie meine sogenannten Freunde!«

Torbens Telefon klingelte. Er erkannte, dass Pit anrief. Er nickte seinem Gesprächspartner zu. Dieser verstand das Zeichen und suchte sich einen anderen Platz.

»Hey Pit. Was darf ich zu solch einer späten Stunde für dich tun?«

»Kannst du reden?«, fragte Pit.

»Geht so!«

»Wo bist du? Kannst du da weg?«

»Ich recherchiere auf dem Kiez. Natürlich, kann ich weg. Habe aber unangenehme Anhängsel, die ich loswerden muss. Wohin soll ich kommen?«

»Treffpunkt HafenCity, Sandtorkai 31, in dreißig Minuten.«

»Bin ich da!«, sagte Torben und legte auf.

FREITAG, 15.03.2018, 23:40 UHR, EPPENDORF, MIOS UND MATTES' WOHNUNG:

»Du ganz in Schwarz, wollen wir zu einer Beerdigung?«

»Nein! Ich fand es nur so passend!«, flüsterte sie und grinste Pit an, während sie die Wohnungstreppe hinuntereilten.

Beide lagen bereits im Bett, Mio hatte sich an Pit gekuschelt und sie redeten über die Party. Pit wurde auf einmal unruhig und dann sprang er auf. »Mist, ich habe was übersehen! – Ich muss noch mal raus! Willst du mit?«

Das ließ Mio sich nicht zweimal sagen. Schon oft wollte sie mit. ›Kein Problem!‹, hatte Pit gesagt. Aber immer, wenn es dann ernst wurde, hatte sie etwas Eigenes auf dem Zettel. Und jetzt das Angebot: ›Willst du mit!‹ Was für eine Frage!‹, schoss es Mio durch den Kopf, und sie stürzte sich in ihre Klamotten.

Die Kälte und den Ostwind nahmen sie auf dem Weg zum Parkhaus nicht wahr. Pit startete den Motor und sie fuhren Richtung HafenCity. Als sie an der U-Bahn-Haltestelle Baumwall vorbeifuhren und auf die Niederbaumbrücke abbiegen wollten, wurden sie von Torben überholt. Er kannte Pits Auto nicht. Kurz darauf, auf der Wilhelminenbrücke wurde Pits Auto noch von einem weißen BMW überholt.

»Der verfolgt Torben! Zwei männliche Personen sind im Fahrzeug.«

»Ich notiere das Kennzeichen!«, rief Mio und schrieb das Autokennzeichen auf die Papp-Parkscheibe, die in der Ablage lag.

Sie erreichten den Sandtorkai.

»Da steht der BMW!«, rief Mio.

»Und da ist das Auto von Torben. Er wird definitiv verfolgt oder beschattet.«

»Was hast du vor?«

»Wir fahren über das Ziel hinaus und parken dort. Dann gehen wir zurück.«

Pit fuhr weiter über den verabredeten Ort hinaus und parkte.

»Ich schau mir mal die im BMW an!«, sagte Mio und war auch schon verschwunden. Die Dunkelheit verschlang ihren Schatten.

»Sei vorsichtig!«, rief er ihr hinterher und musste schmunzeln.

SONNABEND, 16.03.2018, 0:15 UHR, HAFENCITY, SANDTORKAI:
»Moin, Torben.«

»Hallo, Pit, was treibt uns in die Kälte?«

»Dir ist jemand gefolgt!«

»Ach, schon wieder. Langsam sind die lästig. Ich müsste mich mal um die kümmern! Aber was gibt es hier?«

»Da drüben waren wir gestern Abend, äh, vor ein paar Stunden, auf einer Party. Als wir aufbrachen, stand dort auf der gegenüberliegenden Straßenseite ein dunkler Rover mit einem Segeberger Kennzeichen. Es saßen zwei Personen im Fahrzeug und der Fahrer rauchte. Das ist mir auch nur aufgefallen, weil die Glut der Zigarette leuchtete. Kein Mensch würde bei dieser Kälte freiwillig im Auto sitzen, warten und rauchen. Die beiden beobachteten jemanden.«

»Schauen wir uns das mal genauer an!«, kam von Torben.

Mio stand plötzlich neben Pit. Keiner hat sie kommen hören. Torben erschrak.

»Ist alles okay!«, begann Pit.

»Das ist Mio und das ist Torben«, stellte er die beiden vor. Er konnte das Blitzen in seinen Augen sehen.

»Mio ist meine Geheimwaffe und meine Partnerin!«

»Hallo, Torben«, sagte Mio und reichte ihm die Hand.

»Hallo!«, entgegnete er etwas verwirrt.

»Mio?«, kam von Pit und er schaute sie fragend an.

»Ich habe gerade zwei angriffslustige Herren, die eine einsame Frau belästigten, ausgeschaltet. Sie sind jetzt mit ihren eigenen Handschellen an einem Laternenmast befestigt. Und der weiße BMW springt nicht mehr an«, erklärte die Geheimwaffe und reichte Torben ein elektronisches Bauteil.

»Torben, wer sind diese Subjekte?«, fragte Pit.

Mio antwortete für ihn: »Das sind Polizisten. Hier sind ihre Ausweise.« Sie reichte dem Kriminalkommissaren zwei Plastikkarten und Schlüssel. »Die gehören zu den Handschellen, die die beiden verbinden.«

Torben grinste und holte sein Telefon heraus.

»Gut gemacht, Mio!«, kam anerkennend von Pit.

Mio war aber inzwischen schon wieder verschwunden. »Pit, ich bemerkte in der Kneipe, dass mich zwei Kerle beobachten. Während du anriefst, sah ich, wie einer in Richtung Toilette verschwand. Dann fuhr ich los und machte an der ersten Kreuzung eine Halse. Ich wurde nicht verfolgt. Auf der Willy-Brandt-Straße sah ich den BMW im Rückspiegel. Deshalb drehte ich einige Runden kreuz und quer um den Michel. Ich war mir sicher, den BMW abgehängt zu haben.«

»Lass dein Auto untersuchen. Wahrscheinlich haben sie dem Fahrzeug einen Sender verpasst.«

»Okay, das würde ihr Auftauchen hier erklären!«

Pit registrierte auf der gegenüberliegenden Seite einen Lichtschein aus einer Taschenlampe. Mio suchte den Platz ab, an dem vor kurzer Zeit der Rover stand.

»Dann werde ich mal die Polizei anrufen, damit sie die beiden befreien«, sagte Torben und grinste.

»Und die Spurensicherung, mit dem Ziel, dass sie diesen Platz hier in Augenschein nehmen«, ergänzte Pit, denn er erkannte, dass Mio was entdeckt hatte. Sie gingen zu Mio hinüber.

»Hier schaut mal. Hier sind Zigarettenkippen, Marlboro. Drei Stück habe ich gefunden. Da und da und hier! Schau mal, Pit.«

Pit und Mio warteten nicht auf die Streifenpolizei und auch nicht auf die Spurensicherung. Sie stiegen ins Auto und starteten nach Eppendorf. Dieses Mal fuhr Mio.
Auf der Rückfahrt berichtete Pit das Geschehene an Svenja und bat sie, eine Info-SMS an alle zu versenden.

»Ich bin doch eine gute Assistentin – nicht wahr?«

»Ja – aber es war gefährlich für dich! Du hattest Glück, die beiden Kripobeamten waren Anfänger. Aber du warst gut!«

»Danke!«

Sie waren gerade zu Hause. Sein Mobiltelefon klingelte. Jessika rief an. »Ich habe die Information von Svenja gelesen, dass frisches Kokain – Schnee – auf dem Markt ist und dass dieses aus einer Box kommt. Kannst du was mit ›Box‹ anfangen? Ich habe schon im Internet recherchiert, ob es so einen Ort, ein Lokal oder eine Kneipe gibt. Alles negativ. Darf ich was für euch tun?«

»Danke, Jessika, im Moment nicht. Nein mit ›Box‹ vermag ich im Augenblick nichts anzufangen. Ich muss darüber nachdenken! Kannst du etwas mit der Personenbeschreibung von Torben anfangen? Ich habe das Gefühl, den Knaben irgendwo gesehen zu haben. Und das muss vor Kurzem gewesen sein.«

»Negativ! Keine Idee.«

»Dann gute Nacht, wenn was passiert, wirst du auf jeden Fall einbezogen.«

Pit legte auf und holte sich die Mail von Svenja noch einmal hervor. Die Personenbeschreibung las er mehrmals. Er wusste, dass er den Mann mit krausem Haar und schwarzem Oberlippenbart kannte. Er machte sich ein paar Notizen und ging dann ins Bett. Mio schlief schon, sie rollte sich im Halbschlaf an seine Seite.

9

Das Telefon klingelte, Mio weckte Pit: »Das ist für dich!« Er schälte sich aus ihrer Umarmung und latschte noch nicht so richtig munter in sein Büro.

»Hier ist Svenja! Moin, Pit!«

Pit Mattes war urplötzlich wach und hörte aufmerksam zu.

»Ich habe vor einer halben Stunde einen Anruf aus dem Krankenhaus bekommen. Unser LKW-Patient ist für eine Befragung bereit. Er möchte mit jemandem aus dem Kommissariat sprechen.«

»Verstehe!«

»Darf ich dich dort hinbringen?«, fragte sie.

»Nein! Aber wir treffen uns um zehn Uhr im Krankenhaus, am Empfang. Bitte informiere Jessika, ich möchte sie dabeihaben«, bestimmte Pit.

»Das ist okay, wir werden da sein!«, kam von ihr und Begeisterung klang in ihrer Antwort mit.

Pit ging, nachdem er aufgelegt hatte, zurück ins Schlafzimmer.

»Aufstehen! Die Pflicht ruft!«

»Aber ich bin noch müde!«

»Dann werde ich wohl alleine losmüssen.«

Ohne weiter zu überlegen, sprang Mio aus dem Bett, überholte Pit und war vor ihm im Badezimmer. Zusammen stiegen sie eineinhalb Stunden später in den Bus.

Svenja und Jessika warteten bereits im Foyer. Die Begrüßung fiel kurz aus. »Er ist im Zimmer 2.010 und erwartet
uns schon.«

Jessika hatte leuchtende Augen und hakte sich bei Mio
ein. Das Krankenzimmer war schlicht eingerichtet, und
das zweite Bett war nicht belegt. Die Begrüßung war un-
konventionell. Mio hatte ein Buch von Pit mit und überreichte es Herrn Salzwedel.

Pit Mattes forderte ihn auf zu berichten, was vorgefallen war.

»Ich stand vor der roten Ampel. Plötzlich riss jemand
die Fahrertür auf und schubste mich auf den Beifahrersitz.
Dabei bekam ich einen kräftigen Kinnhaken. Ich war so
überrascht, dass ich nicht reagieren konnte. Als ich mich
gegen den Eindringling zu Wehr setzen wollte, wurde ich
von hinten gepackt. In der Zwischenzeit war auf der Beifahrerseite auch eine Person eingedrungen. Ich wurde aus
dem Fahrzeug gezerrt und fiel kopfüber aus dem Führer-
haus auf den Bürgersteig. Seitdem kann ich mich an
nichts mehr erinnern. Aufgewacht bin ich hier in diesem
Zimmer.«

»Ihre Aussage deckt sich mit den Beobachtungen, die
der Junge gemacht hat. Was auf der Beifahrerseite passiert
ist, konnte er allerdings nicht sehen«, bestätigte Jessika.

»Verstehe! Haben Sie für uns einen Hinweis, anhand
dessen wir die beiden Angreifer identifizieren können?«,
fragte Mattes.

»Die Person, die von der Beifahrerseite gekommen
war, habe ich nicht gesehen. Der Typ, der auf der Fahrerseite eindrang, trug eine weiße Katzenmaske und ein
dunkles Cappy. Ich glaube, darauf stand was in gelber
Schrift. Er trug einen dunkelgrünen Parka mit braunen
Tarnflecken. Außerdem hatte er schwarze Lederhandschu-
he an. Da fällt mir ein: Ich konnte ein Tattoo sehen, das

war unterhalb des Handgelenks. Es guckte unter den Handschuhen hervor. Es kam mir bekannt vor. Ich habe so etwas schon mal gesehen.«

»Beschreiben Sie bitte das Tattoo«, forderte Jessika ihn auf.

»Moment, ich muss mich mal konzentrieren«, antwortete er und machte seine Augen zu.

»Es war grün, sah aus wie ein dreiblättriges Kleeblatt und in jedem Blatt war ein Herz. Das Ganze bestand aus einem Faden, der entsprechend gelegt wurde, wie bei den keltischen Symbolen. Verstehen Sie?«

»Ja! Könnten Sie das hier einmal aufzeichnen?«, wollte Svenja wissen.

»Das grüne Kleeblatt aus einem Faden gelegt ist ein altes irisches Symbol. Es wurde von den Freiheitskämpfern in Nordirland getragen«, erklärte Mio.

»Herr Salzwedel, versuchen Sie sich zu erinnern, bei welcher Gelegenheit haben Sie das Gebilde gesehen?«

»Ja, ich überlege schon die ganze Zeit. Das muss vor sechs oder sieben Wochen gewesen sein. Ich hatte nicht direkt mit dieser Person was zu tun, sonst wüsste ich das noch.«

Der Stationsarzt betrat das Krankenzimmer. »Sie müssen jetzt meinem Patienten Ruhe gönnen. Ich hätte Sie noch nicht zu ihm gelassen, wenn er nicht ausdrücklich darauf bestanden hätte.«

»Okay! Herr Salzwedel, ich werde Sie in den nächsten Tagen wieder besuchen«, sagte Jessika.

»Danke, dass Sie uns weitergeholfen haben. Wenn Ihnen was einfällt, rufen Sie mich oder Frau Günter an. Hier ist meine Telefonnummer. Und danke für die Zeichnung. Jetzt verstehe ich, was Sie mit einem durchgehenden Faden meinten«, kam von Svenja, und sie gab ihm einen Zettel mit ihrer Nummer.

Sie wollten gerade aus dem Raum gehen.

»Halt! Ich weiß es jetzt. Ich habe Christel bei einem Verhör assistiert. Es ging damals um den Fall Schmidt.«

Das Gesicht von Jessika hellte sich auf. Sie zog ihre Augenbrauen hoch und bedankte sich noch mal bei Siegfried Salzwedel.

»Ich fahre jetzt gleich ins Präsidium und schaue mir den Fall an«, rief Jessika, während sie das Foyer erreichten.

»Nein! Das macht Svenja. Wir fahren zum Zollamt«, bestimmte Pit. Jessika und Mio schauten Pit überrascht an.

»Svenja, versuche so viel wie möglich, zu diesem Fall herauszubekommen. Wir treffen uns dann im Zollamt.«

»Okay, Ich kenne Christel und komme mit ihr klar. Ich werde vorher mit ihr telefonieren. Tschüss dann!«, rief sie und war verschwunden.

Mio fasste Pit an seinem Oberarm und drückte ein wenig. Er wusste schon, warum. Jessika fühlte sich etwas überfahren.

»Jessika, dich brauche ich gleich im Zollamt bei der Recherche. Ich hoffe, du nimmst Mio und mich mit.«

Sie lächelte Pit an. »Natürlich!«

Mio legte ihren Kopf an Pits Schulter. Auch dieses Mal wusste Pit ihre Geste zu deuten. Er setzte sich auf die Rückbank und versank in seinen Gedanken. Mio und Jessika unterhielten sich während der Fahrt über den irischen ›St. Patrick's Day‹.

»Ich habe für heute Abend Karten für ein Konzert gekauft. Das ›St. Patrick's Night Concert‹ findet in Harburg statt. Da wollen wir hin. Pit hat das bestimmt schon wieder vergessen.«

Sie erreichten die Diensträume und waren überrascht, dass
Rolf anwesend war. Er war genauso erstaunt, Jessika, Pit
und Mio zu sehen. Pit stellte Mio Rolf und umgekehrt vor.

»Meine Frau ist mit den Kindern zu ihrer Mutter gefahren. Die mag mich nicht, so bleibe ich lieber in Hamburg.
Ich gucke mir gerade Kaffeelieferungen an. Ich habe eine
aus dem Dezember gefunden, die hatte die gleiche Lieferanschrift wie die von Freitag voriger Woche. Auch dieser
Container lief über Rotterdam und wurde von der Reederei Navis im Steinwerder Hafen nach Hamburg gebracht.«

»Du meinst, dass dahinter ein System steckt.«

»Genau, könnte schon sein. Ich suche weiter!«

»Was kann ich für dich erledigen?«, fragte Jessika.

»Bitte recherchiert nach dem Symbol, was uns Salzwedel beschrieben hat. Mio, würdest du Jessika dabei unterstützen? Du kannst meinen Laptop benutzen.«

»Gerne! Und was willst du machen?«

»Ich warte auf eine Reaktion von Svenja. Und bis dahin
werde ich nachdenken.«

Zum Nachdenken kam Mattes nicht, denn Svenja rief an:
»Hier ist der Teufel los! Rolffs macht alle verrückt. Ich
durfte nicht ins Büro von Christel, wir hatten uns dort verabredet. Ich will Fakten und Spuren verschleiern, unter-
stellte er mir.«

»Und bist du denn jetzt im Präsidium?«

»Ich lasse mich doch nicht von so einem Typen ver-
schrecken. Ich bin wieder raus und durch den Keller, an
der Polizeitechnik vorbei. Christel scannt gerade das Protokoll und die Aussage von dem Knaben. Auch ein Foto
vom Tattoo ist dabei.

Noch was, das Subjekt ist mittelgroß, hat rote Haare und einen blonden Bart.«

Pit legte sein Mobiltelefon auf den Tisch im Foyer und stellte auf laut.

»Die Person, die damals vernommen wurde, ist Cowal Walsh. Er hat die irische Staatsbürgerschaft und war hier in eine Auseinandersetzung verwickelt. Sein Kontrahent war ein stadtbekannter Dealer. Otto Schmidt wollte die beiden Streithähne auseinanderbringen und bekam eine Stichwunde am Oberarm.

Ich lese mal vor:

›Als die beiden Männer am frühen Freitagnachmittag aufeinandertrafen, soll der sechsunddreißigjährige Cowal Walsh begonnen haben, mit einem Messer auf den fünfunddreißigjährigen Tytus Adamczak‹ – das ist der Dealer – ›einzustechen. Dieser soll daraufhin, mutmaßlich in Notwehr, ebenfalls ein Messer gegen seinen Angreifer eingesetzt haben. Der Passant Otto Schmidt wollte den Streit schlichten und wurde dabei am Oberarm verletzt.

Beide Männer wurden vorläufig festgenommen. Beim Fünfunddreißigjährigen fand man eine größere Menge Kokain. Die Hintergründe der Tat sind derzeit noch unklar und Gegenstand der weiteren Ermittlungen durch das Rauschgiftdezernat. Der Passant wurde ins Krankenhaus transportiert, musste dort ambulant behandelt werden.‹

Hier steht noch ein Zusatz: ›Achthundertdreißig Gramm verkaufsfertiges Kokain wurden sichergestellt.‹

Der Dealer Tytus Adamczak wurde dem Haftrichter zugeführt und der Ire wurde freigelassen, weil er eine Wohnungsanschrift vorweisen konnte.

Die Anschrift haben wir kontrolliert. Es handelt sich um eine Frau namens Cemile Tilki. Ich fahre gleich mit Christel dorthin. Sie wohnt in Stellingen. Tschüss, es geht jetzt los. Ich melde mich!«

Pit drückte das rote Telefonsymbol. Es entstand eine andächtige Ruhe.

Jessika unterbrach zuerst die Stille. »Pit, ich weiß jetzt, warum Svenja nach Alsterdorf fahren sollte. Du wolltest mich aus Zorros Schusslinie wissen.«

Mio grinste und nahm Jessika in den Arm.

»Im Moment haben wir ein paar Stunden Vorsprung.«

Petra erschien in der Dienststelle.

»Hallo, Petra, was machst du denn hier?«, fragte Mio.

»Pit hat mich angerufen und hierher bestellt. Torben ist auch auf dem Weg«, antwortete sie und stellte ihre Tasche ab.

»Davon hat er mir gar nichts erzählt. Es ist schön, dich zu sehen.«

»Bist du dir da ganz sicher? Wo ist denn der Großmeister?«

»Der ist zum Gehirnjogging im Vernehmungszimmer, äh – Befragungsraum«, erklärte Jessika.

»Ich gehe kurz in mein Büro. Sag bitte Bescheid, wenn Torben gekommen ist«, sagte Petra und verschwand dann gleich.

»Komm, Mio, wir kümmern uns mal um das Symbol.«

Als Pit das Foyer betrat, sah er Petras Tasche. Er wusste, wo er sie finden würde, und marschierte in ihr Büro.

»Moin, Petra, entschuldige bitte, dass ich vorhin am Telefon so unhöflich war.«

»Vergiss es! Was gibt es denn so Wichtiges, dass wir alle hier am Sonnabend unsere Freizeit verbringen?«

Pit berichtete von den letzten Ereignissen.

»Wow, wie kommst du darauf, dass es einen Zusammenhang zwischen unserem Fall und deiner Party am Sandtorkai gibt?«

»Ich weiß es nicht. Ich hatte auf einmal eine Eingebung. Erklären kann ich das nicht.«

»Na ja! Marlboro-Raucher gibt es mehrere. Aber warum sitzen Leute in einem Auto und rauchen. Und das bei diesem saukalten Wetter.

Ich war dir eigentlich dankbar, dass du anriefst. Bei mir zu Hause ist die Heizung ausgefallen. Als ich heute Morgen wach wurde, war es schon verdammt kalt in meiner Bude. Mittlerweile funktioniert das Ding wieder. Aber kalt ist es immer noch.«

»Petra, pass mal auf! Wir müssen Torben und Jessika aus der Schusslinie von Rolffs bringen. Der bringt es fertig und bucht die beiden ein.«

»Ich weiß. Und mir ist schon eine Idee gekommen. Ich bin allerdings noch nicht davon überzeugt, dass sie den beiden gefallen wird.«

Das Telefon klingelte. Torben war eingetroffen.

»Gehen wir.«

»Schade, ich hätte gerne mehr von deinen Ideen erfahren.«

SONNABEND, 17.03.2018, 14:00 UHR, ZOLLAMT WALTERSHOF, FINKENWERDER STRAßE, BESPRECHUNGSRAUM:

Petra und Pit erreichten das Foyer, Jessika und Mio warteten im Besprechungsraum. Pits Telefon klingelte. Svenja rief an. Er legte sein Mobiltelefon auf den Tisch und stellte auf laut.

»Hier gab es ein paar Probleme, Rolffs wollte uns nicht fahren lassen. Er fing uns im Parkdeck ab. Er untersuchte unsere Taschen. Natürlich ohne Erfolg!«

»Und wo hattet ihr die Unterlagen vom Schmidt-Fall?«

»Nicht kopiert, sondern eingescannt. Und den Stick trage ich nahe an meinem Herzen. Da ist viel Platz.«

Pit verstand das nicht, aber die anderen mussten lachen. Erst nachdem Mio Svenjas großen Busen mit ihren Händen nachbildete, fiel bei Pit der Groschen.

»Christel hat das mobile Einsatzkommando nach Stellingen geschickt. Wir sind jetzt auf dem Weg dorthin.«

»Verstehe! Wenn ihr dort seid, meldet euch bitte!«

»Okay, darf ich Christel zum Zollamt mitbringen? Sie will dich unbedingt kennenlernen.«

»Macht das! Gute Fahrt.«

Pit legte auf.

Mio und Pit verzogen sich in den Befragungsraum. Sie schloss die Tür und nahm Pit in den Arm. Sie standen ein paar Minuten eng umschlungen im Raum und küssten sich.

»Pit, ich habe Hunger, können wir was bestellen?«

»Na klar, im Foyer am Schwarzen Brett hängen Bestelllisten.«

Mio marschierte ins Foyer und Pit setzte sich in den roten Sessel. Am Schwarzen Brett standen Jessika und Torben. Gemeinsam bestellten sie Pizza für alle.

Nach dem Essen überprüften Petra und Rolf weitere Kaffeetransporte aus der Vergangenheit. Mio machte sich in der Küche nützlich und wusch das Geschirr ab. Pit ging ins Büro von Jessika und setzte sich auf den Besucherstuhl. Er spürte, dass sie was auf dem Herzen hatte.

»Pit, ich habe in den letzten drei Tagen mehr erfahren, erlebt und gelernt als in den vergangenen zwei Jahren. Und ich habe richtige Freunde bekommen: Mio, dich, Petra, Svenja und Rolf und Torben. Ihr seid alle so anders. Ihr haltet zusammen. Petra erzählte mir eure Geschichte. Svenja galt im Dienst als unmöglich. Keiner wollte sie haben. Und jetzt fühlt sich das so gut an. Ich habe in den letzten Tagen besser geschlafen als in den vergangenen zwei Jahren. Ich war von Hass und Rache geprägt. Durch euch ist alles anders geworden. Das ist dein Verdienst, das bist du! – Ich danke dir dafür, dass du mich hier aufgenommen hast.«

»Da nich' für! Jessika, ich möchte dich nach …«

»Svenja ist da!«, rief Rolf.

Nachdem Pit sich umdrehte, sah er, dass Mio in der Tür stand. »Nehm sie in den Arm, sie braucht das jetzt«, flüsterte sie Pit ins Ohr und verschwand. Jessika stand hinter ihrem Schreibtisch auf und Pit nahm sie in den Arm.

»Bist du nicht eifersüchtig, wenn ich Jessika in den Arm nehme?«, fragte Pit Mio, als sie alleine waren.

»Nein, ich weiß, dass wir zusammengehören und dass du mich liebst. Komisch ist das aber doch, aber bei Jessika war das ganz wichtig. – Entschuldige, dass ich euer Gespräch mitbekam, ich wollte nicht lauschen. Sie hat aber recht: Du bist klasse«, flüsterte sie Pit ins Ohr und gab ihm einen Kuss.

SONNABEND, 17.03.2018, 16:00 UHR, ZOLLAMT WALTERSHOF, FINKENWERDER STRAßE, BESPRECHUNGSRAUM:

»Zuerst möchte ich euch Christel vorstellen«, begann Svenja. »Christel Kurzmann ist Kriminalhauptkommissarin im Rauschgiftdezernat und damit eine Kollegin von Jessika und Torben. Nur sie arbeitet in einem anderen Team. – Wir haben heute ein paar Abenteuer hinter uns. Und das verdanken wir nicht nur unserem geschätzten Kollegen Zorro.

In Stellingen war das MEK (Mobile Einsatzkommando) durch unsere nicht geplante Verzögerung am Polizeistern etwas schneller. Frau Cemile Tilki war zwar zu Hause, aber der gute Mister Walsh war nicht anwesend. Das berichtete uns der Einsatzleiter, nachdem wir in Stellingen ankamen«, schilderte Svenja und schaute sich um, um die Spannung zu erhöhen. »Das MEK rückte wieder ab und wir beiden klingelten bei Frau Tilki. Die gut ernährte Frau war anfänglich etwas abweisend. Insbesondere, nachdem wir sie nach Cowal Walsh befragten.«

»Und – dann bekam Svenja auf einmal einen Schwächeanfall und brach zusammen. Ich fragte nach einem Glas Wasser für meine schwangere Kollegin«, kam von Christel.

»Auf einmal hellte sich das Gesicht der Frau auf und sie stürmte in die Küche. Christel stützte mich und wir schlichen in den Flur. Die Badezimmertür stand auf. Wir konnten deutlich erkennen, dass sie nicht alleine die Räumlichkeiten bewohnte.

Nach dem Glas Wasser stellten wir sie zur Rede. Nachdem sie sich eine viertel Stunde über die Männer in Deutschland ausgetobt hatte, kamen endlich Fakten auf den Tisch.
Frau Cemile Tilki ist seine Geliebte. Sie kocht, wäscht und putzt für ihn. Er dagegen ist tagsüber nicht da und manchmal nachts auch nicht. Aber wenn er dann mal da ist, dann ist er der Hammer. – Frau Tilki weiß nicht, wo er sich über Tag aufhält oder für wen er arbeitet. Sie bekommt regelmäßig Geld von ihm. Sie fand eine Quittung in seiner Hose, die sie waschen sollte. Ich habe den Zettel fotografiert. Einen Freund hat er nicht. Er sprach mal von einem Italiener, und der hieß Rosi oder Rosa«, schloss Svenja ihren Bericht ab.

»Die Quittung stammt von einer Kneipe auf dem Kiez. Sie wird ab jetzt von meinen Leuten beobachtet«, ergänzte Christel.

»Danke, ihr beiden. Danke für euren Einsatz«, kam von Pit.

»Ach, noch was, wir haben von der Herrenbürste ein paar Haare eingesammelt. Die nimmt Christel mit ins Polizeilabor.«

»Verstehe!«

»Wir sind noch nicht fertig. Jetzt kommt was Unerfreuliches«, fügte Svenja an.

»Als wir in Stellingen auf die Kieler Straße abbiegen wollten, kam uns Rolffs mit zwei anderen Fahrzeugen entgegen. Wir änderten unseren Plan, hierher zu fahren, und verfolgten die Verfolger.

Sie fuhren über den Eidelstedter Platz hinaus, in die Pinneberger Chaussee und bogen in den Baumacker ein. Jessika, ich glaube, du erzähltest, dass du dort wohnst.

Rolffs und seine Leute haben uns nicht gesehen. Aber wir haben mitgekriegt, dass sie ebenda eine Behausung stürmten.«

»An dem Ort ist meine Wohnung, die ich als Alibi brauchte. Wenn sie die durchkämmen, ist das nicht so schlimm. Dort werden sie nicht viel finden.«

»Entdecken sie deine Erstwohnung?«, wollte Pit wissen.

»Ich hoffe nicht, die Wohnung gehörte Sascha, meinem damaligen Verlobten. Die Adresse in Horn kennt kaum einer.«

»Okay, noch haben wir einen Vorsprung. – Svenja, ich möchte mir die Unterlagen aus dem Schmidt-Fall anschauen. Kannst du sie uns zeigen?«, fragte Pit.

Svenja stand auf, griff zwischen ihren gut proportionierten Busen und holte einen USB-Stick hervor. »Der ist noch warm«, kommentierte sie, während sie den Stick in ihren Laptop steckte. Die Verbindung mit dem Beamer wurde schnell gemacht.

Sie blätterte die gescannten Dokumente durch. Während sie ein Bild des irischen Passes von Cowal Walsh zeigte, rief Pit: »Stopp! – Der Ausweis ist in Dublin ausgestellt. Die Wohnadresse ist Dublin. Perfekt, passt!«

Jessika wirkte abwesend. Alle brachten das mit der Durchsuchung ihrer Wohnung in Zusammenhang. »Pit, der sucht mich! Ich glaube, ich muss mich jetzt stellen!«

»Nein, ich brauche dich. Du machst eine kleine Reise nach Dublin. Wir benötigen alles über diesen Walsh und mich interessiert die Herkunft und Bedeutung des Tattoos. Und Torben, mir wäre es lieb, wenn du Jessika begleiten würdest.«

»Sehr gerne!«, antwortete er.

»Irgendetwas passt an diesem Fall nicht. Ich weiß nicht was. Ich möchte, dass ihr mit vielen guten Erkenntnissen zurückkommt. Das soll keine Kaffeefahrt sein – ich schicke euch nicht nur dorthin, um euch aus der Schusslinie von Rolffs zu bringen!«

»Morgen zehn Uhr dreißig geht euer Flug nach Dublin«, rief Svenja fünf Minuten später. »Ich habe für euch gebucht. Die Kollegen in Dublin wissen Bescheid und besorgen für euch Hotelzimmer.«

»Wie hast du das so schnell hinbekommen?«, fragte Pit.

»Das habe ich die letzten Monate Tag für Tag gemacht. Bestellen, stornieren, umbuchen und Abrechnungen schreiben.«

»Danke, Svenja.«

»Auch so was hat nie jemand gesagt! Jetzt weißt du, warum ich hier so gerne arbeite.«

Gegen fünfzehn Uhr dreißig verließen sie das Gebäude. Svenja brachte Mio und Pit nach Eppendorf. Sie verabredeten sich für den kommenden Tag um neun Uhr am Flughafen.

SONNABEND, 17.03.2018, 20:00 UHR, HAMBURG-HARBURG, RIECKHOF:

Mit der S3 fuhren Mio und Pit nach Harburg. Draußen war es eiskalt. Das Thermometer zeigte minus fünf Grad, aber durch den starken Ostwind war die gefühlte Temperatur minus fünfzehn. Sie gingen die fünf Minuten vom Harburger Bahnhof zum Rieckhof. Hier fand das ›St. Patrick's Night Concert‹ mit Musik, Tanz und mit dem ein oder anderen Glas Guinness statt.

Zuerst spielte in diesem Jahr die ›Kilkenny Band‹ aus Osnabrück. Mit ihren typisch irischen Instrumenten wie Banjo, Mandoline und Geige boten die jungen Musiker ein abwechslungsreiches Programm aus Stimmungsliedern, ausdrucksstarken Balladen und virtuosen Instrumentalstücken dar. Den Tanzpart übernahmen ›Gealach Gorm – The Magic of Irish Dance‹. Die fantastische Tanzdarbietung erinnerte Mio an die ›Riverdance‹-Shows oder ›Lord of the Dance‹, die sie in der Alsterdorfer Sporthalle gesehen hatte. Anschließend hörten die beiden ›Larry Mathews‹ und seine Band ›Blackstone‹. Neben Eigenkompositionen spielte die Gruppe viele der bekannten irischen Volkslieder. Für den typischen irischen Folk-Sound sorgten Pipes, Geige, Mandoline, die irische Trommel Bodhran, Banjo, Cajon, Gitarren und Bass.

Nach einigen Gläsern Guinness und kurz nach Mitternacht war das Konzert zu Ende. Mio und Pit pilgerten Arm in Arm zurück zum Bahnhof. Es hatte ihnen sehr gut gefallen und sie nahmen sich vor, das im kommenden Jahr zu wiederholen. Pit kam dabei auf andere Gedanken. Gegen ein Uhr dreißig waren sie zu Hause.

10

Mio und Pit waren zum verabredeten Zeitpunkt am Flughafen. Mit der S-Bahn S1 verlief die Fahrt ohne Stau. Von Weitem konnten sie die roten Haare von Jessika sehen und winkten ihr zu. Sie kam sofort angerannt. Die Begrüßung war herzlich. Sie freute sich auf Irland.

»Torben muss auch gleich hier sein. Rolf besorgte ihm einen Parkplatz beim Zoll. Ich bin mit der S-Bahn gekommen. – Es ist lieb von euch, dass ihr uns verabschieden wollt.«

»Keine Ursache! Wir waren schon lange nicht mehr hier«, bemerkte Mio.

»Gemeinsam waren wir noch nie hier!«, erwähnte Pit.

»Mio, Pit, ich habe für heute Abend zwanzig Uhr zwei Reservierungskarten für die Barley & Malt Bar in der Deichstraße. Mit toller Livemusik. Bitte geht für mich hin und berichtet mir, wie's war«, sagte Jessika.

»Oh gerne, wir waren zwar gestern auf einem irischen Fest, aber ich liebe diese Musik. – Pit, was sagst du dazu?«

»Na klar! Jessika, sehr gerne!«

Sie übergab Mio einen Computerausdruck, den Mio gleich in ihre Tasche steckte.

»Pit, das sind die Haustürschlüssel, falls jemand Zugang zu meinen Wohnungen haben möchte«, erklärte sie und übergab diese an Pit.

Torben und Svenja erreichten gleichzeitig den Treffpunkt. Er kam mit gegelten Haaren und einem silbernen

Lufthansa-Bag. Mio umarmte Jessika herzlich, bevor die beiden Reisenden im Check-in verschwanden.

»Ich habe bei solchen Gelegenheiten immer Pipi in den Augen«, flüsterte Mio Pit ins Ohr. Er gab ihr einen Kuss und wischte ihre Tränen mit seinem Zeigefinger ab.

Svenja hakte sich bei Mio ein. Sie marschierten gemeinsam zum Parkdeck.

»Fahren wir zum Zollamt?«, fragte Svenja. »Ich habe bis vier Uhr Zeit, dann muss ich zu meinen Eltern, Hundesitting. Und Rolf ist auch in der Dienststelle.«

Pit war überrascht, einmal weil Rolf im Dienst war und dann, dass Svenja den Vorschlag machte.

»Pit, was meinst du, wann kommen die beiden aus Dublin zurück?«

»Ich gehe davon aus, dass sie ein oder zwei Tage dort sind! Die irische Kriminalpolizei soll kooperativ sein«, antwortete Pit.

»Und ich glaube, Pit hat nichts dagegen, wenn wir zum Zollamt fahren«, ergänzte Mio. »Und ich auch nicht!«

»Nein, nicht nach Waltershof. Jessika hat mir nicht ohne Grund ihren Schlüssel gegeben. Wir sollten uns ihre Wohnung in Eidelstedt ansehen.«

»Wow! Ich glaube, du hast recht«, kam von Svenja.

»Ja, Pit! Ich hatte schon überlegt, warum sie dir ihren Schlüssel in die Hand drückte«, erwähnte Mio.

»Also gut! Wir fahren nach Eidelstedt«, stellte Svenja fest und setzte sich auf den Fahrerplatz.

SONNTAG, 18.03.2018, 11:15 UHR, EIDELSTEDT, BAUMACKER:

Svenja, Mio und Pit fuhren nach Eidelstedt. Sie betraten die Wohnung von Jessika. Rolffs hatte mit seinem Team die gesamte Behausung verwüstet. Nicht nur, dass die Schubladen einfach ausgekippt oder die Wäschestücke aus den Möbelstücken herausgerissen wurden, auch die Möbel waren verrückt und teilweise umgeschubst worden.

In der Küche sah es besonders schlimm aus. Teller und Töpfe befanden sich nicht mehr in den Schränken. Sie wurden auf den Boden geschmissen. Mio kamen die Tränen, nachdem sie in der Küche zwischen den Scherben einen kaputten Bilderrahmen mit einem Foto von Jessika und einem Mann fand.

Pit beauftragte Svenja, Fotos zu machen. Zwanzig Minuten später verließen sie das Quartier. Keiner sprach ein Wort. Mio hatte das Bild aus dem Rahmen genommen und hielt es in der Hand. Pit verschloss die Wohnung. Svenja brachte die beiden nach Eppendorf und brauste anschließend zu ihren Eltern.

SONNTAG, 18.03.2018, 20:00 UHR, DEICHSTRASSE:

Mio und Pit fuhren mit der U-Bahn U2 bis zum Gänsemarkt. Von dort aus marschierten sie in die Deichstraße. Die Barley & Malt Bar erreichten sie kurz vor acht Uhr.

Mios Augen hellten sich auf, als sie irische Folkmusik hörte. Es wurde Livemusik gespielt. Die Musik war laut, aber gut. Das Lokal war voll. Nur gut, dass sie Reservierungen hatten.

Pit ging voran und fragte nach der Reservierung der zwei Plätze auf den Namen ›Günter‹. Die Kellnerin führe die beiden an einen kleinen Tisch am Fenster. Mio strahlte und vergaß vor lauter Begeisterung zur Musik die Bestellung. Pit orderte: Zweimal ›Pulled Pork Burger‹ und zweimal Kilkenny. Nachdem Mio das wahrnahm, flüsterte sie ein »Danke« in Pits Ohr und gab ihm einen Kuss. Gleich darauf war sie in der Musik versunken. Pit war mit seinen Gedanken bei Mio und war glücklich und zufrieden.

»Wieso hatte sie zwei Reservierungen gebucht?«, fragte Mio in der Pause.

»Damit sie nicht alleine in dieses Lokal gehen muss.«

»Was? Hat sie einen Partner? Ich hatte nicht den Eindruck.«

»Hat sie nicht. Aber sie geht nicht gerne alleine aus.«

»Und?«

»Wer geht schon gerne solo in ein Restaurant, und so reserviert sie eben zwei Plätze.«

»Aber sie ist doch alleine.«

»Ja, Mio! Im Lokal wird sie dann von ihrem Partner versetzt.«

»Ist das normal?«

»Für uns beide nicht, aber es gibt eine Menge Singles, die gerne in Gesellschaft eine Gaststätte besuchen würden. – Jetzt mal ehrlich – wie oft warst du alleine in einem Restaurant?«

»Stimmt, du hast recht. Alleine hat man keine Lust, auszugehen.«

»Und Jessika hat wenig Freunde und Bekannte. Sie ist oder war zu sehr auf ihren Fall fixiert.«

»Na, jetzt hat sie uns!«

»Bestellst du noch ein Kilkenny, ich muss mal um die Ecke«, flüsterte Pit und marschierte los.

Am Waschbecken im Toilettenvorraum stand ein älterer, kahlköpfiger, korpulenter Mann. Mattes erkannte ihn sofort. Es war Oppenheimer, Franz Jörg Oppenheimer.

Pit durchfuhr es wie nach einem elektrischen Schlag. Der Mann ging und Pit folgte ihm mit etwas Abstand. Er bog links ab in einen Nebenraum. Pit konnte durch eine Scheibe erkennen, dass er sich mit dem Rücken schräg zum Fenster an einen Dreiertisch setzte. Am Tisch saßen weiter: ein Kerl mit südländischem Erscheinungsbild und ein Unbekannter, ein Mann mit weißen Haaren.

›Irgendwie kommt mir dieser Typ bekannt vor. Den habe ich vor Kurzem gesehen. Auch dem Südländer bin ich schon mal begegnet. Wo war das nur?‹, überlegte Pit.

Mattes spazierte zurück zur Toilette. Auf dem Rückweg schlich er, sein Smartphone in der Hand, nahe am Fenster vorbei und drückte passend den Fotoauslöser. Der Fotograf hörte, dass sich die Männer im Nebenraum stritten. Am Tisch angekommen kontrollierte er, ob das Foto gelungen war. Es war gut. Klar und deutlich konnte man Oppenheimer, den fremden Südländer und den Weißhaarigen erkennen.

Mio sprach ihn an, denn er war in seinen Gedanken abgetaucht. Sie erkannte sofort, dass etwas vorgefallen war, was seine Stimmung umgeschlagen hatte.

»Pit, was ist passiert?«

Er antworte nicht, sondern zeigte ihr das Foto, das er aufgenommen hatte.

»Oh Gott – das ist ja …«, flüsterte sie. Sie erkannte Oppenheimer auf dem Bild, obwohl er nur von hinten zu sehen war.

»Pit, lass uns gehen.«

Mattes bezahlte bei der Kellnerin und sie gingen. Zwei volle Flaschen Kilkenny blieben auf dem Tisch zurück.

In der U-Bahn verschickte Pit das Bild mit einem Kommentar und einer Frage nach den anderen Männern an alle.

Von Rolf kam ein ›mir nicht bekannt‹ schon innerhalb einer Minute zurück. Von Jessika und Torben kam eine Nachricht um zweiundzwanzig Uhr fünfzehn: ›Gut in Dublin gelandet. Oppenheimer! Die südländische Person ist der Grieche, Yanni Michelakakism. Der mit der weißen Matte ist uns nicht bekannt. Wir fragen morgen hier die Kollegen!‹

Mio hakte sich auf dem Rückweg bei Pit ein. »Wenn das alles vorbei ist, möchte ich mit dir in dieser Bar feiern.«

»Verstehe! – Ja gerne!«, kam von ihm, er hielt an und gab ihr einen dicken Kuss.

Von Petra und Svenja trafen ebenfalls Meldungen ein. Sie erkannten Oppenheimer und den Griechen.

11

»Pit, ist es nicht ein bisschen zu früh, um Sport zu machen?«

»Nein, es ist nie zu früh! Bist du noch müde?«

»Nö!!! Überhaupt nicht!«, heischte sie ihn mit einem sarkastischen Unterton an. »Ich habe lediglich nicht genug geschlafen!« Aber ihr Grinsen verriet, dass sie ihm nicht böse war.

»Hast du wieder was Schlimmes geträumt?«

»Nein – komm und lass uns üben! Ich war nur heute Nacht schon einmal auf und habe mir notiert, was ich unbedingt Maren fragen muss. Übrigens, mein Kugelschreiber ist schon wieder flüchtig, ich habe mir einen von dir gekapert.«

Im Übungs- und Sportraum probten sie einen kniffligen Befreiungsgriff. In den letzten Tagen überrumpelte Pit Mio immer wieder mit dieser Abfolge.

»Du bist gar nicht richtig bei der Sache! Was ist los mit dir?«, fragte Mio, denn sie hatte ihn schon zum zweiten Mal zu Boden gezwungen.

»Sage mal, was hast du vorhin gesagt?«

»Dass ich nicht lang genug geschlafen habe und noch mal auf war, um mir was zu notieren!«

Pit überlegte, dann stand er auf, er hatte auch diese Runde verloren.

»Ja – das ist es! Ja – ich habe die Lösung. Mio, du bist genial!«

»Das weiß ich, du bist aber auch nicht schlecht! Nur heute wirkst du etwas abwesend. Und – was für eine Lösung?«

»Komm, lass uns das hier beenden und frühstücken, dabei erzähle ich dir, wie der Überfall auf den LKW abgelaufen ist.«

MONTAG, 19.03.2018, 8:00 UHR, ZOLLAMT WALTERSHOF, FINKENWERDER STRAßE, BESPRECHUNGSRAUM:

Auf der Fahrt zum Zollamt versuchte Svenja, Pit mehrfach anzusprechen. Dann erzählte sie ihm eine Geschichte. Alles ohne Erfolg, er saß auf dem Beifahrersitz und grübelte.

»Danke für die anregende Unterhaltung«, kommentierte sie sein Schweigen, nachdem sie das Amt erreichten.

Mattes und Svenja hatten gerade die Diensträume betreten, als Jessika aus Irland anrief: »Pit, der dritte Kerl auf dem Bild ist Ned Kelly. Das ist die meistgesuchte Person hier in Irland. Drogenhandel im ganz großen Stil. Torben fliegt heute Mittag mit einem Beamten der hiesigen Kriminalpolizei nach Hamburg. Die beiden kommen um vierzehn Uhr am Airport an.«

»Verstehe! Du bleibst noch einen Tag dort, zumindest so lange, bis wir hier die Wogen geglättet haben. Versuche, möglichst viel über Kelly und Walsh herauszubekommen.«

»Kein Problem, die Kollegen hier sind kooperativ. – Danke, Pit.«

»Wofür?«

»Für dein Vertrauen!«

»Da nich' für«, sagte Pit und legte auf. Er sah, dass Biestmann versuchte, ihn anzurufen. Mattes nahm das Gespräch entgegen und erfuhr, dass im Büro vom Kriminaloberrat der Polizeipräsident, ein Beamter aus der Hamburger Innenbehörde, eine Frau Schmidt-Müller von der

Staatsanwaltschaft und natürlich Kriminalrat Zohier Rolffs saßen.

»Herr Mattes, ich bin mal kurz vor die Tür gegangen. Hier brennt die Hütte. Sowohl Erdmann als auch die Günter sind wie vom Erdboden verschwunden! Können Sie mir sagen, wo die beiden sind?«

»Natürlich! – Ich habe sie nach Dublin geschickt.«

Das Grinsen von Jürgen Biestmann war durch das Telefon wahrzunehmen.

»Rolffs wollte sie gestern Abend verhaften lassen und heute der Staatsanwaltschaft präsentieren. Um neun Uhr hat er zu einer Pressekonferenz eingeladen. Den ersten Wind habe ich ihm schon aus dem Segel genommen, indem ich ihm das Alibi von Erdmann präsentierte. Aber was ist mit der Günter?«

»Das, was Rolffs hat, sind schlecht recherchierte Verdachtsmomente. Er kann keine Beweise haben, denn die gibt es nicht. Frau Günter ist in Irland, weil wir vermuten, dass der Täter aus dem LKW sich dort aufhält. Herr Erdmann wird heute Nachmittag in Begleitung eines Beamten der irischen Kriminalpolizei in Hamburg eintreffen. Grund dafür ist, dass Ned Kelly, ein in Irland gesuchter Drogenhändler, sich zurzeit in Hamburg aufhält. Wir haben ein Foto, das ihn zusammen mit Oppenheimer in einem irischen Pub in der Deichstraße zeigt. Die Aufnahme wurde gestern Abend gemacht.«

»Das ist gut, das ist sehr gut!«

»Wann können wir zusammenkommen?«

»Heute Nachmittag, ab fünfzehn Uhr hätte ich Zeit.«

»Wo?«

»Ab liebsten wäre mir hier!«

»Einverstanden.«

»Herr Biestmann, ich werde heute und in den kommenden Tagen polizeiliche Unterstützung brauchen.«

»Sie bekommen alles, was Sie brauchen. Versprochen! Kriminalhauptkommissarin Kurzmann arbeitet ja schon für Ihr Team. Das werden wir fortsetzen.«

»Danke!«

»Herr Mattes, ich habe zu danken! Und äh – ich werde Zolloberamtsrat Gleis informieren«, schloss er das Gespräch ab.

MONTAG, 19.03.2018, 8:20 UHR, ZOLLAMT WALTERSHOF, FINKENWERDER STRAßE, BESPRECHUNGSRAUM:

Mittlerweile war es zwanzig Minuten nach acht. Mattes ging in Richtung Besprechungsraum.

Rolf, Petra und Svenja diskutierten den Fall. Als Pit eintrat, brachen sie ihre Gespräche ab.

»Wir haben uns ausgetauscht und auf den letzten Stand gebracht«, erklärte Svenja.

»Verstehe!«, kam von Pit, der noch in Gedanken bei Biestmann war. Er stand vor seinem Stuhl und reagierte auf nichts. Petra, die das von Pit kannte, ging zu ihm rüber und fasste ihn an die Hand. Sie fragte: »Gibt es Probleme?«

»Nein, ich hoffe nicht!«, antwortete er und erzählte von den Gesprächen mit Jessika und Jürgen Biestmann.

»Dann ist Torben jetzt raus aus dem Verdacht?«

»Ja! – Svenja, du hattest doch unsere Untersuchungsergebnisse an Zorro weitergegeben?«

»Natürlich, alles so, wie wir es besprochen hatten. Sogar gestern Abend hat er aktuelle Informationen von mir bekommen.«

»Damit weiß er, dass der Überfall auf den Container-LKW von Cowal Walsh verübt wurde. Und er weiß, wie die Gangster zu ihren Informationen gekommen sind.«

»Ja, natürlich!«, rief Svenja, während die anderen nickten.

»Svenja, würdest du bitte heute Mittag Torben und den Beamten aus Irland am Flugplatz abholen?«

»Gerne! Obwohl – Torben hatte sein Auto beim Zoll abgestellt. Ich werde eine Unterkunft für den Polizisten aus Irland besorgen. – So was habe ich in den letzten Wochen tagein und tagaus erledigt. Ich kenne mich aus!«

»Danke! – Dann noch was Organisatorisches. Ich hätte euch heute Nachmittag um fünfzehn Uhr gerne mit dabei. Es ist euer Verdienst, dass wir den Sachverhalt lösen konnten.«

»Was? – Der Fall ist gelöst?«, fragte Petra.

»Ja! Da gibt es noch ein paar Kleinigkeiten zu erledigen. Die Verhaftung und die Geständnisse zum Beispiel.«

»Pit, das verstehe ich aber nicht.«

»Okay! Ich werde euch gleich den Tathergang und die Zusammenhänge erklären. Zuvor möchte ich einen Becher Tee trinken und mich bei Svenja entschuldigen, weil ich heute Morgen nicht so gesprächig war.«

»Angenommen, die Entschuldigung. Und den Tee hole ich dir, er ist fertig und steht in der Küche.«

»Bevor ich euch erzähle, wie der Überfall ablief, möchte ich Rolf bitten, von seinen Untersuchungsergebnissen zu berichten.«

Rolf startete mit seinen Ausführungen: »Ich habe einiges herausbekommen. Dafür musste ich sämtliche Kaffeetransporte aus Kolumbien, die innerhalb der letzten zwölf Monate hier ankamen, untersuchen. Sämtliche Transporte wurden von den Zollbehörden in Kolumbien geprüft. Alle Container wurden in Rotterdam zwischengelagert.«

»Das bedeutet, dass eventuell etliche Kokaintransporte nach Hamburg gekommen sind. Das sollten wir auf jeden Fall festhalten«, sagte Pit und schaute auffordernd zu Svenja hinüber. Sie nickte sofort.

»Von der DNA-Front haben wir bisher nichts gehört. Ich werde heute Nachmittag dort nachfragen!«

»Okay! – Svenja, du vermagst etwas von Jessika zu berichten?«, fragte Pit.

»Ja, sie ist heute Morgen nach Belfast gefahren, um dort mit der Ehefrau von Walsh zu sprechen. Gestern hat sie mit dem irischen Rauschgiftdezernat diskutiert. Ned Kelly ist eine große Nummer im internationalen Rauschgiftgeschäft. Hauptsächlich beschäftigt er sich mit dem internationalen Kokainhandel. Die irische Polizei hat im vorigen Jahr in einem Zwischenlager über eine Tonne Kokain beschlagnahmt. Sowohl der Zoll in Dublin als auch die Kriminalpolizei können sich keinen Reim darauf machen, wie er das Zeug ins Land geschmuggelt hatte.«

»Verstehe!«

»Noch was: Da der irische Markt klein ist, expandiert Kelly. Seit einem Jahr wurden seine Spuren in Glasgow, in Edinburgh, in Oxford und in London entdeckt.«

»Und jetzt auch in Hamburg!«, ergänzte Petra.

»Welche Rolle spielt Rotterdam in diesem ganzen Zusammenhang?«, fragte Pit und machte sich ein paar Notizen.

»Rotterdam ist ein großer Umschlagplatz für Handelswaren und wahrscheinlich der größte für Rauschgift in Europa. Ich glaube, wir müssen Rotterdam in unsere Überlegungen einbeziehen, wenn wir über Herkunft und Handel von Kokain nachdenken«, antwortete Petra.

»Okay, Petra, vermutlich hast du recht! – Svenja, viele Grüße von uns allen an Jessika.«

»Werde ich ausrichten. Apropos, Jessika vermutet, dass Kelly auch in Rotterdam sein Tun hat.«

»Oh – ja! – Kommen wir zu meinen Überlegungen«, begann Pit, stand auf und ging zum Flipchart. »Der tatsächliche Ablauf ist etwas anders, als wir bisher angenommen hatten: Am Freitag erwähnte Torben am Rande, dass die Polizei an der eigentlichen Empfängeradresse nur eine alte verlassene Baracke vorfand. Und, dass sie die Personalien von zwei Personen aufgenommen hatten, die sich in einem roten Laster auf der gegenüberliegenden Straßenseite aufhielten. So, jetzt kommen meine Überlegungen: Warum entführten die Gangster den Kokain-Container, wenn sie doch wussten, wo der LKW hinfahren wird?«

»Das ist doch einfach! Die hatten mitbekommen, dass der Zoll mit von der Partie ist«, warf Rolf ein.

»Das war auch meine erste Annahme! – Aber warum warteten sie mit ihrem roten LKW an der Lieferanschrift? Nein – ich bin mir sicher, die warteten auf ihren Container.«

»Das bedeutet …«, fing Petra an.

»Ja, richtig – … Das bedeutet, wir haben es mit einer zweiten Gruppe zu tun, die den Empfängern die Beute vor der Nase wegschnappte. Und denen war es egal, ob es sich um ihren Konkurrenten oder um die Polizei handelte.«

»Wow!«

»Und heute Morgen erzählte Svenja im Auto die Geschichte aus Buxtehude von dem Hasen und dem Igel.«

Erschrocken schaute Svenja auf. ›Der hat ja doch zugehört. Ich glaube, wir unterschätzen Pit‹, überlegte sie.

»Dein Gesicht müsstest du jetzt mal sehen!«, rief Petra, zeigte auf Svenja und lachte. »Ich habe dir doch gesagt, Pit kriegt alles mit.«

»Okay, wieder was dazugelernt. Pit, ich hatte mich vorhin beschwert, dass du auf der Fahrt hierher nur stumm dagesessen hattest. Deshalb meine Verwirrung.«

»Verstehe! – Danke Svenja. Ich glaube, ihr kennt das Märchen. – Wir gingen bisher davon aus, es nur mit einem Drogenhändler zu tun zu haben. So wie der Hase in der Geschichte von Wilhelm Schröder, der nur mit einem Igel als Laufpartner rechnete. Wir haben nie darüber nachgedacht, ob in unserem Fall mehrere Gangster beteiligt sind.

Nur bei uns agieren die Igel nicht gemeinsam, sondern beklauen sich gegenseitig. Ja – wir haben es mit zwei rivalisierenden Drogenhändlern zu tun. Wobei die eine der anderen die Ware kapert.«

»Wow!«, rief Petra erstaunt. Eine Pause entstand.

»Pit, wie bist du darauf gekommen? Kaperfahrt – irre?!«, fragte Petra.

»Mio brachte mich heute Morgen in einem anderen Zusammenhang auf die Lösung.«

»Das ist durchaus ein lukratives Geschäftsmodell. Man kapert das Schmugglergut von einem Drogenhändler. Der wird nicht zur Polizei rennen und eine Anzeige aufgeben: ›Mir wurde ein Container gestohlen.‹ ›Was war denn in der Kiste?‹ ›Ah ja – fünfzig Kilo Kokain.‹ Nein – das wird es nicht geben.«

Es entstand wieder eine Pause. Pits Rückschlüsse mussten erst einmal sacken.

»Was hast du für mich?«

»Petra, die beiden Personen im roten Laster. Schau sie dir mal genauer an. Vielleicht haben wir eine Chance, von denen was zu erfahren.«

»Okay, die knöpfe ich mir mal vor.«

Flipchart: *Blatt 3:*   *19.3.2018:*
Spuren im Container: Kaffeebohnen (Labor),
Bestätigung: Kokain im Container.
Container:
85 Säcke Rohkaffee je 69 kg, etwa 6 Tonnen.
Kaffeeröstereien angeschrieben (Petra /Rolf).
TV Cowal Walsh:
Aussage Salzwedel (Tattoo).
Haarprobe Cowal Walsh (LKA 35, DNA-Vergleich)(Torben).
Freundin ist Cemile Tilki in Stellingen, die Wohnung wird überwacht (Christel).
Kollege Italiener Rosi oder Rosa?
Kiez-Kneipe, wird beobachtet, (Christel).
2 Personen – roter LKW am Empfängerort (Torben/Petra).
Neue: Kaperfahrt – 2 revalierende Drogenhändler.

»Was ist ›TV‹?«, fragte Petra.

»›TV‹ ist der oder die Tatverdächtigen«, antwortete Svenja.

»Pit, was hast du vor?«, fragte Petra.

»Ich bin um elf Uhr verabredet. Und bis dahin mache ich mir Gedanken, wie ich Jessika raushaue.«

Pit trank den Tee aus und verließ den Besprechungsraum. Er nahm an dem Schreibtisch im Foyer Platz und versank in seinen Gedanken. Um zwanzig vor elf kam Mio mit dem Auto vorbei und holte Pit ab.

MONTAG, 19.03.2018, 11:30 UHR, EPPENDORF, IN DER KANZLEI RECHTLER:

Sie hatten einen Termin bei Harald, Doktor Harald Rechtler – Rechtsanwalt und Notar. Sie trafen sich dort mit Susanne und Thomas. Mio wollte ihre Anteile am ›Bücher&Lese-Café‹ an Susanne überschreiben.

»Wir hatten und haben keinen Streit oder irgendwelche Probleme. Ich möchte mich nur etwas aus dem Bibliothekar-Geschäft zurückziehen und mehr lektorieren. Ich werde weiterhin im Geschäft arbeiten. Nur jetzt als Angestellte und nur ein paar Stunden. In den letzten Monaten hat sich einiges für mich geändert«, erklärte Mio, nachdem Harald nach dem Grund fragte. Pit nahm ihre Hand und drückte sie.

»Wir haben nicht damit gerechnet, dass das ›Bücher&Lese-Café‹ so erfolgreich wird. Wir steckten viel Zeit in unser Geschäft. Auch Mio! Und wir werden auch in Zukunft einiges an Zeit investieren müssen. Ich kann Mio verstehen, zumal sie in Pit einen idealen Partner gefunden hat. Thomas und ich möchten auf Mio nicht verzichten, denn sie ist nicht nur eine professionelle Bibliothekarin, sondern auch ein ganz lieber Mensch und eine gute Freundin«, ergänzte Susanne.

MONTAG, 19.03.2018, 15:00 UHR, ZOLLAMT WALTERSHOF, FINKENWERDER STRAßE, BESPRECHUNGSRAUM:

Mio setzte Pit beim Zollamt ab und fuhr nach Hause. Nachdem Pit die Diensträume betrat, kam ihm Svenja entgegen. »Die sind schon da. Ich habe sie in unseren Besprechungsraum geführt und Tee und Kaffee bereitgestellt. Die Flipcharts hatte ich vorher abgenommen. Sag mal, Pit, müssen wir wirklich dabei sein?«

»Keiner muss hier irgendetwas! Aber die Ergebnisse, die ich gleich präsentiere, haben wir alle gemeinsam erarbeitet. Da finde ich es angemessen, wenn ihr dabei seid.«

Mattes zog seinen Mantel aus und betrat den Besprechungsraum. Anwesend war Frau Doktor Schmidt-Müller. Pit hatte sie vorher noch nie gesehen. Kannte sie aber von Bildern aus dem Abendblatt. ›Eine sehr attraktive Frau, mittelgroß, schlanke und sportliche Figur mit langen dunkelbraunen Haaren, sie hatte was Mystisches an sich‹, nahm Mattes wahr. Außerdem waren Kriminaloberrat Biestmann und Zolloberamtsrat Gleis anwesend. Mattes begrüßte alle mit Handschlag.

Svenja, Torben, Rolf und Petra betraten den Besprechungsraum. Mattes stellte seine Teammitglieder vor.

Frau Doktor Schmidt-Müller übernahm die Gesprächsführung: »Herr Mattes, erzählen Sie mir bitte, wie Sie zu Ihrer Beschäftigung kamen. Ich weiß, dass Sie etliche Male für die Kriminalpolizei als Berater tätig waren. Das ist in Deutschland außergewöhnlich, aber in Hamburg ist es schon Tradition, dass Zivilisten Polizeiarbeit tatkräftig unterstützen.«

Die Staatsanwältin blickte in fragende Gesichter. »Ja, meine Damen und Herren. Schon vor über siebzig Jahren wurde ein Herr Knutzen beauftragt. Damals wurde die

Tochter des spanischen Konsuls entführt. Knutzen konnte sie befreien. Heute beschäftigen wir seinen Sohn oder Enkel als Berater der Polizei und Staatsanwaltschaft. Er unterstützt die BAO 82, ›besondere Aufbauorganisation‹. Kommen wir zurück zu unserem Thema. Herr Mattes, wie sind Sie zu diesem Fall gekommen?«

»Mein ursprünglicher Auftrag war die Untersuchung: ›Wie kommt Kokain nach Hamburg?‹. Da der Transport des Schiffscontainers, der von der Kriminalpolizei und dem Zoll durchgeführt wurde, überfallen wurde, wurde mein Auftrag umformuliert.«

»Darf ich dazu noch was ergänzen?«, begann Dieter Gleis. »Die Brisanz in diesem Fall liegt darin, dass erstens der Polizei und dem Zoll ein Kokaintransport gestohlen wurde. Zweitens, wir uns im Voraus zu einer Geheimhaltung verpflichtet hatten und drittens ist der Kriminalpolizist Siegfried Salzwedel bei dem Tatvorgang verletzt worden. Wir, damit meine ich Herrn Biestmann und mich, wünschten uns eine Bearbeitung des Überfalls aus einer neutralen Sicht. Eine interne Revision wollten wir nicht verhindern, wir haben sogar die DIE eingeschaltet. Aber wir nutzten die Chance, dass Herr Mattes sich bereit erklärte, den Sachverhalt zu untersuchen.«

»Dafür hat die Kriminalpolizei Frau Kleinberg, Frau Günter und Herrn Erdmann abgeordnet. Die beiden Letztgenannten waren mit dem Fall vertraut. Herr Gleis steuerte Frau Burgstaller, Herrn Baumgartner, die Räumlichkeiten und das Equipment bei«, ergänzte Biestmann.

»Danke, meine Herren. Ich würde jetzt gerne das Untersuchungsergebnis von Herrn Mattes hören.«

»Gerne! Wir haben es hier mit einem verwickelten Fall zu tun: Aus Hamburg wurde in Kolumbien Kaffee bestellt. Die Lieferung ist von den dortigen Zollbehörden geprüft und verplombt worden. – Der Container wurde von Cartagena nach Rotterdam verschifft, dort gelöscht und von der Hamburger Reederei Navis abgeholt. Vom niederländischen Zoll kam die Information, dass sich im Container Kokain befand. Der hiesige Zoll nahm Verbindung mit dem Rausgiftdezernat auf und gemeinsam wollten sie dem Empfänger eine Falle stellen. Die Box wurde …«, Pit stockte, ihm war was aufgefallen, und er schrieb ›Box‹ auf einen Zettel, der vor Svenja lag.

»… Entschuldigung, mir war gerade etwas eingefallen, das ich noch untersuchen muss.
Also, der Container wurde Freitag vor einer Woche gelöscht und auf einen LKW geladen. Der Fahrer, Siegfried Salzwedel, gehört dem Rauschgiftdezernat an. Der LKW fuhr mit dem Kokain aus dem Hafen in Richtung Hamm. Vorher machte das Fahrzeug bei der Zolltechnik halt. Der Container bekam sicherheitshalber einen GPS-Sender.«

»Ja, ja, die Geschichte habe ich jetzt schon ein paarmal gehört. Berichten Sie von Ihren Erkenntnissen!«

»Verstehe! Seit Freitag wissen wir, dass das Löschen von der ›Maria‹, der Ladevorgang des Containers auf den LKW und auch die Anbringung des GPS-Senders von Dritten beobachtet wurde. Wir fanden Zigarettenkippen der Marke Marlboro an beiden Orten. Die DNA werden noch im forensischen Labor untersucht und geprüft. Seit Sonnabend haben wir einen Tatverdächtigen, und zwar die Person, die den LKW nach dem Überfall fuhr. Es handelt sich um den Iren Cowal Walsh. Dieser ist polizeilich bekannt. Frau Günter und Herr Erdmann wurden von mir nach Dublin geschickt, um weitere Anhaltspunkte zum Iren ausfindig zu machen. Außerdem wissen wir von einem Treffen, an dem Oppenheimer, der Grieche Yanni Michelakakism und ein irischer Drogenhändler teilnahmen. Herr Erdmann ist heute Mittag mit einem Beamten der irischen Kriminalpolizei aus Dublin zurückgekehrt.«

»Das ist zwar sehr interessant, gehört aber nicht zu dem Fall der internen Revision«, kam von Frau Schmidt-Müller. »Ich fasse zusammen: Heute Morgen, nach dem Gespräch mit Herr Rolffs, stellten wir fest, dass er keine stichhaltigen Sachverhalte vorbringen konnte, die eine weitere Untersuchung rechtfertigten. Offen war lediglich die Thematik ›Weitergabe von Informationen‹. Er begründete seine Verdachtsmomente immer mit dem Foto, auf dem Frau Günter und Herr Oppenheimer abgebildet sind, und damit, dass die Information über die Beförderung des Kokains verraten wurde. Herr Mattes ermittelte, dass der Transport ausgekundschaftet wurde. Den letztendlichen Beweis, ob beide Kippen von der gleichen Person stammen, wird die DNA ergeben.

Apropos Kippen! – Ich würde jetzt gerne eine kurze Pause einlegen und eine Zigarette rauchen, um den überreichen Sauerstoff aus meinen Lungen zu vertreiben.«

Mattes begleitete sie vors Haus. ›Sie hat was Mystisches an sich, das ist bestimmt ihre Aura. So was hatte ich bisher nur einmal erlebt. Sie hieß Anna Santos und war auf einer meiner Lesungen‹, überlegte Pit.

»Herr Mattes, Sie brauchen sich keine Sorgen zu machen. Erdmann ist sowieso raus und die Günter kann mittagessen, mit wem sie Lust hat. Ich kenne übrigens ihre Geschichte. Mit dem Magazin habe ich am Freitag telefoniert. Der Artikel wird nicht erscheinen. Ich habe das damit begründet, dass Frau Günter undercover unterwegs war. Eine Veröffentlichung würde sie gefährden.«

»Das ist gut. Ich hatte schon überlegt: Wie wird Oppenheimer reagieren, wenn er den Beitrag in der Zeitung liest?«

»Sie gefallen mir, Herr Mattes, ich werde Sie im Auge behalten. Mein Lebensgefährte erzählte mir heute Mittag, dass Sie spannende Kriminalromane schreiben. Falls Sie Hilfe von der Staatsanwaltschaft brauchen, hier ist meine Visitenkarte.«

Die Fortsetzung der Besprechung konnte Mattes viel entspannter antreten.

»Eine letzte Frage habe ich noch, Herr Mattes, wie war die Kooperation mit Herrn Rolffs?«, fragte Frau Schmidt-Müller.

»Ich habe es bedauert, dass es keine Zusammenarbeit gab. Frau Kleinberg schickte mehrmals aktuelle Ermittlungen an die Revisionsgruppe. Aber ein Feedback oder Ergebnisse oder Protokolle aus ihren Untersuchungen erreichten uns nicht.«

»Dafür haben sie die Wohnung von Jessika verwüstet«, rief Frau Kleinberg in den Raum.

»Was?«

»Ja, die Wohnung von Frau Günter wurde durch das Revisionsteam in Augenschein genommen. Frau Kleinberg hat Fotos gemacht, während wir die Wohnung besichtigten«, ergänzte Mattes.

»Herr Biestmann, warum wurde die Wohnung nicht von der Spurensicherung untersucht?«

»Das kann ich Ihnen nicht sagen, ich höre jetzt zum ersten Mal davon, dass für die Wohnung von Frau Günter ein Durchsuchungsbeschluss ausgestellt wurde.«

»Das werde ich mir noch genauer anschauen«, sagte sie mehr zu sich selbst und notierte sich was in ihrer Kladde.

»Okay, Herr Mattes, Sie haben mich überzeugt. Es wird aus heutiger Sicht keine weiteren internen Ermittlungen geben. Die Untersuchungen gegen Frau Günter und Herrn Erdmann werden eingestellt. Herr Rolffs wird von mir instruiert.«

Damit war auch die Besprechung beendet. Bei der Verabschiedung nahm die Staatsanwältin Mattes an die Seite: »Passen Sie auf Frau Günter auf. Sie ist eine gute Polizistin, aber oft impulsiv und übereifrig. – Ach, noch was! Wer war denn die Frau in Schwarz, die die beiden Beamten an den Laternenpfahl gebunden hat?«

»Ja – Mio! Das ist Pits Geheimwaffe«, drängelte sich Torben dazwischen.

»Das war Mio Takahashi!«, antwortete Mattes.

»Gefällt mir, Ihre Geheimwaffe! Die sollten wir einstellen!«, lachte die Staatsanwältin. Winkender Weise verließ sie den Raum.

»Herr Gleis und ich wollen am Donnerstag etwas mit Ihnen besprechen. Machen Sie ein Briefing oder eine Einsatzbesprechung? Wir würden gerne dabei sein!«, kam von Herrn Biestmann.

»Ja, immer um acht Uhr, hier in diesem Raum. Vorausgesetzt, es kommt nichts dazwischen.«

»Okay, Herr Gleis hat zwei Tage frei. Sonst würden wir morgen schon kommen. Ach, noch etwas: Bestimmen Sie einen Vertreter für Ihren Posten oder Aufgabenbereich! Schicken Sie mir eine Mail.«
Damit ließ er einen verwunderten Mattes zurück.

Die Gäste gingen und Petra, Rolf und Svenja verließen den Beratungsraum. Der Hobbykriminalist setzte sich für einen Augenblick auf seinen Platz und ließ die Besprechung noch einmal Revue passieren. Dann packte er seine Unterlagen zusammen und ging ins Foyer.

MONTAG, 19.03.2018, 17:30 UHR, ZOLLAMT WALTERSHOF, FINKENWERDER STRAßE, FOYER:

»Ist doch prima gelaufen. Ich habe Jessika eine Nachricht geschickt. Sie schickte drei Herzchen zurück«, sagte Svenja, nachdem Pit aus dem Besprechungsraum kam.

»Stimmt, wir sind einen Schritt weiter und von einer Last befreit«, antwortete Pit. Mit seinen Gedanken war er allerdings noch bei dem letzten Satz von Biestmann. Er setzte sich an seinen Schreibtisch und schaute sich Protokolle an. Svenja verschwand in Torbens Büro. Petra betrat das Foyer.

»Petra, Biestmann möchte, dass ich einen Vertreter für mich bestimme«, begann Pit.

»Ach – nein, Pit. Denk nicht mal daran. Ich will ermitteln und keine zusätzliche Personalverantwortung. Mir reichts, dass ich Teamleiter für drei Kräfte bin. Nein! Denk nicht einmal daran.«

»Versteh! Wen würdest du vorschlagen?«

»Ist mir egal! Nein, eigentlich doch nicht. Mh – ja, was hältst du von Svenja, nein, aber Jessika. Ich glaube, Jessika ist die bessere Wahl. Vorausgesetzt, sie würde sich auf ein Abenteuer mit uns einlassen«, lachte Petra. Sie schüttelte den Kopf und setzte sich auf den Besuchersessel. Es entstand eine längere Pause. Pit überlegte. Petra kannte das und ließ ihn in Ruhe.

»Ja, ich werde mit ihr reden!«

»Was ist los, Pit, hast du Probleme?«

»Nein, mir fehlt Zeit zum Nachdenken!«

»Definitiv! Lass gut sein für heute. Lass uns morgen früh die nächsten Schritte planen und besprechen. Ich fahr jetzt nach Hause. Soll ich dich mitnehmen?«

»Nein danke, ich fahr mit Svenja, wir haben den gleichen Weg. Aber danke für dein Angebot.«

12

Auf der Fahrt zum Zollamt erzählte Svenja, dass Jessika aus Belfast zurück in Dublin angekommen war, und dass sie in Nordirland keine neuen Erkenntnisse sammeln konnte. »Ich berichtete ihr von unserer Veranstaltung mit der Staatsanwältin. Ich habe es plumpsen gehört. Außerdem sagte sie, dass sie Mittwochvormittag zurückkommt.«

Pit grinste. Ihm gefiel, dass sich Svenja und Jessika verstanden.

»Moin zusammen!«, begrüßte Mattes die Teammitglieder, nachdem er den Besprechungsraum betrat. Er ging gleich zum Flipchart und fasste den bisherigen Sachverhalt anhand der drei Blätter zusammen.

»Jessika wird morgen Vormittag wieder zurückkommen. Sie hat keine neuen Erkenntnisse sammeln können. Habt ihr was?«

»Ja!«, begann Rolf. »Torben und ich haben vor einer halben Stunde mit der forensischen Abteilung telefoniert. Wir haben Ergebnisse aus den DN-Analysen: Die Kippen von den beiden Standorten stammen von derselben Person. Und jetzt kommt es: Die Marlboros, deren Reste wir Freitagnacht am Sandtorkai aufsammelten, sind auch von der gleichen Person geraucht worden.«

Pit überraschte das nicht, er ahnte es. »Und sind die DNA-Spuren der Polizei bekannt?«

»Nein, definitiv nicht. Wir haben auch im internationalen Register danach gesucht!«

»Ah!«, entfuhr es Pit. »Was ist mit den Spuren im Bus und im gekaperten LKW?«

»Ja, das Taschentuch aus dem Bus stammt von Cowal Walsh. Die DNA aus dem Tempo und der Haarprobe, die Svenja und Christel mitbrachten, sind identisch.«

»Aber, sie passt nicht zur Marlboro-DNA. Auch alle anderen Abstriche und Proben, die die Kollegen genommen hatten, passen nicht zur DNA des Marlboro-Rauchers«, ergänzte Torben.

Pit dokumentierte auf dem dritten Flipchart die beiden neuen Ergebnisse.

»Dann ist definitiv Walsh unser Hauptatverdächtiger.«

»Ja, Christel hat ihn bereits zur Fahndung ausschreiben lassen«, ergänzte Torben.

»Gut!« Nur dieses kurze ›Gut‹ kam von Mattes. Er überlegte. Eine Pause trat ein.

»Noch was ganz anderes«, begann Torben. »Christel erzählte vorhin, dass Biestmann sie angesprochen hat. Sie soll für uns arbeiten. Eigentlich war sie für einen Lehrgang eingeteilt. Der wurde gecancelt. Weißt du was davon?«, fragte Torben.

»Ja – ah, eigentlich nein!« Pit war überrascht. »Vielleicht ist das seine Art, ›Danke‹ zu sagen. Ich werde der Sache nachgehen«, sagte er mehr zu sich selbst.

»Petra, habt ihr was über den Empfänger des Rohkaffees herausgefunden?«, erkundigte sich Pit, nachdem er den Text auf dem letzten Flipchart-Blatt weiter durchging.

»Nein! Diesen Adressaten gibt es nicht. Auch Ähnlichkeiten habe ich nicht gefunden. Gestern Morgen schickte ich eine Mail zum Kaffeelieferanten in Kolumbien, um den Besteller zu identifizieren. Bisher kam keine Antwort.«

Wieder grübelte Mattes und kratzte sich im Nacken.

»Noch was!«, setzte Petra fort. »Auch die Überprüfung des roten LKWs ist negativ verlaufen. Das Kennzeichen des Fahrzeuges gibt es nicht. Und die beiden Insassen sind schon vor zwei und drei Jahren ums Leben gekommen. Die haben Ausweise von verstorbenen Männern vorgezeigt.«

»Oh – die hatten sich gut vorbereitet«, druckste Pit herum und verzog die Miene.

»Was überlegst du?«, fragte Petra, die den Gesichtsausdruck von Pit kannte.

»Wir sind in einer Sackgasse«, begann er und schaute in ungläubige Gesichter.

»Wieso Sackgasse?«, fragte darauf Rolf. »Wir sind ein großes Stück weitergekommen. Wir kennen den Täter und wir wissen, wie der Überfall ablief. Wir brauchen doch nur diesen Kelly aufzusammeln, seinen italienischen Kumpel, diesen Rosa oder Rosi, dingfest zu machen und die beiden wegzusperren.«

»Schön, sofern das so einfach wäre«, kam von Petra. »Pit ist definitiv schon einen Kilometer weiter in seinen Überlegungen als wir.«

»Wenn wir Walsh fangen, wird er den Italiener nicht ans Messer liefern. Ich glaube nicht, dass er die Hintermänner verraten wird. Vorausgesetzt, er kennt sie überhaupt. Und welche Rolle spielte dieser rauchende Beobachter?«, kam von Pit.

»Was hast du vor?«, wollte Petra wissen.

»Ich bin mir nicht sicher! Auf jeden Fall müssen wir einen anderen Weg einschlagen, um mehr Informationen zu erhalten?«

»Und der wäre?«, wollte sie wissen.

»Um weiterzukommen brauchen wir neue Gedankenansätze. Ich glaube, wir müssen uns mehr auf das Kokain konzentrieren.«

»Es gibt eigentlich nur zwei Ansatzpunkte«, begann Rolf. »Man schaut sich die Sachlage von vorne oder von hinten an. Ich meine von der Einfuhrseite oder vom Vertrieb der Droge.«

»Passt!«, sagte Pit. »Die Herangehensweise vom Verkauf der Rauschmittel zu ermitteln wird meines Erachtens von der Task Force Drogen gemacht. Kann einer von euch dazu was sagen?«, fragte Pit.

»Ja – ich!«, begann Svenja. »Ich habe bis zum G20 dort gearbeitet! Die Task Force Drogen wurde vor zwei Jahren gegen Drogenkriminalität gegründet. Sie hatte im vergangenen Jahr mehr als fünfhundert Dealer gefasst. Außerdem wurden über dreiunddreißigtausend Personen überprüft.
Erfolgreich war und ist die Task Force Drogen gegen den Drogenhandel im Schanzenviertel, St. Georg, St. Pauli und im Bereich der Balduintreppe an der Hafenstraße.
Aber das ist ein Fass ohne Boden. Für jeden gefassten Dealer kommt ein neuer. Die sind erfinderisch und arbeiten inzwischen mit zwei oder drei Typen an der Front. Außerdem kennen die meisten Dealer nicht ihren Drogenlieferanten. Sie erfahren lediglich einen Übergabeort.«

»Und hat es überhaupt Zweck, dass man eine Gruppe unterhält, wenn sie doch nur gegen Windmühlenflügel kämpft?«, fragte Rolf.

»In den Hamburger Drogenbrennpunkten wurde das Rauschgift ganz offen gehandelt. Die Polizei musste reagieren. Mittlerweile ist das nicht mehr so. Durch die Präsenz der Polizei können jetzt wieder normale Menschen zum Beispiel den Schanzenpark nutzen«, ergänzte Svenja.

»Ja, ja. So wird der Drogenhandel in andere Stadtviertel verdrängt«, bemerkte Rolf.

»Danke, Svenja. Wir können festhalten, dass die Herangehensweise vom Dealer/Verbraucher aktiv angegangen wird. Ich bin davon überzeugt, dass man die Quelle ausfindig machen und die Hintermänner ausschalten muss«, verkürzte Pit die Diskussion.

»Kommen wir zu dem zurück, was wir wissen«, begann er und stellte sich an das Flipchart. »Fassen wir das einmal zusammen:
Wir wissen, das Kokain kommt aus Kolumbien. Es wird nicht mit dem Flugzeug eingeführt. Also bleibt nur der Seeweg. – Wir wissen, dass uns aus Kolumbien eine Menge Kokain erreicht, obwohl regelmäßig die Schiffe aus diesem Land durch den Zoll untersucht werden. Daraus müssen wir folgern, dass die Drogenhändler mindestens einen effektiven Weg gefunden haben, das Zeug an Zoll und Polizei vorbeizuschmuggeln. – Wir wissen, dass in unserem Fall das Kokain aus Rotterdam nach Hamburg kam. – Wir wissen auch, dass dieser Weg schon zwei- oder dreimal genutzt wurde. Aber wir vermuten, dass es andere Schmuggelwege geben muss, sonst wäre hier nicht so viel von dem Rauschgift angekommen. – Wir nehmen weiter an, dass das Kokain zusammen mit anderen Handelswaren ins Land geschleust wurde und wird. – Wir wissen, oder wir gehen davon aus, dass wir hier in Hamburg zwei rivalisierende Drogenhändler haben. Sonst wäre das Kokain nicht gekapert worden.«

»Richtig, Pit. Aber es könnten noch mehrere Rauschgifthändler im Spiel sein!«, warf Petra ein.

»Definitiv!«, Pit überlegte. »Ja, Petra, das stimmt. Es könnten auch drei oder vier Drogenhändler sein.«

»Wir sollten von den Großen ausgehen. Und nicht die vielen Kleinen berücksichtigen, die zum Beispiel aus Holland sich mit Stoff eindecken und den dann hier verkaufen.«

»Auch richtig, Svenja. Wir betrachten die, die das reine Kokain nach Hamburg bringen, hier drei- bis fünfmal strecken und dann in die Fläche verteilen«, präzisierte sich Pit. »Wie groß ist die Chance, dass das Rauschgift mit einem LKW oder einem Lieferwagen nach Hamburg gebracht wird? Ich denke mal an Rotterdam/Hamburg«, fragte er weiter.

»Das können wir nicht ausschließen. Ich habe vor Kurzem gelesen, dass meine Kollegen in Düsseldorf auf einem LKW, der Bananen transportierte, Kokain fanden«, entgegnete Rolf.

»Wir können aber nicht auch noch die LKW kontrollieren«, warf Petra ein. »Wir schaffen nicht einmal alle Schiffe, die aus Südamerika kommen.«

»Das will ich nicht damit sagen. Mir geht es nur um die Möglichkeit, dass man auch mit einem Fahrzeug Kokain aus einem anderen Land transportieren kann.«

»Alles richtig. Ich hoffe, dass sich der Zoll an den Grenzen entsprechend Gedanken macht. Und ich bin mir sicher, dass sie Kontrollen durchführen. Dazu kommt, dass das Kokain mit dem Schiff aus dem Ursprungsland transportiert wird. Ob der Container nach Rotterdam geht oder gleich weiter nach Hamburg, ist das nicht gleich?«, erwiderte Pit.

»Pit, was denkst du denn? Welche Ideen hast du?«

»Na ja, meine Gedanken drehen sich immer wieder um die Herkunft des Kokains. – Ich stelle mir vor, ich sitze in Kolumbien und will Stoff an den Mann bringen.«

Svenja musste lachen.

»Meinetwegen auch an die Frau! Ich weiß, dass meine Fracht, weil sie aus Südamerika kommt, genauestens untersucht wird. Besonders in den Industrieländern wie den USA, Frankreich, den Niederlanden und so weiter wird sehr gründlich kontrolliert. Natürlich gehört Deutschland dazu.«

»Und wie würdest du es realisieren?«, fragte Svenja.

»Ich würde mir den sichersten Weg suchen. Einen Hafen, in dem nicht sorgfältig nach Kokain gefahndet wird.

Den Stoff würde ich dort hinbringen, ihn umpacken und gen Hamburg verfrachten.«

»Ah! Kokain nach Dänemark schicken, dort zu Käse deklarieren und dann Richtung Hamburg senden. Pit, so sind wir wieder bei einem LKW-Transport.«

»Ja, aber so oder so ähnlich würde ich es anstellen!«

»Pit, ich fliege mal kurz nach Bogotá und überlege mir, wie ich es machen würde«, scherzte Petra.

»Ich komme mit!«, rief Svenja.

»Okay, Pit, das vermag ich bis hierher nachzuvollziehen. Was gibt es für uns zu erledigen?«, fragte Petra, um wieder auf das Thema zu kommen.

»Danke! Was mich noch bewegt, ist der Empfänger der Ware!«

»Du meinst die beiden rivalisierenden Drogenhändler?«

»Okay, wir haben drei Hauptfragen zu beantworten:

1. Wie kommt das Kokain ins Land?

2. Wie und wo wird es weiterverarbeitet?

3. Wer kaperte das Rauschgift?«

»Die erste Frage war doch unser ursprünglicher Auftrag!«, kommentierte Petra.

»Genau! Ich vermute, dass wir die Antwort finden müssen, um in unserem Fall weiterzukommen.«

»Vor ein paar Tagen hast du noch gesagt, dass wir die Arbeit der Holländer nicht machen wollen!«

»Stimmt! Ist auch heute meine Meinung. Aber wenn wir die Hintermänner fassen wollen, müssen wir ihre Arbeitsweise kennenlernen.«

»Einleuchtend«, rief Svenja. »Wie wollen wir anfangen? Ich gehe mal davon aus, dass wir nicht die Ersten sind, die diese Idee auf den Tisch gebracht haben?«

»Definitiv! Fangen wir doch mal in Kolumbien an. Welche Waren werden aus dem Land exportiert?«

»Ah! Jetzt verstehe ich! Du suchst nach Auffälligkeiten im Export.«

»Ja, das wäre mein erster Ansatz.«

»Pit, ich kümmere mich darum«, begann Petra. »Ich werde zur ›Behörde für Wirtschaft, Verkehr und Innovation‹ fahren, die ist am Alter Steinweg 4. Ich gehe davon aus, dass sie aktuelle Informationen über Exporte aus Kolumbien haben.«

»Sehr gute Idee, Petra.«

»Den Punkt zwei würde ich gerne mit Torben übernehmen«, sagte Rolf und schaute zu den Kriminalkommissaren hinüber. Der nickte und ergänzte: »Ich habe da einen Kontaktmann, der war früher mal in der Drogenszene tätig. Zwei Jahre durfte er sich unfreiwillig ausruhen. Wenn was Besonderes läuft, wird er es wissen. Ich rede mal mit ihm.«

»Ist das der von Freitag?«

»Nein, der hat zu viel Angst vorm Griechen.«

»Okay, vielleicht bekommen wir Hinweise.«

»Zu Punkt drei kann ich mir ein paar Gedanken machen. Zum Beispiel könnte ich mal ergründen, ob schon mal ein Kokaintransport gekapert wurde«, warf Svenja ein.

»Die Idee ist gut. Die sollten wir auf jeden Fall verfolgen.«

»Was ist mit Walsh? Und ermitteln wir noch nach dem Italiener?«

»Natürlich werden wir den aktuellen Fall nicht außer Acht lassen. Die Beobachtung der Kneipe überlassen wir der Kriminalpolizei. Die Kapazität haben wir nicht. Da ist Christel involviert. Ich werde mit ihr darüber sprechen«, antwortete Pit. »Da fällt mir noch was ein«, fügte er hinzu. »Was ist mit dem irischen Polizisten? Ich würde ihn gerne einmal kennenlernen.«

»Das müsste sich machen lassen. Heute ist er im Präsidium bei unseren Kollegen«, antwortete Torben.

»Ich kümmere mich darum und vereinbare einen Termin!«, warf Svenja ein. Pit nickte anerkennend.

Flipchartergänzung:

Blatt 3:   *20.3.2018:*

Ergebnis: Kein direkter Zusammenhang zw. Marlboro- und Überfall-DNA.
Ergebnis: C. Walsh = Haupttatverdächtiger.
Drei Ansatzpunkte:
1. Wie kommt das Kokain ins Land?
2. Wie und wo wird es weiterverarbeitet?
3. Wer kaperte das Rauschgift?

Zu 1.: Exportuntersuchung Kolumbien (Petra).
Zu 2.: Drogenszene untersuchen (Rolf/Torben).
Zu 3.: Untersuchung: Sind weitere Kokaintransporte gekapert worden? (Svenja)

DIENSTAG, 20.03.2018, 9:30 UHR, ZOLLAMT WALTERSHOF,
FINKENWERDER STRAßE, BESPRECHUNGSRAUM:

Pit versuchte mehrere Male, Christel telefonisch zu erreichen. Gegen neun Uhr dreißig rief sie zurück.

»Hi, Pit! Entschuldige, dass ich erst jetzt anrufe. Ich war den ganzen Morgen damit beschäftigt, den irischen Kollegen hier einzuführen. Nun habe ich ihn einem Mitarbeiter an die Hand gegeben. Die klappern den Kiez nach Cowal Walsh ab. Wenn ich was Neues erfahre, sage ich dir Bescheid.«

»Super, Christel. Genau das Thema wollte ich mit dir besprechen. Den Kriminalpolizisten aus Irland möchte ich kennenlernen. Svenja wird einen Termin vereinbaren.«

»Kein Problem, gerne! Heute früh sprach mich Biestmann an, ich soll dich unterstützen, hat er gesagt. Ich weiß nicht so recht, wie ich das machen kann, hier wartet eine ganze Stange Arbeit, zumal Frau Günter, äh, Jessika nicht da ist.«

»Verstehe ich und kann ich auch nachvollziehen.«

»Ich würde gerne mal bei euch reinschnuppern, Svenja ist ja so total von euch begeistert.«

»Christel, wir bekommen beides hin. Bleib bitte im Präsidium und halte mit Svenja Kontakt. So bist du immer auf dem Laufenden. Wenn du Zeit findest, kannst du jederzeit hier vorbeischauen. Du hilfst uns, insofern du dich um Walsh und den Italiener kümmern würdest.«

»Okay, das finde ich gut. Ich lade dich zum Kaffee ein. Ach ja, du trinkst Tee. Dazu lade ich dich auch gerne ein.«

»Danke, Christel. Tschüss!«

Pit Mattes legte auf. Er war zufrieden mit der Entwicklung. Er lehnte sich in seinen Sessel zurück und überlegte: ›Welche Rolle spielen die Niederländer in dem Kokainspiel? Wie passt der rauchende Beobachter dort hinein? Es muss in Rotterdam entweder auch einen Beobachter geben oder die Kokaingangster haben dort einen Maulwurf, einen Verräter.‹ Mittendrin in seinen Überlegungen klingelte sein Mobiltelefon. Petra war am anderen Ende und sie klang aufgeregt.

»Pit, hast du eine Stunde Zeit? Ich treffe mich mit unserem Informanten aus Südamerika«, erklärte Petra.

»Okay, und wo?«

Petra beschrieb den Weg zum Lokal, während Pit seine Sachen einpackte und sich den Mantel anzog.

»Ich bin gleich bei dir!«, verabschiedete er sich von Petra.

Svenja reichte ihm die Schlüssel vom Fahrzeug: »Oder soll ich dich dort hinbringen?«

»Danke, nicht erforderlich, halte bitte die Stellung. Ich melde mich bei dir!«

»Okay!«, rief sie ihm nach. Er war schon auf der Treppe. Pit fuhr mit dem BMW in die HafenCity. Er bekam direkt vor dem Lokal, das Petra ihm genannt hatte, einen

Parkplatz. Schon durch das Fenster konnte er sie erkennen.

DIENSTAG, 20.03.2018, 10:45 UHR, HAFENCITY, IN EINEM LOKAL IN DER HAFENCITY:

»Hallo, Sie sind Petro?«

»Ja, Petro ist mein Name.«

»Ah – okay. Ich bin Petra. Setzen wir uns«, forderte sie ihn auf.

»Schöne Señorita, Sie wollen ein Gespräch mit mir?«

»Richtig, wir warten noch einen Augenblick. Mein Kollege kommt gleich!«, antwortete Petra und zeigte ihm ihren Dienstausweis.

»Aber Señorita, das können wir doch ganz gemütlich zu zweit besprechen. Ich habe ein sehr schönes Appartement im Hotel.«

»Petro, warten Sie einen Moment, dort kommt er schon.«

Pit Mattes betrat das Lokal. Er ging auf den Tisch zu, an dem Petra und ein mittelgroßer südamerikanischer Mann saßen. Pit schätzte ihn auf Mitte vierzig.

»Guten Tag, mein Name ist Petro«, stellte sich der Fremde vor.

»Pit Mattes, es freut mich, Sie kennenzulernen!«

Petra schaute Pit an. Er konnte mit ihrer Geste nichts anfangen. Petro tat auch überrascht.

»Herr Mattes ist mein Chef! Nun denn, Petro, fangen wir an«, begann Petra. »Wie ist der Codename?«

»Johannes.«

»Okay! Warum sind Sie in Hamburg?«

»Ich habe was Familiäres zu klären. Deshalb bin ich vorgestern hier angekommen.«

»Was ist in Cartagena vorgefallen, dass wir Sie nicht erreichen konnten?«

»Die Organisation hat einen neuen Führer bekommen. Nicodemo Ochoa wurde vor fünf Wochen erschossen oder besser hingerichtet. Jetzt regiert sein Sohn. Ich musste mich zurückhalten und abwarten. So habe ich mich auf mein Handelsgeschäft konzentriert.«

»Mit was handeln Sie?«, fragte Mattes.

»Ich importiere große deutsche Autos. Die verkaufe ich in Bogotá, Cartagena, Porta Columbia und Umgebung. Das Geschäft läuft gut.«

»Petro, Sie spielen ein falsches Spiel. Ich bin mir sicher, dass Sie für mehrere Parteien arbeiten. Raus mit der Sprache, was wollen Sie in Hamburg?«

»Das habe ich Ihnen doch schon gesagt. Ich muss eine Bekannte unterstützen, sie hat Probleme. Außerdem will ich die neuen Modelle von Audi und BMW kennenlernen.«

»Wer ist die Bekanntschaft? Name, Adresse?«

»Das habe ich vergessen. – Nein! Das kann ich Ihnen nicht sagen. Viel zu gefährlich für sie, für mich, für uns alle!«

»Petro, Sie bekommen eine Menge erstklassiges Geld vom deutschen Staat. Aber Ihre Informationen sind meines Erachtens zweitklassig!«

Pit verstand nicht, worauf Petra hinauswollte. Er setzte sich zurück, um abzuwarten.

»Ich weiß nicht, was Sie wollen, Señorita? Sie haben viele gute Informationen bekommen und der Tipp, den ich im November lieferte, war doch grandioso.«

»Ja, aber Sie spielen ein doppeltes Spiel. Ich bin noch nicht dahintergekommen, was Sie vorhaben. Aber …«

»Pero hermosa señorita – aber schöne Señorita! Sie müssen doch nicht gleich laut werden. Man kann doch über alles reden!«

»Dann packen Sie endlich aus! Liefern Sie handfeste nachvollziehbare Fakten. Geben Sie uns die Informationen, die wir bezahlt haben!«

Pit Mattes kannte normalerweise Petras Taktik, vermochte aber nicht zu erkennen, worauf sie hinauswollte. Er beschränkte sich vorerst aufs Zuhören und Beobachten.

»Schöne Señorita. Ich habe Ihnen alles erzählt, was ich weiß.«

»Seit zwei Monaten haben Sie keine Verbindung zu uns aufgebaut. Sie haben jetzt drei Perioden Geld bekommen, ohne dass Sie eine Gegenleistung gebracht haben.«

»Aber, Señorita. Beruhigen Sie sich. Petro hat alles im Gepäck aus Cartagena.«

»Chef, was meinen Sie? Was machen wir mit dem da?«

»Festsetzen!«, kam von Mattes.

»No, Señorita. No tan fuerte – nicht so laut. Nicht verhaften«, flüsterte er.

Petra schaute Pit an. Er nickte nur.

»Kommen Sie freiwillig mit, oder benötige ich Handschellen?«

»Si, si! Petro viene – ja, Petro kommt mit.«

Sie verließen das Lokal, ohne was bestellt zu haben. Pit ging zum Tresen und entschuldigte sich. Er steckte fünf Euro in das Sparschwein. Die Kellnerin grinste und nickte nur.

Petra und Petro stiegen hinten in den BMW. Pit fuhr zum Zollamt. Rolf und Svenja standen als Empfangskomitee vor der Tür und griffen sich gleich Petro. Er wurde in den Befragungsraum gebracht.

»Ich hatte Svenja eine Nachricht geschickt, dass wir kommen und einen Verdächtigen mitbringen. Svenja hat gut reagiert.«

»Was für eine Taktik hast du vor? Worauf willst du hinaus?«, fragte Pit.

»Erst einmal einschüchtern und … ach, du wirst sehen, ich habe noch ein Ass im Ärmel, das ich gleich ausspielen werde. Wir bekommen die Auskünfte, die wir brauchen«, grinste Petra und hakte sich bei Pit ein. »So wie früher!«

»Verstehe!«, sagte er und ließ sich mitziehen.

DIENSTAG, 20.03.2018, 12:00 UHR, ZOLLAMT WALTERSHOF, FINKENWERDER STRAßE, BESPRECHUNGSRAUM:

»Petro, nehmen Sie Platz«, forderte Petra ihn auf.

»Si, Señorita. Petro macht alles, was schöne Señorita wünschen.«

»Jetzt machen Sie mal halblang! Und verstellen Sie sich nicht. Hören Sie auf, Theater zu spielen. Ich kenne Sie genau, Herr Bretz. – Pit, wir haben hier Helmut Bretz vor uns. Er wurde vor sieben Jahren wegen Unterschlagung und Betrug unehrenhaft aus der Zollverwaltung entlassen. Seitdem arbeitet er inkognito in Kolumbien als Informant für die Bundesregierung, um das Drogenkartell zu bekämpfen. Er bekam eine neue Identität und seitdem regelmäßig hohe Geldbeträge für Informationen, die in meinen Augen zweitklassig sind.«

»Herr Bretz, für wen haben Sie damals gearbeitet?«, fragte Mattes.

»Si, okay – stimmt. Ich bin in Hamburg aufgewachsen. Meine Mutter kam aus Kolumbien. Ich arbeitete für alle Kokainhändler, es waren damals drei in Hamburg. Aber das war früher. Heute äh …«

»Für wen arbeiten Sie jetzt?«

»Für den Zoll! Nur für den Zoll!«

Mattes zog seine Augenbrauen hoch. Er glaubte ihm nicht. Die Gestik dieses Herrn sprach was anderes.

»Herr Bretz, wir glauben Ihnen nicht! Außerdem zeigt Ihre Gestik, dass Sie was verbergen. Wenn wir feststellen, dass Sie uns anlügen, werden Sie für Jahre in den Knast wandern!«, entgegnete Frau Burgstaller.

»Und ich werde alles in Bewegung setzen, Ihnen das nachzuweisen!«, ergänzte Mattes.

»Ja, si – si, okay. Ich bin ja schon ganz Ohr. Was wollen Sie wissen?«

»Fangen wir von vorne an. Warum sind Sie in Hamburg? Wir nehmen Ihre Aussage ab jetzt auf!«

»Si! Da gibt es eine alte Freundin, die hat Probleme mit Oppenheimer. Sie hat mal für ihn gearbeitet und wird jetzt bedrängt.«

»Name, Anschrift!«, forderte Petra ihn auf.

»Maria Dominguez, Koppelstraße 53, hier in Hamburg.«

»Okay!«, kam von Petra, die den Namen und die Adresse auf einen Zettel schrieb. Svenja kam in den Raum und holte Petras Zettel ab und verschwand, ohne dass sie ein Wort sagte.

»Wir werden Ihre Angaben überprüfen«, erklärte darauf Frau Burgstaller.

»Für wen arbeiten Sie? Von wem bekommen Sie außer vom Zoll noch Geld?«, wollte Mattes wissen.

»Das Leben in Kolumbien ist teuer. Meinen Lebensunterhalt und die Frauen – si las mujeres – si, die Frauen – bezahle ich – finanziere ich – mit Handel von Autos aus Europa.«

Er zählte die Marken und Fahrzeugtypen auf, die er für seine Kunden in Kolumbien hier eingekauft hatte. Petra notierte sich das in Stichpunkten, obwohl sie wusste, dass Svenja das an ihrem Arbeitsplatz auch machen würde.

»Wann geben Sie dem Zoll wieder Informationen?«

»Si, das kann passieren jeden Moment. Ich habe beste Informationen für deutschen Zoll. Noch diese Woche, Kokain in Hamburg ankommt.«

»Na, das wird ja mal etwas konkreter.«

Helmut Bretz holte sein Mobiltelefon aus seiner Tasche. Er suchte zehn Sekunden und las dann vor: »El barco Espinosa llega el jueves por la mañana a Hamburgo. Schiff Espinosa kommt an, Donnerstag früh in Hamburg. Im Container mit Nummer HLBU 150903 9 befindet sich Kokainlieferung«, übersetzte er ins Deutsche.

Petra schrieb sich das auf. »Für wen ist die Lieferung bestimmt?«, wollte sie anschließend wissen.

»Das ich nicht kann sagen. Alle Angst haben, Namen von Verantwortlichen zu nennen. Luft nicht gesund im Kokain-Syndikat.«

»Verstehe! Sie können jetzt gehen. Vorher möchte ich Ihnen etwas mit auf dem Weg geben. – Herr Bretz oder Petro, der Drogenhandel in Hamburg hat sich verschärft und ist gefährlich geworden. Wenn Sie was wissen, kann ich Ihnen nur raten, sich der Polizei anzuvertrauen«, erläuterte Mattes mit einem ernsten Gesicht. »Und grüßen Sie Oppenheimer von uns!« Mattes nahm sein Zucken wahr, stand auf und verließ den Raum. Der Kerl machte auf Pit nicht gerade einen vertrauensvollen Eindruck. Er wusste, dass Petro nicht die Wahrheit sagte und dass dieser etwas verheimlichte. Er hatte aber das Gefühl, dass Petra ihn mochte, sie bekam in fast jedem fünften Satz ein Kompliment von ihm.

Pit setzte sich an seinen Schreibtisch und dachte über die Qualität der erhaltenen Information nach. Er wurde von Svenja angesprochen und erschrak. »Pit, die Adresse ist okay. Frau Maria Dominguez wohnt tatsächlich in der Koppelstraße.«

»Danke«, antwortete er und verlor sich gleich wieder in seinen Gedanken. Petra legte ihre Hand auf Pits Schulter.

Er blickte auf und schaute sie fragend an. »Was hältst du von Bretz?«

»Nichts! Er lügt und verheimlicht uns was. Außerdem arbeitet er nicht nur für den Zoll, sondern auch für Oppenheimer! Nur beweisen können wir ihm das nicht. Und mir ging seine gekünstelte spanische Sprache auf den Geist.«

»Ich weiß nicht so recht. Er ist zwar undurchsichtig, aber doch auf seine Art sympathisch. Das Zucken bei deinem Gruß an Oppenheimer habe ich gesehen! Ich glaube aber, dass er loyal ist.«

DIENSTAG, 20.03.2018, 13:00 UHR, ZOLLAMT WALTERSHOF, FINKENWERDER STRAßE, BESPRECHUNGSRAUM:

Nach einer halben Stunde sagte Svenja: »Das Schiff, die MS Espinosa, kommt tatsächlich am Donnerstag an. Sie wird um acht Uhr erwartet. Ich habe das an Petra und Rolf weitergeleitet.«

»Verstehe! Danke, Svenja! Lade bitte diese Frau Maria Dominguez ein. Befrage sie, was sie mit Petro oder Bretz zu tun hat. Ich möchte den Zusammenhang verstehen.«

»Okay, ich kümmere mich darum. Du willst wissen, ob du dem Kerl trauen kannst?«

»Ja, so ungefähr. Trauen, nein, nicht einen Millimeter«, antwortete er. »Es interessiert mich nur, was er hier vorhat.«

Pit konnte sich nicht konzentrieren. Petra und Rolf kamen ins Foyer. »Wir holen kurz mein Auto, das noch vor dem Lokal steht. Sollen wir euch was zu essen mitbringen?«, fragte sie.

»Nein danke«, begann Svenja. »Ich habe mir was von zu Hause mitgebracht.«

Pit überlegte einen Augenblick. »Ja, nein – ihr könnt mich aber an den Landungsbrücken absetzen.«

»Kein Problem.«

»Svenja, ich bin spätestens um fünfzehn Uhr wieder hier. Du kannst mich jederzeit auf dem Mobiltelefon erreichen.«

»Okay – tschüss, Pit!«

Rolf fuhr. Zuerst brachte er Pit zu den Landungsbrücken und schlängelte sich dann durch den Stau in die HafenCity.

DIENSTAG, 20.03.2018, 13:20 UHR, LANDUNGSBRÜCKEN:

Erst einmal kaufte sich Pit Mattes ein Krabbenbrötchen an der Brücke sechs bei ›Fischbrötchen König‹. Dann schlenderte er von den Landungsbrücken Richtung Baumwall. Er wollte von dort mit der U-Bahn zum Hauptbahnhof und dann wieder zurückfahren zum Zollamt.

Pit nutzte die Zeit. Er dachte über den Informanten Petro nach. ›Wie gewinnt so einer das Vertrauen der Drogengangster? Die sind doch nicht doof! Dem Kerl würde ich nicht trauen. Nicht einen Meter! Nicht einen Zentimeter! Und wie baut er den Kontakt zum Zoll auf? Was bekommt so ein Kerl dafür, dass er ein doppeltes Spiel vorheuchelt? Ich muss Petra mal danach fragen‹, nahm er sich vor und war so in Gedanken vertieft, dass er nicht merkte, dass er zu weit gegangen war.

DIENSTAG, 20.03.2018, 13:50 UHR, HAFEN, BAUMWALL:

Das Mobiltelefon klingelte.

»Pit, Svenja hier, Christel informierte uns, Walsh ist im Lokal auf dem Kiez aufgetaucht, Davidstraße/Ecke Hopfenstraße. Wo sollen wir dich abholen?«

»Okay, Frau Kurzmann leitet den Zugriff. Wo sind Petra und Rolf?«

»Petra ist am Helmut-Schmidt-Flughafen. Und Rolf war im Hafen, er weiß Bescheid und fährt nach St. Pauli. Er könnte dich abholen.«

»Nein, er soll direkt dahinfahren, ich bin in der Nähe und sehe zu, wie ich dort hinkomme.

Bitte, Svenja, halte die Stellung. Und behalte Kontakt zu unseren Leuten und zu Christel.«

»Jupp! Mach ich!«, klang ihre aufgeregte Stimme aus dem Telefon.

Mattes hatte Glück, denn gerade fuhr ein Taxi vorbei. Er hob den Arm, das Fahrzeug hielt und Pit stieg ein. Er zeigte seinen Dienstausweis. Der Taxifahrer lächtelte und fuhr mit überhöhter Geschwindigkeit Richtung Kiez. Mattes mahnte zur Vorsicht. Auf der Reeperbahn staute sich der Verkehr. Mattes entschied sich, zu Fuß weiterzugehen. Das Taxi hielt gegenüber dem Operettenhaus. Mattes wollte bezahlen, da heischte der Taxi-Fahrer nur »geschenkt«!

Pit lief die Reeperbahn entlang und überquerte den Spielbudenplatz. Dabei rief er sich das Bild von Cowal Walsh ins Gedächtnis. ›Der Ausweis ist erst zwei Jahre alt, so sehr verändert haben kann er sich nicht!‹, überlegte er. Eine SMS von Svenja erreichte ihn: ›Christel weiß, dass du kommst!‹ Petras Auto sah er schlecht eingeparkt vor der Davidswache. Mattes bog in die Davidstraße ab.

Höhe Kastanienallee kam ihm ein rothaariger Mann mit blondem Vollbart entgegen. Er lief und trug eine Waffe in der Hand. Mattes erkannte sofort Walsh. Nur die Haare waren länger und der blonde Bart war kürzer geschnitten als auf dem Passbild.

DIENSTAG, 20.03.2018, 14:15 UHR, ST. PAULI, DAVIDSTRAßE:

Mattes blieb stehen und sammelte sich. Sein Gegner kannte ihn nicht und würde ihn für einen Touristen halten. Der Schriftsteller wartete ab. Walsh kam näher. Er prustete, ihm fehlte die Luft. Mattes wartete. Walsh war auf fünf

Meter heran. Er war auf drei Meter heran. Zwei Meter. Mattes machte einen Ausfallschritt. Er brüllte: »Stopp!«

Walsh hob den Revolver. Aber da war Mattes schon bei ihm, packte die Waffe am Lauf und drehte sie hoch und nach außen. Walsh schrie auf. Er musste den Revolver loslassen. Dann lief er los, aber Mattes stellte ihm ein Bein. Der Ire fiel und Mattes fixierte ihn sofort mit seinem Knie auf dem Bürgersteig. Sein Telefon klingelte. Christel war am Apparat: »Pit, er ist uns durch die Hintertür entwischt. Du brauchst dich nicht zu beeilen.«

»Ach! Wenn ihr auf die Straße kommt, könnt ihr ihn einsammeln.«

Pit hatte gerade aufgelegt und das Gerät in seiner Jackentasche verpackt, da kam schon Rolf, gefolgt von Christel und Petra, um die Ecke. Walsh bekam Handschellen und wurde zur Davidwache abgeführt. Die Kriminalhauptkommissarin übernahm den Revolver. Pit rief Svenja an. Sie war immer noch aufgeregt. Er berichtete von den Ereignissen der letzten viertel Stunde. Pit merkte, dass sie gerne dabei gewesen wäre, was er verstehen konnte.

DIENSTAG, 20.03.2018, 14:30 UHR, REEPERBAHN, DAVIDWA-CHE:

Während Pit am Polizeikommissariat 15 ankam, fuhren Petra und Rolf vom Parkplatz der Davidwache. Sie winkten Pit noch zu: »Wir müssen uns einen anderen Parkplatz suchen.«

Die Anhörung des Mr. Cowal Walsh erwies sich als nicht hilfreich. Er hatte spontan sein Deutsch und sogar sein Englisch verlernt. Jessika fehlte ihnen, um sein irisches Kauderwelsch zu übersetzen. Enttäuscht fuhren Petra und Rolf zurück zum Hafen. Mattes überlegte einen Moment. Eine Polizistin bot ihm einen Tee an, den er nicht ausschlagen konnte. Er musste nachdenken, Christel setzte sich an den Besuchertisch, an dem Pit saß, und erledigte den üblichen Papierkram.

Zwanzig Minuten später hatte sie die Formalitäten abgewickelt, sie sah erleichtert aus. Sie registrierte, dass Pit sie anschaute.

»Ist was?«, fragte sie und schaute an sich hinunter. Pit wachte aus seinen Überlegungen auf und entschuldigte sich: »Ich war mit meinen Gedanken woanders.«

Sie schüttelte den Kopf, verabschiedete sich und verschwand. Er blieb in der Davidwache.

Zehn Minuten später trank er den inzwischen kalten Tee aus, wusch die Tasse ab und gab sie der Polizistin zurück. Dann verließ er das Gebäude. Die kalte Luft tat gut. Er holte sein Telefon aus der Jacke und rief Svenja an. »Gibt es was Besonderes?«

»Nein, keine neuen Erkenntnisse. Kommst du hierher oder soll ich dich irgendwo abholen?«

»Nein und ja, bitte komm hierher, zum Spielbudenplatz 31. Wir besuchen gemeinsam eine Kneipe auf dem Kiez. Ich organisiere dir einen Parkplatz vor der Davidwache. Ruf bitte an, wenn du da bist, ich komme zum Auto.«

Bei ihrem »Okay« war sie schon auf der Treppe. Pit grinste. Er marschierte zurück in die Wache. Dort regelte er das mit dem Parkplatz und bekam eine Menge Informationen über die besagte Kiezkneipe. Das kostete ihn lediglich eine Widmung in seinem Buch, das die Polizistin in ihrer Tasche hatte.

DIENSTAG, 20.03.2018, 15:30 UHR, REEPERBAHN, DAVIDWACHE:

Mattes' Telefon klingelte. Er verabschiedete sich bei der freundlichen Polizistin am Empfang und verließ das Gebäude. Svenja stand vor der Davidwache und winkte Pit

zu. »Was haben wir vor. Ich bin nicht besonders gut angezogen.«

»Du bist wie immer perfekt. – Wir sind jetzt Touristen
und besuchen eine Eckkneipe, um Tee, Kaffee oder ein
Bier zu trinken.«

»Okay! Hört sich spannend an.«

»Du bist übrigens meine Tochter und ich besuche dich
hier in Hamburg und will natürlich Sankt Pauli kennenlernen.«

»Okay, Papa«, sagte sie und hakte sich bei Pit ein.

DIENSTAG, 20.03.2018, 15:45 UHR, ST. PAULI, DAVIDSTRAßE:
Die Eckkneipe Davidstraße/Ecke Hopfenstraße war eine
typische, einfache, dunkle Kiezspelunke. Musik kam aus
einer alten Musikbox, es roch nach abgestandenem Bier,
Köm und starkem Kaffee, der schon Stunden auf einer
Warmhalteplatte verweilte.

Vor der Theke saßen drei Männer bei Bier und Köm.
Eine ältere Frau hielt sich vor der Musikbox auf, in der
einen Hand ein halb volles Glas Bier und in der anderen
eine Zigarette. Sie bewegte sich zu der Musik von Bernhard Brink. Svenja zog Pit zu einem leeren Tisch. »Papa,
komm, wir setzen uns hierher, dann kannst du dich ausruhen.«

Pit sah Svenja überrascht an und musste innerlich grinsen.

»Was darf es sein?«, fragte der sehr korpulente Knei-
penwirt, während er sich mühsam hinter seinem Schank-
tisch hervorquetschte.

»Papa, möchtest du auch einen Kaffee oder lieber was
anderes?«

»Ich möchte ein Bier und einen Korn!«

»Ich muss noch fahren, ich trinke einen Kaffee mit viel Milch und Zucker.«

Abrupt drehte sich der Wirt um und drückte sich wieder hinter seinen Tresen.

Svenja bekam eine Nachricht von Rolf. Sie las die Nachricht auf ihrem Telefon und zeigte sie dann Pit, der überrascht seine Augenbrauen hochzog.

Bei ›Von hier bis zur Unendlichkeit‹ brachte die ältere Frau von der Musikbox das Tablett mit dem Kaffee und dem Bier an den Tisch. Wie ganz zufällig, fiel sie mehr oder weniger auf den freien Stuhl, verteilte die Getränke und den Zuckerspender und drei Plastikbehälter mit Kaffeesahne.

»Touristen?«

»Ja – ich besuche meine Tochter hier in Hamburg. Bin heute Morgen aus Bielefeld angekommen und will mal Hamburg kennenlernen.«

»Papa, du musst doch nicht dein ganzes Leben ausbreiten.«

»Und was haben Sie von Hamburg schon gesehen?«

»Jo, wir waren am Hafen, Elbphilharmonie, Feuerschiff und haben eine Hafenrundfahrt gemacht. Und eben, das war ja was. Wir haben zugeschaut, wie die Polizei einen Mann verhaftet hat. Der kam aus dieser Richtung hier angerannt und fuchtelte mit einer Pistole herum.«

»Und der Kriminalpolizist nahm ihm ganz einfach den Revolver ab und warf den Gangster zu Boden«, ergänzte Svenja.

»Oh – und was passierte dann?«

»Dann kamen andere Polizisten von der Davidwache und verhafteten den Kerl.«

»War das so ein rothaariger Typ mit blondem Bart?«

»Jo!«, antwortete Mattes. »Ich glaube, das war ein Ire. Der sprach nämlich Gälisch.«

»Dann kenne ich den, der saß in den letzten paar Tagen immer hier, da drüben in der Ecke mit einem Italiener.«

Mattes spielte den Gleichgültigen und trank vom Bier. »Das war was. So was habe ich bisher nur im Fernsehen gesehen.«

»Ja, da kommt Papa aus der Provinz in die Hansestadt und erlebt gleich das ›Großstadtrevier‹ in live!«

»Was war das denn für ein Italiener? Ist das auch ein Gangster? Möchten Sie vielleicht noch ein Bier trinken?«

»Natürlich – Heinz, ein großes und einen Hullmann-schen«, bestellte sie gleich. »Der Italiener ist Rosa.«

»Hä?«, kam von Svenja.

»So heißt der komische Typ, Rosario oder so ähnlich, ja Rosario Tedesco, glaub ich.«

»Heinz, der Itaker Rosa, der heißt doch Rosario Tedesco, oder?«, rief sie die Frage zum Dicken hinter dem Tresen zu.

»Halt die Klappe, Elke, das geht keinen was an«, grölte der Wirt herüber. »Und hier sind dein Bier und der Köm.«

Mit einer nicht erwarteten Geschwindigkeit rutschte Elke von ihrem Stuhl, schlenkerte zur Musikbox, drückte zwei Tasten, drehte eine kurze Runde zur Theke, griff die beiden Gläser und saß schon wieder auf dem Stuhl. ›Bernhard Brink: Heute habe ich an dich gedacht‹ dröhnte jetzt aus den Lautsprechern.

»Sie mögen Bernhard Brink?«, fragte Svenja.

»Merkt man das? Ich bin mit ihm groß geworden. Ich habe alle Konzerte in Hamburg besucht. Mindestens fünf-undvierzig Jahre kennen wir uns. Wir haben 1970 in Berlin Jura studiert. Bis ich schwanger wurde, von Robert, wir zogen nach Hamburg. Fünfundvierzig Jahre ist das her. Ja, das waren Zeiten«, schwärmte sie und kippte sich den Hullmannschen in den Kopf.

»Fünfundvierzig Jahre! Und immer noch …
Rosario Tedesco heißt der Arsch! Und der steckt seine Finger überall rein.«

»Wohnt der hier in der Nähe?«, wollte Svenja wissen.

»Nee, nee!«, kam blubbernd aus ihr heraus, während sie ihr Bier austrank. »Der wohnt im Hafen, auf einem Schiff. Dahin schleppt er auch alle Deerns ab.«

»Du bist bloß eifersüchtig, weil es bei dir nicht geklappt hat«, kam lachend vom Tresen.

»Den will ich nicht. Nicht für alles Geld der Welt. Na – man kann ja mal eine Ausnahme machen. Aber der ist nicht sauber. Das sieht man ihm schon an!«

»Ah – dafür hast du ihm aber ganz schön lange die Hose gestreichelt«, lachte der Wirt.

»Langsam wird es ungemütlich«, flüsterte Svenja.

Pit nickte und stand auf. »Wir wollen heute ins Theater! Und umziehen müssen wir uns auch noch!«, sagte er, griff Svenjas und seine Jacke, legte zwanzig Euro auf den Tresen und zog Svenja aus der Lokation. Die Tasse Kaffee stand unberührt auf dem Tisch.

»Danke, Papa!«, sagte sie und gab ihm einen Kuss auf die Wange, nachdem sie sich ihren Parker angezogen hatte.

DIENSTAG, 20.03.2018, 18:00 UHR, EPPENDORF, MIOS UND MATTES' WOHNUNG:

Mattes wurde von Svenja nach Eppendorf gebracht. Er ging direkt ins ›Bücher&Lese-Café‹. Mio begrüßte ihn mit einem Lächeln und einem dicken Schmatz. »Möchtest du was essen? Hast du Hunger?«

»Ja, gerne.«

»Ich muss vorher nur noch die Flyer für unsere Sonntagsveranstaltung und deine Autorenlesung verteilen. Begleitest du mich? Danach essen wir.«

Pit schnappte sich den Stapel Blätter, während Mio sich ihren Wintermantel anzog. Sie gingen die Eppendorfer Landstraße hinunter. Von Haus zu Haus steckten sie Flyer in die Briefkästen. Auf dem Rückweg wurden die Postkästen auf der gegenüberliegenden Straßenseite bestückt. Die beiden sahen, wie vis-à-vis Rebekka aus ihrem Antiquitätenladen kam und sich eine Zigarette ansteckte. Sie stand im T-Shirt draußen und das bei diesen kalten Temperaturen. Mio schüttelte den Kopf und winkte hinüber. Pit erschrak, Rebekka sah unausgeschlafen und abgespannt aus. Sie trug dunkle Ränder unter den Augen. Und er glaubte, ein blaues Auge bei ihr gesehen zu haben.

Mio und Pit erreichten ihr Zuhause.

»Dann komm mit nach oben. Ich habe heute Mittag rheinischen Sauerbraten, nach einem Rezept meiner Mama, gekocht. Bin gespannt, ob dir das schmeckt.«

Der Sauerbraten mit Klößen war eine Wucht. Pit kannte die Variante mit Rosinen und Mandeln noch nicht. Während des Essens sprachen sie über Rebekka. Mio erwähnte, dass sie gefallen war. Pit berichtete von der Staatsanwältin, von der Walsh-Festnahme und dem Besuch in der Eckkneipe mit Svenja. Mio hörte gespannt zu.

»Pit, in ein paar Tagen ist Maren so weit, dass ich sie alleine lassen kann. Ich würde bei deinem nächsten Fall gerne mit dabei sein.«

»Verstehe – fein! Das lässt sich bestimmt arrangieren«, sagte Pit und musste an die Staatsanwältin denken. Er grinste noch, während er den Tisch abräumte. Mio machte den Abwasch und er trocknete das Geschirr ab. Nachdem sie fertig waren, diskutierten sie immer noch über den Fall. Pit setzte sich auf den Küchentisch. Mio stellte sich vor ihm auf. »Willst du denn überhaupt eine alte Frau wie mich dabei haben. Es macht doch bestimmt viel mehr Spaß mit einer jungen, so wie Svenja oder Jessika?«

Pit musste grinsen und streichelte über ihr Gesicht.

»Lass das. Das sind meine Falten!«

»Schöne Falten, die ich liebe. Die kommen vom Lachen!«

»Ach, du Schmeichler. Ich liebe dich auch.«

Pit gab ihr einen Kuss, rutschte vom Tisch, warf sich Mio über seine Schulter und trug sie ins Wohnzimmer.

Die Nachricht von Svenja bekam er nicht mit.

13

Pit war im Badezimmer, Mio kann rein. »Pit, im NDR haben sie eben berichtet, dass es heute Nacht in der Speicherstadt eine Explosion und ein Feuer gegeben hatte. Ein Lager und ein Betriebslabor sind davon betroffen. Zwei Menschen sind dabei zu Schaden gekommen. Und es wurde Rauschgift gefunden.«

»Wo ist das passiert?«, fragte Pit nach.

»Das war am Brooktorkai im Hafengebiet. Das Feuer wurde in der Nacht um halb zwei entdeckt.«

»Da ist viel Lagerraum. Teppiche, Kaffee und Tee werden dort aufbewahrt und warten auf Käufer oder auf eine Weiterverarbeitung.«

Nach ihren Sportübungen, die beiden waren mit dem Frühstück beschäftigt, klingelte Pits Mobiltelefon. Svenja war am Apparat. »Moin, Pit! Ich weiß nicht, ob du schon vom Attentat im Hafen gehört hast?«

»Ja, im Radio sprachen sie von einem Lagerbrand am Brooktorkai.«

»Genau! Der Speicher gehört Oppenheimer. Gustav Broker, ein Kollege vom Polizeikommissariat, informierte mich vor zehn Minuten, dass dort Rauschgift lagerte. Und das Labor, in dem der Stoff gestreckt wurde, ist in Rauch aufgegangen.«

»Interessant! Sehr interessant!«

»Diese Information soll nicht an die Presse weitergegeben werden.«

»Weiß man was Genaueres?«

»Oh, Moment, ich habe mitgeschrieben: Die Feuerwehr wurde um ein Uhr fünfundvierzig gerufen. Sieben Minuten später war der erste Löschzug vor Ort. Schon eine dreiviertel Stunde danach hatte die Feuerwehr den Brandherd unter Kontrolle. Es wurden zwei Leichen gefunden«, berichtete Svenja.

Pit hatte sein Gerät auf laut gestellt, damit Mio mithören konnte.

»Die Feuerwehr untersuchte die Lagerräume und fand Brandbeschleuniger. Das bedeutet Brandstiftung! Zurzeit untersuchen sie mit der Spurensicherung das, was übrig geblieben ist. Gustav, das ist der Polizist, von dem ich die Information bekommen habe, geht davon aus, dass es Oppenheimers Lager und Labor erwischt hat.«

»Verstehe! Und es gibt zwei Opfer?«

»Er sprach von zwei Toten. Wenn du dir das anschauen möchtest, fahre ich mit dir dorthin.«

»Ja! Ich glaube, das möchte ich!«

»Okay, Pit. Ich düse hier in fünf Minuten los. Dann bin ich in einer viertel Stunde an der Eppendorfer Landstraße.«

»Verstehe! Treffpunkt wie immer?«

»Genau, Treffpunkt wie immer.«

Mio war schon im Schlafzimmer verschwunden und kramte in Pits Sachen herum.

»Die kannst du anziehen«, rief sie und hielt ihm eine ältere Hose hin.

Pit schaute sie fragend an.

»Du willst doch wohl nicht in diese verräucherte Höhle marschieren mit deiner guten Hose. Deine Sachen stinken anschließend wie verrückt, wie – wie – wie ein Räuchermännchen, nur viel schlimmer!« Mio musste lachen. Pit zog sich um. Als er in die Küche kam, hatte sie ihm eine Scheibe Brot geschmiert und seinen Friesentee zubereitet.

Svenja wartete am verabredeten Platz. Pit stieg ein und sie startete das Auto.

»Wer ist Gustav?«, wollte Pit wissen.

»Wir haben zusammen unsere Polizeiprüfung gemacht. Jedes halbe Jahr treffen wir uns. Erfahrungsaustausch mit Würstchen, Kartoffelsalat und viel Bier. So wusste er, dass ich im Rauschgiftdezernat arbeite. Und so kam der kurze Dienstweg zustande.«

»Verstehe!«, kam von Pit. Er musste grinsen.

Sie brauchten bis zum Hafen nur zwanzig Minuten.

MITTWOCH, 21.03.2018, 6:45 UHR, HAFEN, BROOKTORKAI:

Zwei Feuerwehrautos standen vor dem Lagerhaus. Svenja legte die Karte für Polizei-Dienstfahrzeuge auf die Ablage vor der Windschutzscheibe. Sie musste stramm gehen, um mit dem Hobbykriminalisten Schritt zu halten.

»Da ist Gustav!«, zeigte sie auf einen uniformierten Polizisten, der vor der Lagerhaustür stand.

»Hallo, Svenja. Und hallo, Herr Mattes! Ich habe sie angemeldet. Die Untersuchung leitet Kriminalhauptkommissar Schneider.«

Mattes nickte. Sie folgten dem Beamten in den ersten Stock.

»Svenja, weiter darfst du nicht. Es ist besser, wenn du hierbleibst. Es sieht dort nicht schön aus.«

»Gustav, ich bin Kummer gewohnt. So schnell haut mich nichts um. Du kennst mich doch.«

»Ja, ich weiß, deshalb bleibst du hier. Ich komme gleich wieder. Herr Mattes, bitte legen Sie diese weiße Schutzkleidung an und denken Sie an die Schuhüberzieher.«

Svenja half Pit beim Ankleiden. Der Polizeibeamte nickte zustimmend und marschierte voran. Sie gingen durch eine, am Türschloss aufgesprengte, Eisentür. Ein beißender Gestank kam ihnen entgegen. Der Polizist hielt Mattes an der Schulter fest. »Das ist verdammt hart, was Sie gleich sehen. Noch können Sie umkehren. Ich habe kotzen müssen.«

»Verstehe! Gehen wir. Und danke.«

»Wofür?«

»Dass Sie Svenja nicht mitgenommen haben!«

»Sie ist eine gute Kollegin, die schon einiges durchgemacht hat. Ich gehe gleich zurück zu ihr.«

»Herr Broker, danke!«

Der Polizist ging vor. Ein älterer Mann, Pit schätzte ihn auf über sechzig, kam auf sie zu. Der Kriminalpolizist, auch in einer Schutzkleidung, trug graue kurze Haare, hatte graue aufmerksame Augen und einen grauen ungepflegten Dreitagebart.

»Schneider, Detlev Schneider. Sie sind Herr Mattes?«

»Ja!«

»Das hier ist kein Spielplatz. Ich hoffe, Sie haben gute Nerven.«

»Ja.«

»Gehen wir.«

Gustav Broker drehte um und marschierte zurück.

Der Kriminalpolizist schob sich seinen Mund- und Nasenschutz ins Gesicht und ging vor. Mattes tat es ihm gleich.

»Hier auf der rechten Seite war das Labor. Sehen Sie selbst. Es ist nicht viel übrig geblieben.«

Pit Mattes schaute in einen dreißig Quadratmeter großen Raum. Löschwasser tropfte von der Decke und den Wänden. Alles war schmierig, nass, verbrannt, zerstört. Der Gestank und der Rauch bissen ihm in den Augen. Der Kommissar zog ihn aus dem Raum.

»Hier gab es vermutlich eine Explosion, die alles zerstörte, und dann wurde Feuer gelegt. Sehen Sie dort den Benzinkanister!«

Pit nickte lediglich.

»Kommen Sie weiter!«

Herr Schneider marschierte vor. Er stieg über eine aus den Angeln gerissene Tür und betrat einen weiteren Innenraum. Der verbrannte Geruch war auch hier wahrzunehmen, aber nicht so bissig wie im Labor. Mattes folgte dem Kriminalhauptkommissar.

Der Raum war fensterlos. In drei Ecken beleuchteten Scheinwerfer den Tatort. Es sah grauenhaft aus. Überall lagen Tabletten, Stofffetzen, Federn und Pflanzenreste herum. Blut oder andere Substanzen, die man nicht so ohne Weiteres identifizieren konnte, verklebten alles. Die zwei Leichen auf dem Boden nahm Mattes sofort wahr. Eine lag vor einem gewaltsam geöffneten Panzerschrank. Der Leichnam war mit einem Tuch abgedeckt. Pit ging in die Raummitte. Seine Schuhüberzieher klebten am Boden. Ein Mann in einem grünen Overall beugte sich über die zweite Leiche. Mattes stieß mit dem Fuß gegen einen Kuhfuß. Dann erblickte er einen abgerissenen Arm. Jemand hatte ihn neben die bedeckte Leiche gelegt. Kriminalhauptkommissar Schneider beobachtete Mattes. Er folgte seinem Blick. Dann ging er zum Leichnam und hob die Decke an. Der Rumpf und der Kopf waren von vielen Wunden zerrissen. Die Person musste eine Daunenjacke getragen haben.

»Der hier, vor dem offenen Schrank, ist mehr oder weniger explodiert. Wahrscheinlich Handgranate. Es hat ihn voll in Brusthöhe erwischt. – Die Spurensicherung ist vorläufig fertig. Dort hinten, der im grünen Overall ist ein Rechtsmediziner. Den Namen habe ich vergessen.« Er ließ das Leichentuch fallen.

»Es gibt einen zweiten Toten.« Er zeigte Richtung Gerichtsmediziner und ging ein paar Schritte weiter. Er blieb vor einem Schreibtischstuhl stehen. Mattes erkannte, dass Blut an dem Stuhl klebte.

»Die Leiche liegt dort, wo der Grüne sich aufhält. Als wir kamen, war er an diesen Stuhl mit Armen und Beinen gefesselt. Die Explosionen töteten ihn und schmissen ihn um.«

Pit musste schlucken. Er sah die aufgeschnittenen Stricke an den Armlehnen und Stuhlbeinen.

»Die beiden Schränke sind stabile Panzerschränke. Ich kenne diese Modelle von meiner Bundeswehrzeit. Dort wurden Waffen aufbewahrt. Die Eindringlinge versuchten, die Dinger aufzusprengen. Dort hat es nicht geklappt. Hier haben sie mit dem Kuhfuß nachgeholfen. Die andere Tür ist auch ganz locker. Sie hakt nur ein bisschen. Ich gehe davon aus, dass jemand eine Handgranate schmiss und diese Schweinerei erzeugte, nachdem die erste Tür geöffnet wurde. Im Schrank waren Ecstasy-Tabletten, Marihuana und Kokain. Alles das, was hier verstreut herumliegt. Wenn hier ausgefegt wurde, können wir Genaueres sagen. Auch die Menge von dem Zeug.«

Mattes schaute sich den Panzerschrank eingehender an. Die Handgranate wurde unmittelbar vor dem offenen Schrank gezündet. Aber Halt! Oben an der Innenseite der Tür war ein Metallhaken angebracht worden. Mattes stutzte. Er untersuchte die Schranktür genauer.

»Die Polizeitechnik will den anderen Schrank nachher öffnen! Dann, wenn die Leichen weg sind.«

»Verstehe!«, kam von Mattes. »Ja, verstehe …«, flüsterte er. »Herr Schneider! Den zweiten Schrank sollten sie nicht so einfach aufdrücken.«

»Warum?«

»Sehen Sie hier! Dieser Haken an der Schranktür hat die Handgranate ausgelöst, die hier im Schrank befestigt war. Der Ring vom Sicherheitsstift wurde über den Haken gelegt. Mit dem Aufschieben der Tür wurde so der Sicherheitsstift gezogen. Der Schalthebel der Granate öffnet sich mit dem weiteren Öffnen der Tür und dann …«

»Oh!«

»Kommen Sie, wir müssen hier raus, bevor das Ding in dem anderen Schrank losgeht. Ich muss telefonieren.«

Die beiden liefen aus dem Lager. Auf dem Flur standen Svenja und der Polizist.

»Sorgen Sie dafür, dass hier keiner reingeht. Auch keiner von uns. Keiner, einfach keiner! Verstanden?«, rief der Kommissar Herrn Broker zu. »Ich komme gleich wieder, muss erst einmal telefonieren!« Damit verschwand er aus dem Gebäude.

»Ja, verstanden!«

Svenja rümpfte die Nase: »Pit, du stinkst fürchterlich.«

»Ich weiß«, kam von Mattes, der noch gedanklich am Tatort war. Svenja beobachtete Pit eine Weile, dann fasste sie ihn an der Hand und zog ihn aus dem Haus.

»Ich bringe dich nach Hause.«

»Ja, Svenja, gleich. Ich brauche allerdings noch einen Augenblick«, entgegnete er und ging zurück in den Flur. Er blieb vor der aufgesprengten Eisentür stehen. Der Polizist Broker schaute ihn fragend an: »Sie dürfen dort nicht hinein. Sie haben die Anweisung von Schneider gehört.«

»Ja, der Rechtsmediziner ist noch drinnen. Ich hole ihn raus.«

Ohne eine Antwort abzuwarten, marschierte Mattes in den Raum. Er kam nach drei Minuten mit dem Mann im grünen Overall wieder heraus.

»Hey Pit! Du hier!«, rief der Mediziner, nachdem Mattes seine Maske abnahm. Jetzt erkannte auch Pit den Rechtsmediziner. Es war Doktor Ortwin Schietzler.

Pit begrüße ihn und stellte Svenja und Herrn Broker vor. Dann erzählte er, was er entdeckt hatte.

»Okay, und danke fürs Retten. Pit, das ist jetzt schon das zweite Mal!«

»Da nich' für!«

»Aber das passt alles zusammen!«

Pit sah ihn fragend an.

»Okay! Meine Kurzfassung aus medizinischer Sicht:

- Es dringen einige Leute hier ein, wie viele es waren, kann ich nicht sagen. Bitte die Spurensicherung befragen.
- Sie treffen auf eine Person.
- Diese wird an den alten Schreibtischstuhl gefesselt.
- Ob er gefoltert wurde, kann ich nicht sagen. Das werde ich mir im Institut genauer anschauen.

- Der Panzerschrank wurde gesprengt. Der Stuhl wurde mit der Person darauf von der Wucht der Explosion nach hinten gedrückt und umgekippt.
- Die männliche Person mit der Daunenjacke war in unmittelbarer Nähe zur explodierenden Handgranate. Dementsprechend bekam er aus nächster Nähe die Splitter im Gesicht und Oberkörper ab. Der rechte Arm wurde dabei abgerissen.
- Ob der Mann im Stuhl an der ersten oder an der zweiten Explosion starb, oder ob er bereits tot war, werde ich im Institut klären.«

»Hatte der Tote die Handgranate in der Hand?«

»Nein, ganz bestimmt nicht. Dann sähe der Manus anders aus. Ich bin davon überzeugt, dass das Ding in seiner Brusthöhe rechte Seite explodiert ist.«

»Okay, Ortwin. Wir hören voneinander.«

Svenja und Pit verabschiedeten sich von dem Mediziner und dem Polizisten und verließen das Gebäude. Vor der Tür stand Kriminalhauptkommissar Schneider und telefonierte. Als er die beiden sah, unterbrach er das Gespräch. »Ob jetzt der Kampfmittelräumdienst oder unsere Spezialisten da weitermachen, muss geklärt werden. Herr Mattes, ich melde mich bei Ihnen. Danke!«

Svenja brachte den stinkenden Pit nach Eppendorf. Unterwegs sprachen sie nicht. Pit duschte und zog sich um. Sie wartete bei Mio im ›Bücher&Lese-Café‹.

MITTWOCH, 21.03.2018, 9:00 UHR, EPPENDORF, MIOS UND MATTES' WOHNUNG:

Obwohl Mattes zweimal duschte, bekam er den Rauchgeruch nicht aus der Nase. Er steckte seine Sachen in die Waschmaschine und startete sie.

Mio kam in die Wohnung, um nach Pit zu schauen.

»Na, du Räuchermännchen? Aber du riechst ja schon wieder normal. Man kann genau nachvollziehen, wo du langgegangen bist. Der Geruch verrät alles.«

»Ich rieche immer noch den beißenden Gestank. Und die Bilder schwirren in meinem Kopf herum.«

»Komm mit ins Café. Wir haben ein kleines Frühstück für dich vorbereitet.«

MITTWOCH, 21.03.2018, 9:15 UHR, EPPENDORF, BÜCHER&LESE-CAFÉ:

Mio und Svenja frühstückten ausgiebig. Pit bekam keinen Bissen hinunter. Er trank drei Tassen Friesentee.

Anschließend fuhr Svenja mit Pit zum Zollamt.

»Das Gebäude am Brooktorkai gehört einer Immobilienfirma. Sie besitzen einige Häuser im Hafen, in Sankt Georg und auf dem Kiez. Der Inhaber der Firma ist ein gewisser Franz Jörg Oppenheimer.«

Pit reagierte gar nicht. Er war mit seinen Gedanken bei Walsh, bei Petro und Ned Kelly, dem dritten Mann auf dem Foto, das er in der Deichstraße gemacht hatte.

Erst nach fünf Minuten kam von ihm eine Reaktion: »Wir haben es mit zwei konkurrierenden Gangstergruppen zu tun. Die Mittel, mit denen sie sich bekämpfen, werden härter und brutaler. Wir haben höchstens eine Woche Zeit, sonst eskaliert das alles.«

»Du meinst, dieser Typ aus Irland, Kelly hieß der doch, steckt dahinter?«

»Vermutlich, mir fehlen aber noch einige Puzzleteile für den Zusammenhang.«

»Das bedeutet doch, dass Oppenheimer jetzt am Zuge ist?«

»Ja, das befürchte ich. Wir wissen zu wenig von diesem Kelly. Hoffentlich bringt uns Jessika ein paar Anhaltspunkte mit.«

»Kann uns der Polizist aus Irland denn nicht weiterhelfen?«

»Hatte ich gehofft. Ich habe mit Torben darüber gesprochen. Der hat keinen guten Eindruck von dem irischen Polizisten.«

»Wie kommt er darauf?«

»Das habe ich auch gefragt. Er konnte es mir aber nicht erklären. Deshalb habe ich mit Christel darüber diskutiert. Sie hatte sich mit ihm einen Vormittag beschäftigt. Er wollte alles über Oppenheimer wissen und ist auf unseren aktuellen Fall gar nicht eingegangen. Kelly interessierte ihn überhaupt nicht. Und als Christel ihn auf Kelly ansprach, kamen von ihm nur spärliche Auskünfte. Eigentlich nur das, was uns Jessika am Telefon erzählte.«

»Ist schon komisch. Ich habe ihm eine Mail geschickt, um einen Termin mit ihm zu vereinbaren. Er hat es gelesen, aber nicht darauf reagiert. Soll ich ihn einfach mal einladen?«

»Ich bin mir nicht sicher, ob sich das lohnt. Wahrscheinlich nur verschwendete Zeit, die man besser einsetzen könnte. Ich möchte erst mit Jessika darüber sprechen.

Ach nein – doch! Lade ihn ein. Aber suche einen Termin aus, an dem Jessika dabei sein kann.«

MITTWOCH, 21.03.2018, 11:00 UHR, ZOLLAMT WALTERSHOF, FINKENWERDER STRAßE, BESPRECHUNGSRAUM:

Sie erreichten um zehn Uhr dreißig das Zollamt in der Finkenwerder Straße. Pit ging durch die Dienststelle und begrüßte Petra. Er informierte sie über den Vorfall am Brooktorkai. Dann zog er sich zum Grübeln zurück. Er konnte keine Struktur in seine Gedanken bekommen. Die Bilder vom Morgen überlagerten alles.

Svenja brachte ihm einen Becher Tee. »Na, wollen wir eine Besprechung machen?«

»Wer hat Zeit?«

»Du, Petra und ich sind da. Rolf und Torben sind auf der Davidwache. Sie vernehmen einen Drogenhändler, den Zivilfahnder gestern geschnappt hatten. Christel gab uns den Tipp.«

»Gibt es was Besonderes?«

»Na – ja! Petra meinte nur eben, es wäre gut, wenn wir uns zu dritt zusammensetzen könnten. Und ich hätte auch etwas zu berichten.«

Pit grinste Svenja an, die unruhig hin und her zappelte.

»Okay, machen wir eine Besprechung.«

Sie schritten in den Besprechungsraum. Petra kam mit einem Stapel Papier unter ihrem Arm.

»Wer von euch möchte beginnen?«

»Ich!«, rief Svenja. »Ich habe mit Christel gesprochen. Walsh hat noch keine Aussage gemacht. Er gibt an, er versteht unsere Sprache nicht. Heute Mittag kommt Jessika zurück. Sie wird sich mit dem Kerl auseinandersetzen können.

Jetzt zum Thema Rosa: Ich habe beim Sportboothafen angerufen. Das war nicht einfach, einen Zuständigen zu finden. Erst nachdem ich massiv drohte, wurden sie etwas gesprächiger. Es liegt im Sporthafen nur ein italienisches Schiff. Der Halter ist ein Antonio Salvator. Christel war gegen zehn Uhr dort. Sie hatte aber niemanden angetroffen. Sie will den Segler beobachten lassen.«

»Sehr gut! Gute Polizeiarbeit!«

»Danke, dann übergebe ich das Wort an Petra. Nachher habe ich dann noch was Interessantes.«

»Ich war gestern bei der Wirtschaftsbehörde. Die Ausbeute ist dieser Stapel. Hier eine Aufstellung der Importgüter aus Kolumbien. Dann habe ich die Transportwege gecheckt und anschließend mit unseren Zolluntersuchungen verglichen. Im Großen und Ganzen kam man sagen, dass alle Waren aus Kolumbien, die hier angekommen sind, vom Zoll mehr oder weniger geprüft wurden. Vielleicht ist mal die eine oder andere Kokainlieferung durchgegangen, aber dadurch, dass Kolumbien im Fokus des Zolls ist, glaube ich nicht daran, dass diese Mengen, die hier aufkommen, über den Seeweg hier anlanden.
Pit, bitte schau dir die Unterlagen an. Vielleicht habe ich was übersehen. Du weißt ja, vier Augen sehen mehr als zwei.«

»Mache ich gerne, Petra!«

»Dann bin ich wieder dran!«, erklärte Svenja.

»Auf dem Flipchart, den Punkt drei übernahm ich gestern. Natürlich wird ein Drogenboss nicht gerade zur Polizei rennen, wenn man ihm seine Beute vor der Nase wegklaut. Darüber war ich mir gestern schon im Klaren.
Ich habe trotzdem heute Nacht alle Polizeiberichte der letzten beiden Monate, die irgendwas mit Drogen zu tun hatten, durchgeschaut. Einen interessanten Fall fand ich.«

Pit schaute auf und wurde neugierig.

»Okay!«, fing Svenja an und setzte sich gerade in ihren Stuhl. »Der Vorfall geschah einen Tag vor dem LKW-Überfall. An dem Donnerstag, dem 8. März, als das Motorschiff ›Maria‹ in Hamburg ankam, kam auch die ›Palmira‹, ein Containerschiff, in Hamburg an. Laut Polizeibericht wurden dem Koch zwei Reisetaschen mit Kokain gestohlen.«

»Wow!«, kam von Petra.

»Erzähl weiter!«, forderte Pit sie auf.

»Okay – gerne! Das Küstenmotorschiff ›Palmira‹ erreichte am Donnerstag, dem 8. März, um sechs Uhr dreißig den Hamburger Hafen. Das Schiff kam aus Rotterdam und hatte Container geladen. Der Smutje verließ den Kahn mit zwei schweren Taschen. Wie jedes Mal, wenn sie in Hamburg ankommen. Der Kapitän und ein Offizier beobachteten das. Aber dieses Mal war es anders. Es war nicht der Koch, sondern ein Fremder. Der Koch wurde vorher überfallen und die Taschen, in denen Kokain war, wurden gestohlen.«

»Verstehe! – Svenja, bitte mach es nicht so spannend, erzähle weiter«, forderte Pit sie auf.

»Der Smutje, sein Name ist Ben Mosner, kam ins Krankenhaus. Die Wasserschutzpolizei untersuchte seine Kajüte und die Kombüse. Die Zollhunde fanden Rauschgiftspuren. Am Freitag, nachdem er aus dem Altonaer Krankenhaus entlassen wurde, vernahmen unsere Polizeikollegen ihn im Präsidium. Er gestand, schon mehrfach Kokain aus Rotterdam nach Hamburg geschmuggelt zu haben. Er wurde der Staatsanwaltschaft übergeben. Er wurde nicht inhaftiert.«

»Wie viel hatte er mit?«, fragte Petra.

»Moment!«, sagte Svenja und fischte einen Zettel aus ihren Unterlagen. »Bei seiner letzten Reise hatte er fünfundzwanzig Kilo Kokain in den Taschen. Insgesamt gab er drei Transporte mit zusammen einhundert Kilo zu. Was ich nicht verstehe, warum wurde er nicht verhaftet?«

»Wahrscheinlich konnte er einen Wohnsitz vorweisen«, begründete Petra.

»Okay, Svenja. Bitte bleib hier am Ball. – Er übernahm also das Kokain in Rotterdam. Jemand muss das gewusst und den Transport verraten haben«, folgerte Pit.

»Ja, ich habe heute früh mit Christel darüber gesprochen. Sie kannte den Fall nicht. Sie kommt um sechzehn Uhr hier vorbei und dann wollen wir uns das gemeinsam anschauen.«

»Perfekt! Versucht bitte, mehr herauszubekommen, befragt den Kapitän. Vorausgesetzt, ihr erreicht ihn.«

»Ich würde mich da gerne einklinken«, warf Petra ein.

»Klar, Petra! Dann haben wir gleich einen Ansprechpartner beim Zoll«, antwortete Svenja.

Pit nickte: »Ich möchte diesen Smutje sehen und mit ihm reden! Bringt ihn bitte hierher. Besonders interessiert mich, wer sein Auftraggeber ist und wer das Kokain bekommen sollte.«

»Kein Problem, seine Wohnungsadresse steht im Protokoll der Polizei. Passt es heute Nachmittag um vier, dann ist Christel da.«

»Passt!«, kam von Petra und Pit gleichzeitig.

»Svenja, mir wäre es lieb, wenn du Jessika vom Flugplatz abholen könntest. Bekommst du das hin?«

»Das habe ich schon auf meinem Zettel. In einer halben Stunde will ich los.
Ach ja, noch was! Zwischen halb drei und drei kommt Frau Maria Dominguez hierher. Als ich sie anrief, war sie sofort bereit, vorbeizukommen. Ich hatte den Eindruck, sie hat was auf dem Herzen.«

»Okay, ich bin da, wenn du mich brauchst, sag Bescheid.«

»Habt ihr weitere Themen oder Fakten, die wir besprechen sollten?«, fragte Pit und schaute in die Runde. Da alle mit ihren Köpfen schüttelten, schloss er die Besprechung. Die Unterlagen von Petra holte er sich ab und drapierte sie auf dem Besprechungstisch. Während er die Papiere sortierte, fotografierte Svenja das Flipchart. Danach ließ sie den Schriftsteller alleine.

MITTWOCH, 21.03.2018, 13:00 UHR, ZOLLAMT WALTERSHOF, FINKENWERDER STRAßE, BESPRECHUNGSRAUM:

Pit Mattes schaut sich ausführlich die Unterlagen von Petra an, die sie von der Wirtschaftsbehörde bekommen hatte. Gegen dreizehn Uhr kam Svenja in den Besprechungsraum. Es lagen viele Zettel und einige Stapel Papier auf dem Besprechungstisch. Sie stutzte einen Augenblick: »Sieht kompliziert aus!«, begann sie.

»Ist kompliziert!«

»Pit, wir versuchten, den Koch aufzutreiben«, fuhr Svenja fort. »Die Adressen aus der Polizeiakte und vom Einwohnermeldeamt stimmten nicht. Eine andere haben wir vom Personalbüro der Reederei. Da wohnte er bis vor drei Jahren, aber nun nicht mehr. Seine neue Anschrift hinterließ er dort nicht. Der Termin heute Nachmittag um vier platzt damit.«

»Verstehe! Bitte versuche, ihn aufzutreiben.«

»Ja, wir haben einen Haftbefehl beantragt. Er wird zur Fahndung ausgeschrieben.«

»Perfekt!«, bemerkte Pit und wand sich wieder seinen Zetteln zu.

MITTWOCH, 21.03.2018, 15:00 UHR, ZOLLAMT WALTERSHOF, FINKENWERDER STRAßE, BESPRECHUNGSRAUM:

Frau Dominguez war fünfzehn Minuten zu früh im Zollamt. Svenja ließ sie nicht warten und ging mit ihr ins Befragungszimmer.

»Schön, dass Sie kommen konnten«, bedankte Frau Kleinberg sich.

»Ja – ich hoffe, Sie haben schon was von meinem Freund erfahren?«

»Wer ist Ihr Freund? Und was sollten wir von ihm gehört haben?«

»Hey – ich habe ihn doch vor drei Tagen als vermisst gemeldet.«

»Ach, interessant, das ist bei uns nicht angekommen. Wer ist Ihr Freund?«

»Ich dachte, Sie haben mich eingeladen, weil Sie ihn gefunden haben. Er heißt übrigens Ben Mosner und ist Koch. Vor vierzehn Tagen wurde er überfallen und musste ins Krankenhaus. In der vorigen Woche wurde er entlassen und musste aufs Polizeirevier. Anschließend haben wir noch miteinander telefoniert. Seitdem ist er spurlos verschwunden und hat sich nicht mehr bei mir gemeldet.«

Svenja wurde immer unruhiger und rutschte auf ihrem Stuhl hin und her.

»Möchten Sie einen Kaffee oder lieber einen Tee?«, fragte Svenja.

»Nein danke! Ich möchte nur meinen Ben wiederhaben.«

»Hatten Sie regelmäßig mit ihm Kontakt. Telefonieren Sie oft miteinander?«

»Ja, er wohnt seit drei Jahren bei mir. Nur wenn er auf See ist, sehen wir uns nicht. Aber wir telefonieren fast jeden Tag.«

»Ist er vielleicht auf ein Schiff gegangen und konnte sich nicht bei Ihnen melden?«

»Nein, ich habe bei der Reederei angefragt! Aber ich merke, Sie können mir nicht helfen! Sie kennen ihn ja gar nicht! Ich glaube, es ist besser, wenn ich gehe. Vielleicht ist er ja inzwischen wieder da und wartet vor der Haustür.«

»Warten Sie einen Augenblick, mein Chef möchte Sie kennenlernen!«

Svenja stand auf und ging in den Besprechungsraum, in dem Pit über den Papieren der Wirtschaftsbehörde saß. Sie erzählte Pit, was sie von Frau Dominguez erfahren hatte. Pit stand auf und ging mit Svenja in den Befragungsraum.

»Moin, Frau Dominguez. Mein Name ist Pit Mattes. Wir werden versuchen, Ihren Mann zu finden. Jeder Polizist in Hamburg hat schon sein Bild bekommen. Frau Dominguez, wir brauchen Ihre Hilfe. Deshalb haben wir Sie hierher eingeladen. Wir versuchen zu rekonstruieren, wer Ihren Mann angegriffen hat. Unserer Vermutung nach besteht ein direkter Zusammenhang zwischen dem Überfall und seinem Verschwinden.«

»Sie meinen, der Kerl, der Ben überfallen hat, ist für sein Verschwinden verantwortlich?«, fragte sie und setzte sich wieder auf den Stuhl.

»Herr Mattes, ich möchte etwas klarstellen: Erstens ist Ben Mosner nicht mein Mann, sondern mein Freund. Verheiratet bin ich noch mit Helmut Bretz. Von dem möchte ich mich scheiden lassen, damit ich Ben heiraten kann.«

»Ach, langsam verstehe ich die Zusammenhänge. Herr Bretz war gestern hier. Er hat uns aber nicht erzählt, dass er mit Ihnen verheiratet ist.«

»Ja, dieser falsche Schuft. Das kann ich mir gut vorstellen. Er will zweihunderttausend Euro von mir, damit er einer Scheidung zustimmt.«

»Und das Geld verdient sich Ben Mosner mit Kokainschmuggel«, ergänzte Mattes.

»Das wissen Sie also auch schon!«

»Ja, Ihr Ben bringt das Kokain aus Rotterdam mit. Jedes Mal, wenn die Palmira dort war, brachte Ihr Zukünftiger zwei Taschen reines Kokain nach Hamburg.«

»Richtig, stimmt«, flüsterte sie.

»Was passierte mit den Reisetaschen? Was geschah mit dem Kokain?«

»Die Taschen blieben in meinem Auto. Am anderen Morgen waren sie stets weg und es lag dafür ein Umschlag mit Geld im Kofferraum. Den steckte sich Ben ein. Wie viel Geld jeweils darin war, kann ich nicht sagen. ›Je weniger ich weiß, desto besser ist es für dich‹, hat er immer gesagt.«

»Von wem bekam er das Kokain in Rotterdam?«

»Da gibt es eine Gepäckaufbewahrung im Hafen. Ben bekam immer einen Schlüssel. Und der passte zu einem Schließfach. Dort wurden die beiden Taschen aufbewahrt.«

»Von wem bekam er den Schlüssel?«

»Oh, so genau kann ich das nicht sagen. Ben sprach nicht gerne darüber. Ich glaube, es war ein Zollbeamter. Ja, Zöllner hat er mal erwähnt.«

»Frau Dominguez, eine letzte Frage habe ich noch. Wie haben Sie Ben Mosner kennengelernt?«

»Ich war Prostituierte und arbeitete in einem Lokal auf der Reeperbahn. Oppenheimer, mein Chef, hatte mich auf Mosner angesetzt. Ich sollte ihn auskundschaften. Dabei habe ich gemerkt, was für ein Schwein Oppenheimer ist. Ben und ich verliebten uns. Ich kündigte, wenn man das so nennen kann. Jetzt arbeite ich als Küchenhilfe in einem Restaurant.«

»Arbeitete Ihr Mann, Helmut Bretz, auch für Oppenheimer?«, fragte Pit beiläufig.

»Ja, er war mal beim Zoll und sorgte dafür, dass heiße Ware aus dem Hafen kam.«

»Verstehe! – Danke, Frau Dominguez, danke für Ihre Hilfe und Ihre Offenheit. Wir werden alles versuchen, Ben Mosner zu finden.«

Frau Kleinberg und Mattes verabschiedeten sich von ihr. Pit ging zurück in den Besprechungsraum. Er setzte sich in den Sessel und dachte über das Gehörte nach.

MITTWOCH, 21.03.2018, 17:00 UHR, ZOLLAMT WALTERSHOF, FINKENWERDER STRAßE, BESPRECHUNGSRAUM:

Gegen siebzehn Uhr kam Mio im Zollamt an. Sie begrüßte alle in der Dienststelle und setzte sich dann zu Pit.

Pit freute sich, sie zu sehen.

»Wie geht es dir? Ich habe mir Sorgen gemacht.«

»Wenn ich was zu tun habe, ist es okay. Aber sobald ich mich hinsetze und nachdenke, kommen die Bilder von heute Morgen hoch.«

Mio nahm Pit in den Arm und drückte ihn. »Das vergeht!«

»Ja! Schön, dass du da bist.«

»Ich war heute mit Rebekka bei einer Wohnungsauflösung, nicht weit von hier.«

»Verstehe!«

»Rebekka rief an. Sie fragte mich, ob ich sie mal begleiten möchte.«

»War es anstrengend?«

»Ja, und es war staubig. Ich bin geschafft und brauche eine Dusche.«

»Wie bist du hierhergekommen?«

»Mit deinem Auto, so sind wir flexibler. Sobald du hier fertig bist, können wir nach Hause fahren.«

»Sehr gut, Mio«, kam von Pit, und er gab ihr einen Kuss. Um siebzehn Uhr dreißig verließen sie das Zollamt.

MITTWOCH, 21.03.2018, 18:00 UHR, EPPENDORF, MIOS UND MATTES' WOHNUNG:

Mio steuerte das Auto Richtung Eppendorf. Doch bevor sie nach Hause fuhren, kauften sie Lebensmittel und eine neue Hose für Pit ein. Daheim setzte sich Pit an seinen Schreibtisch und aktualisierte sein Skript.

Gegen achtzehn Uhr rief Kriminalhauptkommissar Schneider an: »Herr Mattes, ich habe neue Informationen für Sie. Der Mann, der am Stuhl gefesselt war, hieß Wilhelm Berg. Er war einer von Oppenheimers Leuten. Den anderen Toten konnten wir nicht identifizieren. Er war vermutlich Engländer, sagte der Rechtsmediziner. Im zweiten Panzerschrank befanden sich siebenhundert Griptütchen mit Marihuana, dreihundertachtzig Kokainkugeln und neunzig Heroin-Beutel zu fünfzehn Gramm. Im ersten Schrank befanden sich zirka einhundertzwanzig Kilogramm reines Kokain, vierzig Beutel Heroin, so in etwa zweitausend Ecstasy-Tabletten und zwei Kilo Crystal. Die Gegenstände wurden durch die Explosion im Raum verteilt. – Sie hatten übrigens recht. Auch der zweite Schrank war mit einer scharfen Handgranate versehen.«

»Verstehe! Herr Schneider, haben Sie sich die Bananenkartons näher angeschaut. Ich vermute, in denen wurde Kokain geschmuggelt.«

»Ja, das kann sein. Unsere Spezialisten haben festgestellt, dass Kokain im Labor aufbereitet wurde. Das mit den Kartons überprüfe ich noch.«

»Perfekt!«

»Tschüss und danke für den Hinweis«, kam vom Kommissar, bevor er auflegte.

Gegen zweiundzwanzig Uhr dreißig rief Svenja an. »Hi, Pit, entschuldige die Störung. Petra rief eben an und fragte, ob ihr morgen früh bei einer Zollüberprüfung eines Containers dabei sein wollt. Der Tipp kam von Petro oder besser von Helmut Bretz. In einer Blechkiste soll Stoff versteckt sein. Petra sagte, du wüsstest, um was es geht. Ich würde mir das ganz gerne einmal anschauen. Du und Mio vielleicht auch. Es ist gut, so was mal gesehen zu haben.«

Mio, die kurz zuvor ins Büro kam, nickte schon begeistert.

»Ja, wir kommen mit.«

»Hat nur einen Haken!«

»Und der wäre?«

»Die Aktion startet schon um vier Uhr dreißig.«

Pit musste grinsen. »Natürlich kommen wir mit. Dann wird die Nacht etwas kürzer!«

»Okay, ich hole euch dann um vier ab! Ich werde mir zwei Wecker stellen. Pit, bis morgen früh und viele Grüße an Mio.«

»Danke!«, rief Mio aus dem Hintergrund.

14

Pit schlief unruhig. Immer wieder kamen die grauenvollen Bilder aus dem Lager hoch. Mio merkte das und versuchte ihn zu beruhigen. Gegen zwei Uhr hielt er es im Bett nicht mehr aus. Er stand auf, verschwand im Arbeitszimmer und arbeitete am Skript. Um drei kam Mio ins Büro. Sie umarmte Pit, setzte sich auf seinen Schoß. »Der Wecker hat geklingelt.«

»Dann müssen wir jetzt aufstehen«, flüsterte er und erwiderte ihren Kuss.

Ihre Sportübungen ließen sie ausfallen, dafür frühstückten sie bis kurz vor vier.

»Glaubst du, dass Svenja es pünktlich schafft?«

»Ich denke schon. Ziehe dir was Warmes an, es ist kalt und der Ostwind hat nicht nachgelassen.«

Mio und Pit verließen die Wohnung und wurden von Svenja aufgesammelt.

»Moin, Svenja. Schön, dass du uns mitnimmst.«

»Na klar! Petra hatte mich sicherheitshalber angerufen, um mich zu wecken. Da stand ich allerdings schon unter der Dusche. Mio, das brauche ich jeden Morgen, damit ich überall wach werde.«

»Wann rief denn Petra gestern bei dir an?«

»Unmittelbar bevor wir gesprochen hatten. Rolf wird die Aktion leiten. Petra wollte noch bei Torben und Jessika anrufen. Heute Morgen erzählte sie, dass die beiden auch teilnehmen.«

»Dann sind wir ja alle dabei.«

»Genau. Wir kommen gut durch, wenig Verkehr. So müsste es immer sein.«

»Dann sollten wir stets um vier Uhr starten!«

»Ne, lieber nicht. Dann lieber doch mit Stau!«

Sie fuhren in den Hafen, erreichten den Walterhofer Damm, passierten die Station der Wasserschutzpolizei und bogen in die Kurt-Eckelmann-Straße ab. Svenja parkte am Eurogate-Terminal-Gebäude.

»Da steht Petras Auto. Wow, und da sind Jessika und Torben«, stellte Svenja fest.

Sie stiegen aus.

DONNERSTAG, 22.03.2018, 4:20 UHR, HAFEN HAMBURG WAL-TERHOF:

Petra kam auf sie zu und begrüßte alle. »Moin! Wow, ihr seht aber frisch aus. Tut mir leid, dass es ein wenig früher wurde. Aber der Hafen schläft nicht. Rolf leitet die Untersuchung. Er ist der Vertreter von Gundel Graus. Seine Kollegin ist zu einem Lehrgang in Bayern. So habt ihr mal die Gelegenheit, die Öffnung eines Containers durch den Zoll mitzuerleben. Kommt mit, ich bringe euch hin und stell euch den anderen vor.«

»Verstehe!«

Die Begrüßung und Vorstellung fiel kurz aus. Rolf teilte seine Kollegen ein und erklärte die Vorgehensweise. Ein Schäferhund wurde von der Leine gelassen und be-schnüffelte alle Anwesenden. Pit streichelte den Zollhund, der sich gleich vor seine Füße setzte.

Rolf erklärte: »Das Schiff war eine halbe Stunde früher als geplant in Hamburg. Daher stehen die Container auch schon an Land. Der Frachter kam aus Kolumbien. Diese beiden Boxen sind für Hamburg bestimmt, die anderen gehen von hier aus weiter nach Kopenhagen, Stockholm und Göteborg.

Die Information, dass in diesem Container mit der Nummer HLBU 150903 9 Kokain ist, bekamen wir gestern von unserem Informanten.«

»Das heißt, dieser Container wurde nicht durch den kolumbianischen Zoll geprüft«, fragte Pit.

»Richtig! In erster Linie werden die Containerschiffe, die in die USA gehen, geprüft. Wenn auf dem gleichen Frachter Container für Europa sind, prüfen die Behörden diese mit. Aber unser Schiff kam aus Barranquilla, fuhr über Rotterdam, den Jade-Weser-Port, direkt nach Hamburg. Von hier aus fährt das Schiff wieder zurück.«

Die Nummerierung ist gut sichtbar an der Stirnseite und auf dem Dach jedes Containers aufgedruckt.
Der Eigentümer-Code besteht aus drei Buchstaben und ist einem Containerbetreiber fest zugeordnet. Alle neuen Container von Hapag-Lloyd erhalten seit 2014 den Code „HLB“. Ein Unternehmen, das Container besitzt, muss seine Eigentümer-Codes beim „Bureau International des Containers et du Transport Intermodal“ registrieren lassen. Es folgt ein »U« hinter dem Eigentümer-Code. Es steht für die Kategorie Container. Dann folgen sechs beliebige Ziffern, die in diesem Fall von Hapag-Lloyd bestimmt wurden. Die siebente Zahl ist die Prüfziffer. Sie wird mithilfe einer festgelegten Formel anhand der Eigentümer-Bezeichnung, der Kategorie-Nummer und der sechsstelligen Zahl errechnet.

»Wir warten noch auf einen Vertreter des Empfängers oder der Reederei. Es wird gleich jemand kommen. Die haben sich verfahren«, erklärte Petra.

Nur wenige Minuten später fuhr ein Golf vor. Zwei Herren von der Reederei, in schwarzen langen Mänteln, meldeten sich bei Rolf Baumgartner an. Der Container wurde entplombt und geöffnet. Schon auf der ersten Palette lag eine bunte Reisetasche. Ein Zollbeamter in Uniform holte die Tasche herunter und öffnete sie. Dort war reines Kokain enthalten. Der Schnelltest bestätigte das. Rolf schätzte den Fund auf zehn bis zwölf Kilo.

Der Container wurde nach weiteren Drogen durchsucht. Der Schäferhund des Zolls übernahm die Suche. Ohne Ergebnis.

»Das lief aber schnell und unspektakulär ab!«, sagte Svenja.

»Damit haben wir nicht gerechnet!«, entgegnete Rolf. »Danke für euer Kommen. Die Aktion ist hiermit abgeschlossen. Was folgt, ist der Papierkram.«

»Was passiert mit dem Empfänger der Ware?«, fragte Mio. »Für den ist doch das Kokain bestimmt.«

»In den meisten Fällen nicht. Ab hier arbeitet die Kriminalpolizei weiter«, antwortete Rolf.

»Ja«, kam von Torben. »Christel übernimmt das normalerweise. Sie weiß Bescheid, konnte aber heute Morgen nicht dabei sein.«

»Und was unternimmt die Drogenfahndung?«, wollte Mio weiter wissen.

»Das übernehme ich in unserem Fall. Zuerst werden die Drogen beschlagnahmt und für eine spätere Beweisführung sichergestellt. Dann überprüfen wir den Empfänger und den Lieferanten. Die Praxis aber zeigt, dass in den meisten Fällen weder der Absender noch der Empfänger an einem Drogenhandel beteiligt sind. So werden wir den Container bis zur Empfängeradresse begleiten, um die Person zu fassen, die die Tasche an sich nimmt. Ich habe bereits alles dafür vorbereitet.«

»Okay, Torben. Wir sind so weit. Der Container ist wieder geschlossen«, teilte Rolf mit.

»Ah, ihr habt jetzt die Tasche wieder in den Container gepackt?«

»Ja, aber ohne das Kokain. Das ist noch hier!«, antwortete Rolf und zeigte auf drei Plastiktüten.

»Rolf, einen Moment«, begann Pit. »Würde der Aufwand groß sein, wenn wir auch in diese Kiste schauen könnten?«, fragte er und zeigte auf den zweiten Container aus Kolumbien.

»Warum?«

»Ich glaube, der Fund des Kokains wurde geplant. Mir ist das zu offensichtlich. Der Informant, die Reisetasche mit Kokain und gleich ganz vorne. Ich hätte das anders verstaut.«

»Warum nicht, wir sind sowieso hier. Dann können wir auch einen Zweiten öffnen.«

Er gab ein Zeichen an die Zollbeamten und sprach mit den beiden Herren von der Reederei in ihren schwarzen Mänteln. Der zweite Container wurde geöffnet.

»Im Ersten sollte Rohkaffee sein. In diesem jetzt Gewürze für Firma Bär GmbH in Hamburg«, erklärte Petra, die die Frachtpapiere studierte. Svenja hielt ihr die Taschenlampe, die sie aus dem Auto mitgenommen hatte.

Ein Gabelstapler holte eine Palette nach der anderen aus der Box. Wieder kam der Spürhund des Zolls zum Einsatz. Es dauert nur einen Augenblick, dann zeigte der Hund an, dass er etwas gefunden hatte. Die Plastikfolie um die Transportpalette wurde entfernt. Es standen zwölf

Kartons auf der Palette. Der Hund fand sofort den Richtigen. Auf dem Pappkarton war ein großes ›C‹ gemalt worden.

»Mindestens achtzig Kilo reines Kokain«, schätzte Rolf.

»Und?«

»Was?«

»Wieder verpacken und beobachten«, kam von Pit.

»Gute Idee. Wir nehmen aber sicherheitshalber den Fund raus.«

»Ich schau mich mal mit Torben um, ob wir beobachtet werden«, meinte Svenja.

»Ich komme mit!«, sagte Mio und schaute Pit an.

»Geh mal mit Jessika an die Straße und haltet dort Ausschau nach …«

»Kapiert! … nach einem dunklen Rover«, rief Mio, die schon mit Jessika aufgebrochen war.

Pit fror, er hatte eiskalte Finger. Er schritt zu einem der Zöllner in Uniform. »Haben Sie einen dicken Edding?«

»Natürlich, welche Farben hätten Sie gerne?«

»Rot!«

Pit Mattes bedankte sich für den Permanentmarker, ging damit zur Palette und malte ein großes rotes ›C‹ auf einen Karton.

Rolf schaute ihn fragend an. Dann guckte er auf den Kokainkarton.

»Okay. Habe verstanden.«

Die Kartons wurden wieder mit Folie auf der ursprünglichen Palette zusammengebunden.

»Die zweite Palette zuerst rein. Dann diese mit dem ›C‹ und danach den Rest«, rief er dem Staplerfahrer zu.

Mattes grinste und gab den Schreiber zurück. Als der Container geschlossen wurde, kamen Mio und Jessika und kurz darauf Svenja und Torben zurück. Sie hatten keinen Beobachter ausfindig machen können. Mittlerweile war es halb sieben.

»Was haltet ihr von einem guten Frühstück mit heißem Kakao, Tee oder Kaffee?«, fragte Petra.

Keiner lehnte ab. Sie fuhren zum Zollamt. Petra hatte einiges vorbereitet. »Ich habe heute Morgen mit dem Kantinenchef telefoniert und warme Getränke und Brötchen bestellt.«

Jessika, Mio, Petra und Pit setzten sich an einen gedeckten Tisch.

»Leider können jetzt Rolf und Torben nicht dabei sein. Denen ist bestimmt verdammt kalt«, kam von Mio.

»Die bekamen bereits eine Thermoskanne Tee und Brötchen«, sagte darauf Petra. »Habe ich von unterwegs organisiert.«

»Wann wird der Container abgeholt, damit wir ihn verfolgen können?«, fragte Svenja.

»Rolf und Torben werden uns Bescheid sagen, wenn sich was tut«, antwortete Petra.

»Wie stellt ihr euch das vor? Oder was habt ihr vor?«, fragte darauf Pit.

»Zwischen dem Zoll und der Kripo gibt es eine Absprache. Die Kriminalpolizei übernimmt den Fall vom Zoll! Das klappte bisher, mit Ausnahme vom 9. März«, erklärte Petra.

»Das Rausgiftdezernat ermittelt in solchen Situationen weiter«, ergänzte Jessika. »Torben vertritt heute Christel. Eigentlich ist das eine Routinesache und kommt zwei-, dreimal im Monat vor. An dem besagten Freitag wurde der Fall zu uns disponiert. Er hatte so was schon etliche

Male durchgeführt. Und da ich wusste, dass auch Rolf dabei war, machte ich mir keine Sorgen. Das war mein großer Irrtum oder Fehler.«

»Und willst du denn jetzt nicht vor Ort sein?«, fragte Mio.

»Ja, eigentlich ja. Aber Torben bat mich, dass er die Aktion alleine durchziehen möchte. Also beobachte ich das alles aus der Ferne.«

»Was passiert eigentlich mit dem ersten Container?«, fragte Mio. »Wird der jetzt nicht mehr bewacht?«

»Doch! Die Kripo behält den auch im Auge. Aber da wird sich nicht viel tun. Der Container wird von dem Kaffeehändler abgeholt. Der bringt die Ware zur Rösterei oder lagert sie ein. Wenn die Kiste geöffnet und die Reisetasche gefunden werden, schreiten die Kollegen von der Polizei ein und klären alles auf«, erklärte Petra.

»Die Tasche in dem Container war eine Ablenkaktion«, erläuterte Pit.

»Fragt sich nur, wie vielen Ablenkungen sind wir in der Vergangenheit auf den Leim gegangen?«, kam von Petra, und sie schüttelte den Kopf.

DONNERSTAG, 22.03.2018, 8:00 UHR, ZOLLAMT WALTERSHOF, FINKENWERDER STRAßE, BESPRECHUNGSRAUM:

Biestmann und Gleis waren pünktlich zur Teambesprechung gekommen. Rolf und Torben kümmerten sich weiter um den Kokain-Container, der für die Gewürz-Firma bestimmt war. Jessika und Pit wären am liebsten dabei gewesen. Mio fuhr nach Hause. Sie hatte sich mit Maren verabredet.

Pit merkte sofort, dass Svenja und Jessika sich verkrampften, nachdem die beiden Führungskräfte den Besprechungsraum betraten. Mattes begrüßte die zwei Gäste und bedankte sich für ihr Interesse an ihren Ermittlungsarbeiten. Dann entschuldigte er Torben und Rolf.

»Danke!«, eröffnete Kriminalpolizeirat Biestmann. »Danke! Aber wie ich auf dem Weg hierher gehört habe, waren Sie heute Morgen schon aktiv und erfolgreich. Da muss ich mich bei Ihnen bedanken. Herzlichen Glückwunsch zu diesem Ergebnis.«

»Auch alle Achtung und Anerkennung von meiner Seite! – Können wir anfangen?«, kam von Zolloberamtsrat Gleis.

»Ja, natürlich! – Svenja, würdest du bitte starten?«

»Gerne. Wir hatten telefonischen Kontakt mit dem Kapitän der Palmira. Oder, ich glaube, das nennt sich Seefunk. Jedenfalls, der Käpten heißt Hansen. Sein Schiff ist auf dem Atlantik Richtung Südamerika unterwegs. Hansen berichtete, dass der Smutje, sein Name ist Ben Mosner, in Hamburg immer von einer blonden Frau in Rot abgeholt wurde. Sie gab ihm einen Kuss und nahm ihm eine Reisetasche ab. Das beobachteten sie schon mindestens zehn Mal, und sie hatten sich jedes Mal darüber amüsiert.«

»Wer sind ›sie‹? Wurde das von weiteren Personen gesehen?«

»Richtig, der erste Offizier, ein gewisser Christian Hartmann, bestätigte die Aussage von Kapitän Hansen«, antwortete Petra.

»Inzwischen wissen wir, dass die Frau in Rot Frau Dominguez ist. Sie bezeugte auch, dass sie ihren Freund Ben Mosner abholte. Sie wusste, dass in den Reisetaschen Kokain war. Die Taschen wurden an einem Übergabeort, Kofferraum vom Auto, deponiert. Ben Mosner wurde im Polizeikommissariat 24 verhört und wieder auf freien Fuß gelassen. Seitdem ist er spurlos verschwunden. Es wird nach ihm gefahndet.«

Pit bekam einen Anruf von Rolf. Er entschuldigte sich und verließ den Besprechungsraum. Jessika und Petra übernahmen die Rolle von Mattes.

Nach knapp zehn Minuten kam er zurück. Als er in den Raum kam, wurden sofort alle Gespräche und Diskussionen unterbrochen.

»Ich habe Informationen von Rolf und Torben. Der Container wurde abgeholt und zur Firma ›Bär-Gewürze‹ gebracht. Dort haben Lagerarbeiter ihn entladen. Rolf und Torben packten mit an. Alle Paletten wurden eins zu eins ins Lager gefahren. Der Lagerist machte eine Notiz über die letzte, anders verpackte Palette auf dem Lieferschein. Der Speditionslastwagen mit dem Container fuhr wieder vom Hof. Torben und Rolf sind noch in der Firma, man hält sie für neu eingestellte Lagerarbeiter. Sie melden sich, ab sofort alle dreißig Minuten, bei dir, Svenja.«

»Brauchen die beiden Verstärkung? Oder machen sie die Aktion etwa alleine?«, fragte Biestmann.

»Das Mobile Einsatzkommando ist mit sechs Fahrzeugen und einem Mannschaftsbus abrufbereit dreihundert Meter auf einem Nachbargrundstück in Bereitschaft«, erklärte Jessika.

»Ich habe den Eindruck, dass wir sie aufhalten!«, sagte Herr Gleis. Biestmann nickte. »Herr Mattes, wir würden gerne mit Ihnen, mit Frau Burgstaller und Frau Günter ein kurzes Gespräch führen. Dauert höchstens fünf Minuten.«

»Ich gehe dann mal und mache weiter!«, kam von Svenja.

»Ich glaube, Sie können ruhig dabeibleiben!«, fügte Biestmann hinzu.

»Okay«, antwortete Svenja und setzte sich sofort wieder hin.

»Herr Mattes, wir sind zufrieden mit Ihrer Arbeit und der des Teams. Unsere Erwartungen wurden mehr als erfüllt. Wir haben deshalb, in Absprache mit unseren Führungskräften bei der Polizei und beim Zoll, entschieden, dass dieses Team dauerhaft etabliert wird. Aber, wie immer, wenn man etwas Neues aufbaut, gibt es organisatorische Probleme. Deshalb müssen wir einen Teamleiter und seinen Vertreter bestimmen«, erklärte Herr Gleis.

»Herr Mattes, die Personalreferate, sowohl beim Zoll als auch bei der Polizei sehen große Probleme, wenn wir einen Berater als Teamchef einsetzen. Deshalb haben wir beide, das heißt, Zolloberamtsrat Gleis und ich, beschlossen, dass Frau Günter die Teamleiterin und Frau Burgstaller ihre Vertreterin wird«, ergänzte Herr Biestmann.

»Das alles soll zum 1. April umgesetzt werden. Herr Mattes! Ich hoffe, Sie sind nicht enttäuscht«, fügte Dieter Gleis hinzu.

Jessika und Petra waren überrascht. Svenja saß am Tisch und stützte ihren Kopf mit ihren Händen. Sie musste grinsen.

»Herr Biestmann, Herr Gleis!«, begann Mattes. »Wir hatten einen befristeten Vertrag vereinbart. Ich hatte nie den Wunsch gehabt, dauerhaft in den Zoll- oder Polizeidienst einzutreten. Von meiner Seite ist Ihr Beschluss die richtige Entscheidung.«

Jessika und Petra stimmten zu. Dann wurde ihnen gratuliert und die beiden Chefs verließen die Dienststelle.

»Wow! Das war mal was!«, kam von Svenja und sie fiel erst Jessika und dann Petra um den Hals.

»Ich glaube, wir sollten jetzt fahren und Torben und Rolf unterstützen!«, sagte Petra.

»Pit, ich habe ein anderes Thema recherchiert! Du berichtetest, dass die ›Beobachter‹ einen Rover mit Segeberger Nummer fuhren. Jessika und ich haben gestern Abend nachgeforscht. Im Kreis Segeberg gibt es achthundertundsechs Rover. Können wir beide gleich anhand von Modellfotos und Kraftfahrzeugfarbe die Anzahl der Fahrzeuge eingrenzen? Vielleicht finden wir so den oder die Beobachter.«

»Gute Idee. Das machen wir gleich im Anschluss, wenn Jessika und Petra weg sind.«

Die beiden Frauen verließen die Dienststelle. Pit setzte sich zu Svenja. Sie startete ihren Computer. Pit war überrascht, wie viele unterschiedliche SUV-Bauarten es von Rover gab. Sie suchten vier Modelle aus, die sehr ähnlich aussahen. Die Farbe konnte er nicht bestimmen, da das Auto nur schwach beleuchtet wurde, als er das Fahrzeug sah. Pit erinnerte sich, dass es sich um eine dunkle Farbe handeln müsste. Svenja wollte sich der Sache annehmen und nach zugelassen Autos suchen, die in Frage kommen würden.

DONNERSTAG, 22.03.2018, 11:30 UHR, ZOLLAMT WALTERSHOF, FINKENWERDER STRAßE, BESPRECHUNGSRAUM:

Petra rief bei Pit an: »Er ist uns entkommen. Tut mir leid.«

»Petra, was ist passiert?«

»Um kurz vor zwölf kam ein Pizzalieferant und brachte sechs Pappschachteln mit Pizza. Rolf beobachtete, wie ein Lagerarbeiter ihm den Karton mit den ›C‹ in die Warmhaltebox packte. Es war die fingierte Kokainbox. Der Kerl rannte damit zu seinem Motorrad, verpackte die Box und raste davon. Das MEK war inzwischen verständigt und sperrte die Straßen rund um das Firmengelände.«

»Dann habt ihr den Knaben?«

»Nein, er fuhr auf die Sperre zu, sprang mit seinem Motorrad auf die Motorhaube eines Polizei-Einsatzfahrzeuges und raste über das Fahrzeug davon. Er wurde von mehreren Polizeifahrzeugen verfolgt, bis zur Jungfernbrücke, die er nutzte, um über den Fleet zu kommen.«

»Und weiter!«

»Es handelt sich dabei um eine Fußgängerbrücke. Er hängte damit seine Verfolger ab.«

»Verstehe.«

»Der Lagerist, der ihm das Paket in die Wärmebox packte, wurde festgenommen und auf das Polizeikommissariat 14 gebracht.«

»Wo ist Jessika?«

»Im Kommissariat 14.«

»Okay, Petra, ich möchte mit dir zur Firma ›Bär-Gewürze‹ gehen und denen einen Besuch abstatten.«

»Oh, da komme ich doch liebend gerne mit! Wie in alten Zeiten!«

Pit erschrak.

»Ich bin gleich am Zollamt, wir können in fünfzehn Minuten fahren«, sagte Petra. Sie merkte, dass sie eine alte Wunde berührte.

DONNERSTAG, 22.03.2018, 14:00 UHR, HAFEN, FIRMA ›BÄR-GEWÜRZE‹:

Pit stieg in Petras Passat, die gleich darauf losfuhr.

»Svenja hatte Dokument über Rosa oder besser Rosario Tedesco in Italien bei den Carabinieri angefordert. Heute Morgen bekam sie eine Nachricht, dass Unterlagen auf dem Postweg nach Hamburg sind. Sie schickte uns vorab einige Fotos, Fahndungsfotos. Der Bursche wird wegen Drogenhandel in Neapel gesucht«, berichtete Petra.

»Verstehe.«

»Torben ist sich sicher, dass der Pizzalieferant Tedesco war.«

»Ah – verstehe!«

»Pit. Entschuldige, dass ich vorhin …«

»Ist schon okay!«

»Tu nicht so. Ich habe gemerkt, dass du mindestens zweimal geschluckt hast.«

»Du berührtest einen wunden Punkt.«

»Immer noch?«

»Nicht, wie du denkst!«

»Raus mit der Sprache. Sag es mir. Wir sind Freunde. Es bleibt unter uns.«

»Vielleicht später. Ich muss mich jetzt auf Bär konzentrieren«, kam von Pit. Er war verunsichert, wie er reagieren sollte, und wollte Zeit gewinnen.

»Was gibt es da zu konzentrieren?«

»Die Firma Bär-Gewürze wurde in den Siebzigerjahren von Parsifal Bär gegründet. ›Bär-Gewürze‹ wurde groß und erfolgreich. – Parsifal war ein guter Freund von mir. Bis seine Frau bei einem Autounfall ums Leben kam. Er zog sich zurück und brach alle Kontakte ab. Seine Firma überschrieb er seinem Sohn Gert. Sein Vermögen übertrug er den beiden Kindern und seiner Schwester. Er zog in die Schweiz und gab jede Beziehung nach Hamburg, zu seiner Familie und auch zu mir ab. Das letzte Mal habe ich ihn auf der Beerdigung seiner Frau gesehen.«

»Verstehe!«, kam von Petra.

Sie erreichten das Firmengrundstück, hielten beim Pförtner und meldeten sich an.

Begrüßt wurden sie von Gert Bär: »Hallo, Herr Mattes. Ich wusste gar nicht, dass Sie bei der Polizei oder beim Zoll arbeiten. Kommen Sie in mein Büro.«

Gert Bär ging vor. Sie durchschritten das Vorzimmer. Dort saß eine hübsche Frau. Pit schätzte sie auf zwanzig.

Irgendwie kam sie ihm bekannt vor. Sie stand auf und gab den beiden Besuchern die Hand. Pit stellte Petra und sich vor. Gert Bär stand daneben und grinste. Daraufhin machte sie sich selber bekannt. »Anna Schmidt.« Der Name sagte Mattes nichts.

»Kaffee, Tee, Wasser? Was darf ich Ihnen bringen?«

»Wasser«, sagte Petra, und: »Tee«, kam von Pit Mattes. Sie gingen ins Büro von Gert Bär. Es war ein herrschaftlicher Kontorraum. Eichenholzvertäfelung, schwere Möbel und ein riesiger Schreibtisch. Es war das Büro von Parsifal. Es wurde nichts verändert.

»Haben Sie was von Ihrem Vater gehört? Wie geht es ihm?«

»Ich glaube gut. Er lebt in Genf und hat im Januar geheiratet. Der Griesgrämer mischt sich schon wieder überall ein. Der soll da bleiben, wo er ist. Je weiter weg, desto besser. Aber was führt Sie zu uns?«

»Verstehe! – Okay, Sie bekamen heute Morgen einen Container mit unterschiedlichen Gewürzen aus Kolumbien. Im Container war ein Karton mir zirka achtzig Kilogramm Kokain. Können Sie uns das erklären?«

»Nein, warum auch. Erstens der Einkauf wird von Manfred Herta gemacht. Er verantwortet die Bestellungen und Lieferungen. Und zweitens, was haben wir mit Kokain zu tun? Wir brauchen so was nicht. Ich kann mir nicht vorstellen, dass wir Rauschgift in unseren Produktionsräumlichkeiten haben. Damit ist, glaub ich, unser Gespräch beendet. Auf Wiedersehen, die Dame, Herr Mattes«, sagte er, stand von seinem Schreibtischsessel auf und öffnete die Tür zum Sekretariat: »Frau Schmidt! Die Herrschaften möchten gehen!«, rief er. Etwas perplex gingen Petra und Pit ins Vorzimmer. Die Tür zum Büro wurde schwungvoll hinter ihnen geschlossen.

»Sie müssen ihn entschuldigen. Er hat einen vollen Terminkalender«, entschuldigte sich Frau Schmidt. »Die Getränke sind gleich fertig. Sie können sie hier einnehmen.«

»Das nächste Mal laden wir ihn vor«, sagte darauf Petra und setzte sich an den Tisch, den Frau Schmidt ihnen angeboten hatte. Pit blieb stehen, er war in seine Gedanken vertieft.

Als Frau Schmidt rausging, um den Tee und das Wasser zu holen, stand Petra auf und schaute bei ihr auf den Terminkalender. »Er ist zum Tennis! Und um siebzehn Uhr zum Hallengolf. Sehr wichtige Termine!«, stellte sie fest und setzte sich wieder.

»Herr Mattes, bitte setzen Sie sich. Möchten Sie Sahne und Zucker zum Tee?«

»Ja, gerne«, kam von Mattes, der noch mit seinen Gedanken beschäftigt war. »Können wir einen Termin bei Herrn Herta bekommen?«

»Ja, natürlich! Ich bin mir sogar sicher, dass er im Haus ist. Einen Moment bitte.«

Sie telefonierte mit einer Kollegin.

»Herr Herta empfängt sie in zehn Minuten. Den Gang zehn Meter runter und die dritte Tür rechts«, flüsterte sie.

Es war Zeit genug, um den Tee in Ruhe zu trinken.

Petra und Pit verließen das Büro von Frau Schmidt. Sie war aufgestanden und gab ihnen die Hand. Als sie durch die Tür gehen wollten, hielt sie Mattes am Arm fest. Er registrierte ihre goldene Halskette mit einem kleinen Bären daran.

»Parsifal geht es gut. Er hat eine ganz liebe Frau kennengelernt. Sie werden heiraten und kommen nächstes Jahr nach Hamburg. Er wird sich bei Ihnen melden«, flüsterte sie, drehte sich um und schloss die Tür.

»Herr Mattes, Frau Burgstaller, was verschafft mir die Ehre Ihres Besuchs?«

Pit Mattes hatte ihn noch nie gesehen. ›Große, schlanke Figur, dunkle, krause Haare, so um die fünfunddreißig und trägt einen ungepflegten Oberlippenbart. Er sieht seinem Vater ähnlich‹, überlegte Mattes.

»Wir kommen …«

»Ja, ich weiß!«, fuhr er dazwischen.

»Wir wollen uns doch nicht mit viel Schnickschnack aufhalten. Sie wollen von mir wissen, wie das Kokain in meine Lieferung kam! Ganz einfach! Ich weiß es nicht! Sie können sich die Bestellung anschauen, sie liegt im Vorzimmer, und auch der Lieferschein. Darauf werden Sie kein Kokain finden. Wozu auch? – Was kann ich noch für Sie tun?«

Das Gespräch war nicht hilfreicher. Sie bekamen Kopien von der Bestellung und dem Lieferschein, die sich Petra einsteckte. Zehn Minuten später saßen sie in ihrem Passat und fuhren Richtung Zollamt.

»Manfred Herta ist der Sohn von Heidrun Herta, Parsifals Schwester«, begann Pit. »Ich habe nicht den Eindruck, dass in der Unternehmensführung die große Harmonie besteht.«

DONNERSTAG, 22.03.2018, 13:30 UHR, ZOLLAMT WALTERSHOF, FINKENWERDER STRAßE, BESPRECHUNGSRAUM:

Nach dem Mittagessen setzte sich Pit wieder mit den Unterlagen der Wirtschaftsbehörde im Beratungsraum auseinander. Er hatte sich seinen Laptop geholt und recherchierte im Internet. Sein Interesse galt dem gefrorenen Fisch.

DONNERSTAG, 22.03.2018, 16:00 UHR, POLIZEIPRÄSIDIUM, BRUNO-GEORGES-PLATZ:

Um fünfzehn Uhr dreißig fuhr Pit mit Jessika zum Polizeipräsidium Bruno-Georges-Platz 1. Sie verhörten Cowal Walsh. Dieses Mal konnte er sich nicht herausreden, er verstehe unsere Sprache nicht. Jessika befragte ihn auf Gälisch. Nachdem wir ihn mit der Tatsache, dass wir seinen forensischen Fingerabdruck aus dem LKW haben und er wegen schweren Raubes mit Körperverletzung sowie unerlaubtem Waffenbesitz konfrontierten, wurde er gesprächiger. Er gestand die Tat. Seinen Mittäter und Auftraggeber wollte er nicht preisgeben. Als wir ihm den Namen Rosario Tedesco nannten, zuckte er kurz zusammen. Cowal Walsh wurde der Staatsanwaltschaft übergeben.

»Ein Erfolg!«, schmunzelte Jessika, sah aber das strenge Gesicht von Pit. »Aber zumindest ein Teilerfolg.«

Auf dem Weg zum Fahrzeug telefonierte der Schriftsteller mit Mio. Sie und Rebekka waren in der City zum Shopping und tranken im Hanseviertel einen Kaffee.

Pit setzte sich zu Jessika ins Auto. Sie nahmen den Weg zurück zum Zollamt. Im Radio berichteten sie von einer Gasexplosion auf einem Wohnschiff im Harburger Hafen.

Während Jessika Svenja von dem Geständnis erzählte, marschierte Pit gleich wieder in den Besprechungsraum. Er nahm eine Rolle Bindfaden mit.

Svenja und Rolf waren im Foyer und diskutierten über Fahrzeugverleih-Firmen, als Pit aus dem Besprechungsraum stürmte.

»Svenja und Rolf, ich brauche eure Hilfe.«

»Gerne!«

»Bitte fotografiere den Tisch von oben, so wie er jetzt ist. Und dann müsst ihr für mich einiges recherchieren.«

Svenja schnappte sich ihren Fotoapparat und marschierte in den Besprechungsraum. Es dauerte nicht lange und sie kam zurück und murmelte etwas, was keiner verstand. Aus der Abstellkammer holte sie sich eine Stehleiter und verschwand damit im Beratungsraum. Drei Minuten später stand sie mit Leiter im Arm und Fotoapparat um den Hals an ihrem Schreibtisch. »Fast unmögliche Sachen werden sofort erledigt, Wunder dauern etwas länger! — Pit, was sollen wir recherchieren?«

»Stell erst einmal die Leiter weg und dann kann es losgehen.«

Die Leiter wurde in der Abstellkammer verstaut. Auf dem Rückweg brachte sie einen Becher Tee für Pit mit. Die drei setzten sich an den Besuchertisch im Foyer.

»Ich vermute, dass das Kokain aus Kolumbien einen Umweg über Grönland nach Hamburg macht. Weiterhin nehme ich an, dass das Rauschgift zwischen den Fischen versteckt wird, die wir aus Grönland importieren. Bitte recherchiert, wie viel und wann Fisch aus Grönland hier in Hamburg ankommt.«

»Darüber müssten wir beim Zoll Unterlagen finden«, kam von Rolf.

»Und ich kenne Oliver, das ist der Fischhandelsfachmann auf der Großen Elbstraße, der weiß so was«, ergänzte Svenja.

»Super! Ich bin gespannt, ob meine Theorie aufgeht.«

»Pit, wann wollen wir Richtung Heimat fahren?«

»Ich räume nur noch den Tisch im Besprechungsraum ab, dann können wir fahren.«

DONNERSTAG, 22.03.2018, 18:00 UHR, EPPENDORF, MIOS UND MATTES' WOHNUNG:

Mio war nicht zu Hause. Auf dem Küchentisch lag ein Zettel. ›Ich bin mit Rebekka zum Einkaufen. Kann später werden! Mio‹. Daneben hatte sie ein Herzchen gemalt.

Gegen achtzehn Uhr rief Kriminalhauptkommissar Detlev Schneider an. Er berichtete, dass sie den Koch, Ben Mosner, tot aus der Elbe gefischt hatten. »Herr Mattes, er wurde erschossen. Der liegt schon eine Weile im Wasser. Wenn ich den Bericht von der Rechtsmedizin bekommen habe, schicke ich Ihnen eine Kopie. Die Spurensicherung ist gerade vor Ort.«

»Danke, Herr Schneider, wir schicken Ihnen unsere Ermittlungen zur Person zu«, sagte Pit. Nach dem Telefonat rief er Svenja an und berichtete ihr von dem Gespräch mit dem Kriminalhauptkommissar.

Nur eine halbe Stunde später rief Schneider erneut an. »Herr Mattes, wir haben noch eine männliche Wasserleiche gefunden. So wie ich das beurteilen kann, ist er auch erschossen worden. Die Wasserschutzpolizei hat sie aus der Elbe geborgen. Wir haben keine Papiere oder Anhaltspunkte zur Person bei ihr gefunden. Ich vermute einen direkten Zusammenhang zur ersten Leiche.«

»Ich komme!«, kam von Pit. Er legte auf und schrieb für Mio einen Zettel. Als er das Haus verließ, kam ihm Mio entgegen. Sie stiegen gemeinsam ins Auto. Mio fuhr. Pit gab die Adresse ›Elbchaussee 351‹ in das Navigationssystem ein. Von unterwegs informierte er telefonisch Svenja, die wiederum Petra, Jessika, Rolf und Torben benachrichtigte.

»Das ist in Altona?«, fragte Mio.

»Ja, das ist das Haus der ›DLRG – Deutsche Lebens-Rettungs-Gesellschaft des Bezirks Altona e.V.‹«, antwortete Pit.

»Ah, das kenne ich. Dann weiß ich, wo wir hinmüssen. Bei dem Verein habe ich mal schwimmen gelernt!«

Trotz dichten Feierabendverkehres brauchten die beiden nur eine halbe Stunde, bis sie den Parkplatz der DLRG erreichten. Zwei Feuerwehrfahrzeuge, ein blauer LKW vom Technischen Hilfswerk, etliche Polizeiautos und der graue Passat von Petra standen dort.

DONNERSTAG, 22.03.2018, 19:00 UHR, ALTONA, ELBCHAUSSEE:

Mio und Pit stiegen aus dem Fahrzeug. Sie machten sich auf den Weg zum Elbstrand. An der Wasserkante war alles hell erleuchtet. Das Technische Hilfswerk hatte große Scheinwerfer aufgestellt. Mehrere Männer standen in weißen Schutzkleidungen da. Auf dem Wasser sah man ein Motorboot der Feuerwehr und ein Schiff der Wasserschutzpolizei. Zwei Personen kamen ihnen entgegen. Es waren Kriminalhauptkommissar Schneider und Petra. Sie schaute Pit an und schüttelte leicht den Kopf. Dann verlor sich ihr Blick im Sand.

»Wir haben es hier mit zwei Tötungsdelikten zu tun«, begann KHK Schneider. »Frau Burgstaller hat den zweiten Toten als Helmut Bretz identifiziert. Der andere ist Ben Mosner.«

»Der Gerichtsmediziner war schon da. Beide Leichen gehen ins Institut. Morgen werden wir mehr wissen. Frau, äh …«

»Takahashi«, flüsterte Mio.

»Okay – kommen Sie, Wasserleichen sind kein schöner Anblick. Wir gehen zu den Fahrzeugen.«

Pit sah, dass sich in Petras Augen Tränen bildeten. Er ging auf sie zu und nahm sie in den Arm. Mio hakte sich bei Herrn Schneider ein. Sie gingen vor.

»Pit, das ist ungerecht. Er war nicht ehrlich, er war ein Schuft. Aber das hat er nicht verdient. – Hast du ein Taschentuch für mich?«

Er gab ihr sein Taschentuch. Sie standen dort ein oder zwei Minuten und folgten dann den anderen beiden.

»Ich werde jetzt zu Frau Dominguez fahren. Wir hören uns morgen.« Herr Schneider ging auf Petra zu und umarmte sie. Damit hatten weder Mio, Pit noch Petra gerechnet. Dann stieg er in sein Auto und fuhr Richtung Innenstadt.

Die drei standen noch zehn Minuten zusammen, umarmten sich und verließen dann den Platz.

15

Pits Wecker klingelte um drei. Mio drehte sich zu Pit: »Na, wollen wir heute wieder auf Verbrecherjagd gehen?«

»Nein, tut mir leid, ich habe vergessen, den Wecker auszustellen.«

»Mir tut das nicht leid! Ich bin schon eine Weile wach. Lass uns aufstehen und den Befreiungsgriff üben und dann frühstücken.«

Im Abendblatt stand ein Artikel über den Erfolg einer Kooperation aus Zoll und Polizei. »Es wurden über fünfzig Kilogramm Kokain beschlagnahmt. Eine ausländische Person nahm die Polizei fest. Sie wurde der Staatsanwaltschaft übergeben«, las Mio beim Frühstück vor. »Das Bild von dir ist das von der letzten Buchveröffentlichung. Und das Foto von Jessika ist schon älter. Da hatte sie noch lange Haare.«

Pit gab Mio einen dicken Kuss und verabschiedete sich von ihr. Draußen war es kalt und die Luft war feucht. Einfach unangenehm.

Er musste auf Svenja fast zehn Minuten warten und war durchgefroren. Sie stand im Stau und war gezwungen, eine Unfallstelle großräumig zu umfahren. Pit berichtete kurz von den Leichenfunden. Anschließend telefonierte er mit KHK Schneider.

Sie erreichten das Zollamt noch gerade rechtzeitig und gingen gleich in den Besprechungsraum. Rolf, Torben, Jessika und Petra warteten auf sie.

Zuerst berichtete Petra über den Sachverhalt und die Leichenfunde aus der Elbe, am DLRG-Haus.

»Ich habe auf der Fahrt hierher mit KHK Schneider telefoniert. Wir können jetzt definitiv davon ausgehen, dass die Toten Mosner und Bretz sind. Beide wurden sie am Mittwoch erschossen und anschließend um zweiundzwanzig Uhr dreißig vom Ponton bei Teufelsbrück in die Elbe geworfen«, ergänzte Mattes.

»Wow, woher wissen die das?«

»Ein Anwohner ging am Mittwochabend mit seinem Hund raus. Er beobachtete von der Elbchaussee, dass zwei Männer größere Gegenstände vom Anleger Teufelsbrück in die Elbe warfen. Er informierte die Polizei.«

»Schneider teilte mir den aktuellen Sachstand zum Lagerhausfall mit: Drei Täter drangen dort ein. Sie sprengten die Eingangstür, dann fesselten sie den Laboranten an den Stuhl. Er wurde mit einer brennenden Zigarette im Gesicht gefoltert. Das ermittelte der Rechtsmediziner. Sie zerstörten das Labor. Es wurden Fingerabdrücke von einem Herrn Rosario Tedesco am Kanister gefunden. Anschließend sprengten sie die beiden Tresore. Beim Öffnen des ersten Tresors mit einem Kuhfuß ging die im Schrank installierte Handgranate los. Die dabei zu Tode gekommene Person konnte noch nicht identifiziert werden.«

Jessika berichtete über die Vernehmung von Cowal Walsh und seinem Geständnis.

»Pit, bei der Durchsicht meiner Unterlagen habe ich dieses hier gefunden«, sagte Svenja und zeigte Pit ein Blatt Papier, auf dem er ›Box‹ geschrieben hatte. Pit erinnerte sich sofort. Bei der Besprechung mit der Staatsanwältin kam ihm die Idee.

»Ist das Kunst? Oder kann das weg?«, fragte Svenja und lachte dabei.

Erst ärgerte Pit sich, dass er erst jetzt die Idee wieder aufnehmen konnte. Aber in den letzten Tagen war viel passiert. Er setzte sich auf seinen Stuhl, nahm den Becher Tee und trank einen Schluck.

»Svenja, das kann weg! Bei unserer Besprechung am Montag mit Gleis, Biestmann und Schmidt-Müller, der Staatsanwältin, hatte ich plötzlich einen Geistesblitz und machte mir diese Notiz, um die Idee weiterzuverfolgen und auszuarbeiten.«

»Ach! Und was sagt uns ›Box‹?«, fragte Petra.

»Da muss ich etwas weiter ausholen. Torben berichtete vorige Woche am Freitag, dass er vor unserem Ausflug in den Hafen in einer Szenekneipe war und mit einem Junkie gesprochen hatte. Dieser erwähnte, dass frisches Kokain eingetroffen war. Und dass das Zeug aus einer Box kommt. Ich glaube, ich weiß inzwischen, was mit ›Box‹ gemeint war.«

»Ah! Und was?«

»Wir haben den Begriff schon selber verwendet. Box ist ein Container. Um das Kokain für den Markt vorzubereiten, muss es aufbereitet beziehungsweise gestreckt werden. Dazu brauchen sie ein, nennen wir es mal Lager und Laboratorium.«

»Du meinst jetzt das Lager und Labor von Kelly?«

»Ja, das von Oppenheimer ist definitiv nicht mehr vorhanden.«

»So ein Laboratorium kann man nicht einfach verbergen. Ich bekam die Idee, dass unser Drogenhändler sein Labor und sein Kokainlager in einem Container versteckt.

Damit haben sie die Möglichkeit, den Standort zu wechseln.«

»Perfekt, wir suchen also einen Container, in dem ein Labor untergebracht ist. Hast du eine Vorstellung, wie viele Container in Hamburg herumstehen? Ich glaube, der ganze Hafen ist voll davon«, gab Petra zu bedenken.

»Ja – du hast recht. Ich bin mir sicher, dass das Labor nicht im Hafen ist. Das wäre zu auffällig. Außerdem muss die Kiste gut zugänglich sein. Sie darf nicht ins Auge fallen, wenn Fahrzeuge davorstehen oder wenn entladen oder beladen wird.«

»Du vermutest, das Ding steht auf oder an einer Baustelle oder auf einem Schrottplatz?«, wollte Jessika wissen.

»Ja, bei einer oder neben einer Baustelle, wäre eine Möglichkeit. Sie gehören optisch dazu, sind aber doch von dem Bauplatz abgetrennt, denn Zuschauer können sie nicht gebrauchen.«

»Ich rede mal mit Biestmann, der hat bestimmt eine Idee, ob und wie wir solche Container finden könnten«, schlug Torben vor. Pit nickte.

»Ich habe was Neues zum Rover!«, begann Torben. »Svenja hatte das Fahrzeug mit dem Segeberger Kennzeichen auf fünf Möglichkeiten eingeschränkt. Die haben wir gestern abtelefoniert. Es kam zum Schluss nur eine Autovermietung in Segeberg in Frage. Ich war dort. Der Kunde, der das Fahrzeug mietete, legte einen Reisepass, der auf dem Namen ›Gerold Bremer‹ ausgestellt war, vor. Die Vermietung machte eine Kopie von dem Pass, hier das Bild. Bremer war in Begleitung einer jungen Frau. Die Angestellten in der Autovermietung konnten sie aber nicht beschreiben«, berichtete er und projizierte das Bild aus dem Reisepass an die Wand.

»Das ist Kelly! Das ist mit Sicherheit Ned Kelly!«, rief Jessika.

»Oh, das sehe ich auch so. Und jetzt kommt es. Der Kerl hatte am 6. März zwei Kraftfahrzeuge gemietet. Den grauen Rover und einen blauen Porsche Cayenne.«

»Wow!«

»Ich bin noch nicht fertig. Dieses Fahrzeug wurde von einem Zeugen gesehen, der angab, dass das Auto oft in Harburg an der Stelle stand, an dem gestern das Wohnschiff explodierte.«

»Das bedeutet, dass Kelly sich auf einem Schiff versteckt hatte und dass Oppenheimer sehr schnell zum Gegenschlag ausholte«, fasste Jessika zusammen.

Pit bekam einen Schreck. So bald hatte er mit einer Vergeltungsmaßnahme von Oppenheimer nicht gerechnet.

»Petra und ich haben uns die Exportströme aus Kolumbien angeschaut. Dafür verwendeten wir die Handelsunterlagen der Wirtschaftsbehörde«, begann Pit.

»Ich habe einen ganzen Tag und eine halbe Nacht damit verbracht. Aber ein handfestes Ergebnis konnte ich nicht ermitteln. Deshalb gab ich die Unterlagen an Pit weiter. Wenn es dort was gibt, wird Pit das finden.«

»Richtig, ich zeige euch jetzt ein Bild, Svenja hat es dankenswerterweise fotografiert. Es zeigt den Tisch hier und etliche Stapel und Zettel, die ich mit Bindfäden verbunden habe.«

Svenja aktivierte den Projektor, sodass das Foto erschien.

»Bekommt keinen Schreck. Es ist halb so schlimm, das schaut nur auf den ersten Moment chaotisch aus. Unser Ziel ist es, zu ergründen, mit welchen Exportgütern das kolumbianische Kokain nach Hamburg kommt. Um es vorwegzunehmen, und Petra hat es schon gesagt, es gibt keine direkten Handelsbeziehungen, die in Frage kommen. Das liegt erstens daran, dass Erdgas und Erdöl, Gewürze, Kaffee und andere landwirtschaftliche Erzeugnisse durch den Zoll geprüft werden oder wurden. Die fallen also alle heraus.«

»Ich glaube, das haben sich schon einige Kollegen beim Zoll beziehungsweise bei der Drogenfahndung angeschaut«, warf Rolf ein.

»Bestimmt. Deshalb untersuchte ich alle kolumbianischen Exporte. Das seht ihr hier auf dem Foto. In der Mitte ist Kolumbien und mit den Bindfäden sind alle großen Exportbeziehungen verknüpft. Ich möchte nicht alle Verbindungen mit euch durchgehen, dazu brauchten wir mehrere Stunden. Entscheidend ist diese hier, der Weg Kolumbien, Grönland, Hamburg. Von hier aus seht ihr eine Verbindung nach Belfast, nach Dublin, nach Edinburgh, nach Brighton, nach Rotterdam, nach Kopenhagen und natürlich nach Hamburg. Kommen wir zu den gelben Zetteln. Kolumbien lieferte 2017 hier diese anschauliche Menge Rindfleisch nach Grönland. Im Verhältnis zu den zirka fünfundfünfzigtausend Einwohnern, die Grönland hat, ist das viel.

Einiges müssen wir jetzt zu Grönland wissen, um alles Weitere zu verstehen: Grönland erlangte 1979 seine Selbstverwaltung sowie die innere Autonomie mit eigenem Parlament und eigener Regierung. Seitdem besteht Grönland als ›Nation innerhalb des Königreichs Dänemark‹. Grönland ist innenpolitisch vollständig unabhängig, wird aber in allen außen- und verteidigungspolitischen Angelegenheiten von Dänemark vertreten. Aufgrund der Zugehörigkeit zu Dänemark ist Grönland Mitglied der Europäischen Wirtschaftsgemeinschaft.«

»Wow! Grönland bringe ich immer mit größter Insel der Erde, mit großen Eisflächen und Fisch in Verbindung. Wenn ich jetzt deine Bindfäden interpretiere, wird das kolumbianische Kokain über Nuuk nach Hamburg verschifft«, sagte Torben.

»Svenja und ich haben uns das schon mal angeschaut. Zirka alle vierzehn Tage kommt ein Container mit gefrorenem Fisch aus Grönland in Hamburg an. Da Grönland zu Dänemark gehört, würde keiner auf die Idee kommen, die Kisten zu kontrollieren. Also werden sie durchgewunken«, erklärte Rolf.

»Verstehe ich das richtig? Kolumbien liefert Rindfleisch mit Kokain nach Nuuk. Das Kokain wird dort zum Fisch gepackt, eingefroren und dann nach Hamburg verschifft«, fragte Jessika.

»Jupp, definitiv, genau so ist es!«

Es wurde noch eine Weile über Handelswege und Transporte gesprochen. Dann meldete sich Svenja: »Heute Morgen wurde ein Container mit gefrorenem Hering zur ›Fischgroßhandlung Marina‹ geliefert. Wann wollen wir dorthin?«

»Klasse! Okay – ich organisiere eine Besichtigung«, antwortete Pit.

FREITAG, 23.03.2018, 14:00 UHR, GROßE ELBSTRAßE,
FISCHEREIGROßHANDLUNG:

Mio, Svenja und Pit erreichten den Fischgroßhandel an der Großen Elbstraße um vierzehn Uhr. Sie wurden im Eingangsbereich von Frau Gerda Barsch begrüßt. Svenja musste grinsen, nachdem sich die Geschäftsführerin vorstellte. Der Schriftsteller Pit Mattes stellte Mio Takahashi als seine Lektorin und Svenja Kleinberg als Verlagsagentin vor. Angemeldet hatte er sich am Vormittag als Autor, der für ein Buch über den Fischgroßhandel recherchieren wollte.

»Ich habe hier eine Broschüre für Sie. In der finden Sie alle Fische und Meeresfrüchte, die der Fischhändler bei uns einkaufen kann. Der schreibt seine Bestellung entweder auf so ein Formblatt und schickt uns das dann via Fax oder Mail oder er ruft an und gibt seinen Auftrag telefonisch durch. Die meisten Kunden werden von uns beliefert. Es gibt aber auch die Möglichkeit, bei uns Meeresfrüchte direkt zu kaufen. Manche Fischhändler kommen mit ihren Lieferwagen, suchen sich Ware aus und nehmen sie gleich mit. Wir verarbeiten an diesem Standort wenig Fisch. Die Räumlichkeiten hier werden hauptsächlich als Lager der Tiefkühlware oder zur Schnittstelle zum Handel genutzt.«

»Wann ist Ihre Hauptgeschäftszeit?«, wollte Svenja wissen.

»Hier geht es um dreiundzwanzig Uhr erst los. Deshalb sehen Sie keine Produkte in unserer Auslage. Im Lager wird rund um die Uhr gearbeitet, wenn Ware ankommt oder rausgeht. Wir beschäftigen hier zwölf feste Mitarbeiter, Vollzeit, und sechs auf Abruf.«

»Das bedeutet, Sie bekommen in erster Linie tiefgefrorenen Fisch?«, fragte Pit.

»Ja, achtzig Prozent sind gefrorene Fische. Krebse, Hummer, Langusten und Muscheln werden lebendig angeliefert. Und Süßwasserfische wie Karpfen, Aal, Zander, Forellen und so weiter kaufen wir frisch und ungefroren direkt beim Erzeuger oder Fischer in Niedersachsen oder Schleswig-Holstein ein. Diese Produkte sind allerdings jetzt noch nicht hier.«

»Ihr Hauptgeschäft scheint der Verkauf von Dorsch, Hering, Makrelen und Lachs zu sein?«, kam von Mattes, der in der Broschüre blätterte.

»Ja, richtig. Aber Sie können bei uns jeden Fisch bestellen, der nicht auf einer Artenschutzliste steht und der gehandelt wird. Wir werden versuchen, die gewünschten Fische zu besorgen.«

»Das hört sich spannend an. Welche Exoten werden hier in Hamburg bestellt?«

»Da werden hin und wieder ein Kugelfisch oder ein Rochen oder ein Hai verlangt!«

»Und das funktioniert?«

»Ja, wir versuchen es auf jeden Fall«, antwortete Frau Barsch und leitete die Besucher in einen Umkleideraum.

»Für die Besichtigung der Betriebsräume müssen wir Schutzkleidung tragen. Ich habe da mal was vorbereitet.«

Die drei Gäste bekamen jeweils einen weißen Plastikmantel mit Kapuze, Schuhüberzieher und einen Mundschutz.

»Behalten Sie Ihre Wintersachen ruhig an und ziehen Sie die Schutzkleidung darüber. Im Lager ist es kalt.«

Nachdem sie sich in weißen Kunststoff gehüllt hatten, wurden sie von Frau Barsch in das Lager geführt. Deutlich konnte man den Temperaturabfall spüren. Mio fröstelte und ergriff die Hand von Pit.

»Wie erreicht der gefrorene Fisch Sie?«, fragte er.

»Das müssen Sie sich so vorstellen. Tiefgefrorener Fisch erreicht uns mit dem Flugzeug, mit einem Kühllastwagen oder mit einem Schiff. Wir wissen mindestens eineinhalb bis zwei Stunden im Voraus, wann uns die Produkte erreichen werden. Entsprechend disponieren wir unsere Lagerarbeiter. Sie sehen gleich bei der Führung, dass das im Kühlhaus ein knochenharter Job ist. Sie haben außerdem Glück, denn heute Morgen ist eine größere Ladung Hering gekommen.

Dieses hier ist unsere Warenschleuse. Hier kommen die LKWs oder die Containerfahrzeuge mit Fisch an. Und genauso werden hier die Lieferfahrzeuge beladen. Wichtig ist, dass die Kühlkette nicht unterbrochen wird. Bei jeder Aktion wird die Temperatur der Ware gemessen, die Verpackung kontrolliert und alles protokolliert. Kommen Sie weiter. Rechts hinter dem Fenster ist die Lagerverwaltung. Dort werden die Wareneingänge und Ausgänge erfasst und die Protokolle verwahrt. – Und jetzt kommen wir in den Lagerraum.«

Sie betraten durch eine Schleuse den Kühlraum. Hohe Regale waren mit Kartons bestückt. Es befanden sich keine Personen im Raum.

»Kommen Sie schnell weiter, hier gibt es außer Kartons nichts zu sehen.«

Automatisch öffnete sich die Schleuse zum nächsten Raum. In großen Kunststoffbehältern befand sich gefrorener Fisch.

»In dieser Halle befindet sich die Abfertigung. Die Eingangsware wird hier noch einmal auf Beschädigungen kontrolliert. Ein Karton, der schadhaft ist, wird von den Fischfabriken nicht angenommen. Falls der gefrorene Block gebrochen oder beschädigt ist, wird er aussortiert. Das macht hier unser Herr Áki«, stellte sie einen Mitarbeiter vor.

Pit sah, wie er einen Karton auf Unversehrtheit überprüfte. Neben ihm auf seinem Arbeitstisch lagen zwei, die leicht eingedrückt waren.

»Ja, die beiden werden umgepackt und gehen dann ins Lager zurück. Und bei diesem hier wurde der Karton so stark beschädigt, dass der Eisblock gebrochen ist. Die Verpackung kommt ab und der gefrorene Fisch landet in eine Auftauwanne. Die Ware geht in den Hausverkauf.«

Sie gingen weiter.

»Für die Überwachung und Lagerung haben wir ein eigenes Computerprogramm entwickelt. Dies hier ist eine Eingabestation. Der Kasten hier ist ein Drucker, der Etiketten ausdruckt.«

Pit war in Gedanken bei den beschädigten Verpackungen. Er ging zurück. Herr Áki war nicht mehr an seinem Platz. Pit sah sich die Kartons genauer an. Alle hatten sie einen Kontrollaufkleber. Sie wurden mit farbigen Filzstiften gekennzeichnet. Nur die mit einer roten Hakenmarkierung waren beschädigt und wurden geöffnet. Pit riss einen Kontrollzettel ab und steckte ihn sich in die Jackentasche.

Es war gar nicht so einfach, an die Tasche heranzukommen, der Schutzanzug behinderte ihn.

»Kann ich Ihnen helfen, Herr Mattes?«, fragte Frau Barsch.

»Nein, danke, ich habe mein Taschentuch gefunden. Meine Nase läuft.«

»Es ist kalt hier. Wir sollten weitergehen.«

»Ja, gerne.«

Sie spazierten durch eine kleine Tür an der Stirnseite der Halle und erreichten darauf den Umkleideraum. Mio und Svenja froren. Sie legten die Schutzkleidung ab.

»Sehr beeindruckend, wirklich sehr beeindruckend Ihr Unternehmen«, kam von Pit Mattes. »Besonders bemerkenswert fand ich die Arbeit ihres Herrn Áki.«

»Wie lange arbeitet er in dieser Kälte?«, fragte Svenja, die sich ihre Hände rieb.

»Herr Áki ist ein freier Mitarbeiter. Er arbeitet fünfundvierzig Minuten im Lager und macht dann eine viertel Stunde Pause. Warme Getränke bekommen alle Lageristen von der Firma gestellt. Herr Áki ist Däne. Er kommt aus Grönland und ist die Kälte gewohnt. Er ist ein Inuit.«

»Habe ich das richtig verstanden. Die Fischblöcke kommen verpackt hier an, werden kontrolliert, zum Beispiel durch Herrn Áki, und landen dann im Lager.«

»Ja, dieser Hering wurde auf einem Trawler gefangen, geschlachtet, ausgenommen und gleich in solchen Blöcken schockgefroren. Diese Fischblöcke werden danach abgepackt, bekommen ein Kontrollsiegel und gehen in die Kühlkammer des Trawlers.«

»Und so verpackt kommt der Fisch nach Hamburg?«, fragte Mio, die immer noch vor Kälte blaue Lippen hatte.

»Na ja! Der Trawler legt in Nuuk an. Dort werden die Kartons gelöscht und in einem Kühlcontainer verstaut, der dann nach Hamburg verschifft wird. So kommen sie hier an, werden entladen, gelagert und von hier aus weitergeschickt.«

»Hat es was zu bedeuten, dass auf dem Kontrollsiegel mal blaue, mal grüne und mal rote Haken sind?«, fragte der Schriftsteller.

»Eigentlich kenne ich nur Blau und Grün. Das sind unterschiedliche Personen, die auf dem Schiff die Eisblöcke verpacken und kontrollieren.«

»Ah, verstehe. Und alle laufen hier durch die Hände von Herrn Áki.«

»Nein, nein. Wir haben einige Leute, die diese Arbeit machen. Herrn Áki beschäftigen wir nur, wenn große Frachtmengen kommen. Er trägt nie Handschuhe und ist so fast doppelt so schnell wie unsere eigenen Leute.«

Pit schaute Svenja an. Sie verstand.

Sie verabschiedeten sich von Frau Barsch und bedankten sich bei ihr für die ausführliche Führung. Auf der Straße nahm Pit Mio in den Arm, sie zitterte und fror. Svenja schrieb einige Nachrichten auf ihrem Smartphone. »Okay, wir können! Es ist wohl besser, ich bringe euch nach Hause«, sagte sie mit einem Blick auf Mio.

Svenja fuhr eine halbe Stunde bis nach Eppendorf.

»Ich brauche jetzt erst einmal ein heißes Bad, etwas Warmes zu essen und zu trinken, und dann darfst du mich den Rest des Tages warmhalten. Ich bin total durchgefroren«, brachte Mio mit einer zitterigen Stimme hervor.

Pit nickte: »Kein Problem! Ich kümmere mich schon mal um die kulinarischen Sachen, während du dein Aufwärmebad genießt.« Pit fror nicht, hatte aber Hunger.

Um achtzehn Uhr rief Svenja an. »Herr Áki heißt Magnús Áki, ist in Island am 4. Juli 1982 geboren und damit fünfunddreißig Jahre alt, er ist ein Meter achtzig groß und neunundsiebzig Kilogramm schwer. Seine Eltern kommen aus Thule, das liegt im Nordwesten von Grönland. Das habe ich eben gegoogelt. Er ist bei der Polizei kein Unbekannter. Er wurde mit einer Menge von sechshundert Gramm Kokain vor zwei Jahren in Berlin gefasst. Seit Januar ist er wieder auf freiem Fuß. Ich habe mit Christel telefoniert. Sie hat ihn in das Überwachungsprogramm aufgenommen. Damit steht er unter ständiger Beobachtung. Stündlich werde ich über seinen Aufenthaltsort und was er so treibt informiert. Pit, ich melde mich, sobald ich was Auffälliges sehe!«

Pit bedankte sich bei Svenja und schlich zurück zum Sofa. Mio schlief. Pit hatte Zeit, seinen Überlegungen nachzugehen und seine Gedanken zu sortieren!

16

Mio weckte Pit. »Pit, es ist schon neun Uhr. Los, du Faulenzer. Auf – auf! Wir haben verschlafen.«

Pit schaute nach draußen. Das Thermometer zeigte null Grad und Schneeregen kam vom Himmel. »Bei dem Wetter scheuchst du mich aus dem warmen Bett?«, lästerte er. Mio schmiss ein Kissen nach ihm.

Nach dem Frühstück besuchte Pit seine Cousine Renate und anschließend verschwand er im Büro und schrieb am neuen Skript. Mio war unten im ›Bücher&Lese-Café‹ und katalogisierte neue Druckwerke, bevor sie sie in Regale einsortierte.

Gegen Mittag kam Pit ins Café, setzte sich auf seinen Lieblingsplatz und schrieb dort weiter. Er wurde von Mio mit Tee versorgt. Susanne und Thomas bereiteten einen kleinen Imbiss vor, den sie alle in einer Pause zu sich nahmen.

Schon vor ein paar Wochen hatte die Bibliothekarin Karten für das Winterhuder Fährhaus gekauft.

Mio und Pit verließen das Haus um halb fünf und bummelten gemütlich die Eppendorfer Landstraße hinunter bis ›Zur alten Mühle‹. Dort aßen sie die legendären Bratkartoffeln zum Roastbeef. Danach schlenderten sie ins Winterhuder Fährhaus. Sie sahen das Stück ›Das Lächeln der Frauen‹ nach dem gleichnamigen Roman von Nicolas Barreau, in einer Bühnenfassung von Gunnar Dreßler. Das Zwei-Personen-Stück mit Ralf Bauer und Dominique Siassia gefiel den beiden. Anschließend tranken sie in dem Restaurant noch ein Glas Wein und marschierten dann nach Hause. Es war wieder kälter geworden und es schneite. Mio hakte sich bei Pit ein. »Man braucht nicht viel, um glücklich zu sein«, flüsterte sie.

Pit war in seinen Gedanken noch beim Theaterstück. »Ja!«, schaltete er um. »Ja – Mio – du hast recht! Besonders nach so einem schönen Abend.«

Mio legte ihren Kopf an seine Schulter.

17

SONNTAG, 25.03.2018, 6:00 UHR, EPPENDORF, MIOS UND MAT-TES' WOHNUNG:

Pit wachte auf, weil Mio sich zu ihm drehte.

»Pit, bist du wach?«

»Ja, jetzt jedenfalls!«

»Ich habe schon ausgeschlafen.«

»Ist heute nicht Sonntag? Da könnten wir doch länger schlafen.«

»Wir haben Gäste im Café. Und du liest aus deinem neuen Buch. Hast du die Veranstaltung vergessen?«

»Nein, das ist aber doch erst um elf. Wir haben noch Zeit für uns!«

Pit spürte Mios Hand auf seinem Rücken, sie streichelte ihn. Er genoss das.

»Schatz? Ich gehe jetzt duschen. Kommst du mit?«

Pit grinste sie an: »Na klar!«

Draußen waren es zwei Grad plus, und es war stockdunkel. Die beiden tranken eine Tasse Tee und Kaffee in der Küche.

»Was hast du heute Morgen zwischen zwei und drei Uhr gemacht?«, fragte Pit.

»Ich habe auf einen Kuss von dir gewartet!«, entgegnete sie und knuffte ihn, denn von Sonnabend auf Sonntag wurden die Uhren eine Stunde vorgestellt.

Um halb neun Uhr marschierten Mio und Pit ins Café. Draußen schaute die Sonne hin und wieder heraus. Das Thermometer war auf sechs Grad geklettert.

Susanne und Thomas hatten das Frühstück schon vorbereitet. Die beiden waren seit vier in der Backstube des Cafés beschäftigt gewesen.

Nach dem Frühstück wurde der Raum für die Veranstaltung vorbereitet. Die Tische wurden an die Seite geschoben, Klappstühle aus dem Keller geholt und die kleine Bühne aus Holzpaletten wurde aufgebaut.

Schon um viertel vor elf waren alle Stühle belegt. Mio und Pit begrüßten Gertrud Malberg, die mit Harald Rechtler kam, Bettina und Werner Rede, Petra, Jessika und Svenja, Andrea Kolwaski, Ortwin Schietzler mit seiner Frau, Senta Brose mit ihrem Vater Otto Kleinig, Dieter Gleis, der seine Ehefrau mitbrachte, und Gabriele Sommer. »Niels kommt noch, bestimmt in einer viertel Stunde«, erklärte sie.

Mio war in ihrem Element, was die Bücher betraf. Sie zeigte und erklärte die Neuerscheinungen und beriet den einen und anderen. Niels Zwink kam, wie vermutet, fünfzehn Minuten zu spät.

Zuerst stellte ein junger Schriftsteller sein aktuelles Werk vor. Dann lud Susanne alle Gäste zu Brezeln, Tee und Kaffee ein. Pit las im Anschluss aus seinem neuen Werk ›Pit Mattes – falsche Fünfziger‹ vor. Das Buch sollte Ende April erscheinen. Der Schriftsteller freute sich, dass der Text so gut ankam. Mio nahm Vorbestellungen für das Taschenbuch entgegen.

Um vierzehn Uhr war die Veranstaltung vorbei. Einige Gäste blieben, um Kaffee und Kuchen zu genießen. So wurde diese Veranstaltung auch für Susanne und Thomas ein voller Erfolg. Pit wurde auf einen Gast aufmerksam, Hein Knutzen, der mit seiner Freundin Anna Santos kam. Er lud ihn zu einer Lesung Mitte April ein. Pit sagte zu. Jessika und Svenja verabschiedeten sich. Sie wollten in Jessikas Wohnung in Eidelstedt aufräumen und Ordnung schaffen.

Mio und Pit saßen mit ihren Freunden und Bekannten bis nach zwanzig Uhr im Café. Mit Thomas räumte Pit anschließend die Bühne ab, und sie brachten die Klappstühle zurück in den Keller. Draußen hatte es angefangen zu regnen, die Temperatur fiel auf null Grad und Nebel zog auf. Um einundzwanzig Uhr dreißig schlenderten Mio und Pit, ein Stockwerk höher, in ihre Wohnung.

18

Von der rechten Seite zur linken, von der linken zur rechten. Jessika konnte nicht wieder einschlafen. Sie hatte von Sascha geträumt. Es war ein Albtraum. ›Wo ist eigentlich das Foto von uns geblieben? Die Aufnahme, auf der wir beide auf dem Presseball fotografiert wurden. In der Wohnung im Baumacker haben wir doch alles aufgeräumt. Warum haben wir das Bild nicht gefunden?‹

Am Sonntag nach der Buchvorstellung in Eppendorf fuhren Jessika und Svenja zu Jessikas Zweitwohnung nach Eidelstedt in den Baumacker. Zuerst beseitigten sie das Chaos in der Küche und dann im Wohnzimmer und Schlafzimmer. Svenja war eine große Hilfe. Alleine hatte Jessika keine Lust, überhaupt anzufangen. Um sechzehn Uhr waren sie fertig, duschten und gingen zum ›Il Tesoro‹, einem italienischen Restaurant an der Kieler Straße, gegenüber dem Eidelstedter Platz.

›Das Bild muss in der Küche im Baumacker sein. Es stand auf dem Küchenschrank. Ich will es wiederhaben! Ich muss es finden!‹, überlegte Jessika, sprang aus dem Bett, trank noch einen starken Kaffee und verließ ihre Wohnung in Horn. Es war wenig Verkehr auf Hamburgs Straßen, aber es war nebelig.

Natürlich war vor dem Haus kein Parkplatz frei. Das kannte Jessika und sie parkte vor der ›Max-Träger-Schule‹. Für die dreihundert Meter bis zur Wohnung zog sie sich ihre Winterjacke nicht an. Den nassen, kalten Nebel spürte sie sofort, er kroch schnell durch die Kleidung. Jessika fror.

›Wir müssen gestern das Licht angelassen haben‹, überlegte sie, während sie die Wohnungstür aufschloss und ein Lichtschein aus dem Wohnzimmer in den Flur fiel.

Plötzlich wurde sie von einer Hand in die Wohnung gerissen. Ihr Arm wurde auf ihren Rücken gedreht. Eine weitere Hand nahm ihr ihre Handtasche ab. Die Tür wurde geschlossen.

»Na, ganz schön lange auf dem Zwutsch gewesen! Aber jetzt ist Schluss mit lustig. Der Boss will dich sehen.«

›Yanni Michelakakism und Theodor Klein.‹ Jessika erkannte den Griechen an der Stimme. Klein war sein Kumpel, ein Meter und sechzig groß, hatte Oberarme wie ein Sportler Waden. Er war der Bodybuilder, die Kampfmaschine in Oppenheimers Mannschaft. Der Grieche kümmerte sich um ihn, denn er war nicht die hellste Kerze auf der Torte.

»Wir machen jetzt einen kleinen Ausflug, keine Mätzchen, kapiert!«

»Ja, verstanden«, stöhnte Jessika. Ihr Arm, der immer noch auf ihren Rücken gedreht war, schmerzte.

»Ich muss aber vorher noch aufs Klo.«

»Kein Problem! Du weißt ja, wo das ist. Die Tür bleibt auf.«

Klein ließ ihren Arm los und schubste sie in Richtung Badezimmer. »Tür bleibt auf!«, grinste er und positionierte sich direkt vor der Tür.

Krampfhaft überlegte die Frau, was sie anstellen kann. ›Gegen die beiden komme ich nicht an. Keine Chance.‹ Dann fiel ihr das Mobiltelefon ein. ›In der Gesäßtasche. Einen Versuch ist es wert.‹ Sie legte es heimlich auf das Waschbecken, so, dass es Theodor Klein nicht sehen konnte. Sie zog ihre Hose aus und setzte sich. Dabei hielt sie sich am Waschbecken fest und aktivierte das Telefon.

»Das ist ja eine richtige Rothaarige«, lachte Klein.

»Soll es geben!«

»Ich hatte noch keine mit überall rot! Was meinst du, könnten wir uns eine halbe Stunde Spaß leisten?«

»Nein, sie gehört dem Boss. Wir besuchen morgen eine Antiquarin, super Figur, der sollen wir Beine machen und Angst einjagen, damit sie spurt. Halt dich bis dahin zurück.«

Jessika tippte, konnte aber nicht sehen, was sie eingab. Auch war sie sich nicht sicher, ob sie die richtige Adresse getroffen hatte.

»Okay – also bis Morgen. Was hältst du von dem Neuen, diesem Vincent?«

»Der Kerl ist mir zu brutal und der fuchtelt mir zu viel mit der Knarre rum. Das macht mir Angst.«

»Hat er vorige Woche die beiden umgeblasen? Ich meine die, die wir in der Elbe entsorgt haben?«

»Ja! Das war er! Und er hat gelacht dabei! Kann nicht verstehen, warum der Boss so brutal vorgeht.«

»Du bist abserviert bei ihm.«

»Kann sein. Ich habe keinen Spaß dabei, jemandem das Licht auszuknipsen.«

»Vincent ist ein Profikiller. Der ist groß im Geschäft.«

»Ja, und auch ganz schnell wieder raus! Pass auf, ich gebe ihm drei Monate. Dann ist er tot oder Oppenheimer hat ihn gefeuert.«

»Top, die Wette gilt!«

»Pass lieber auf die Tussi auf, damit sie keine krummen Dinger macht!«

»Hey, was hast du vor?«

»Nur eine kleine Beruhigungsspritze, damit unser Schätzchen keinen Stress macht, bis wir am Ziel sind.«

»Ist das Stoff?«

»Ja, aber nur ein wenig und ein K.-o.-Mittel aus der holländischen Apotheke. Nichts Gefährliches.«

Jessika konnte sich nicht gegen die Spritze wehren. Sie zerrten sie ins Wohnzimmer. Ihre Hände und Arme wurden mit der Kordel aus der Übergardine auf ihren Rücken gebunden. Dann verschwamm alles und es wurde bunt um sie herum. Sie musste lachen und lachen …

MONTAG, 26.03.2018, 6:00 UHR, EPPENDORF, MIOS UND MAT-TES' WOHNUNG:

Als Mio und Pit aus dem Fenster schauten, waren sie überrascht. Sie konnten keine hundert Meter gucken, so nebelig war es.

»Warum sind wir so früh auf?«, wollte Mio wissen.

»Ich weiß nicht, ich habe was gehört und bin aufgewacht. Irgendwie habe ich einen fürchterlichen Schreck bekommen.«

»Kam das Geräusch von draußen?«

»Nein! Ich glaube nicht«, antwortete Pit und latschte durch den Flur in die Küche. Hier war alles normal, wie immer. Und da er schon mal dort war, setzte er einen Kaffee auf und Wasser für den Tee. Mio war im Badezimmer verschwunden. Pit ging in den Flur und schaute sich um. Er schlenderte ins Arbeitszimmer. Sein Mobiltelefon leuchtete. Er hatte eine Nachricht von Jessika bekommen.

»Gukfe our fexit«, versuchte er, den Text zu lesen.

›Was soll das? Montagmorgen so früh?‹

»Was ist?«, fragte Mio, die plötzlich hinter ihm stand. »Was hast du?«

»Eine Meldung von Jessika, mit der ich nichts anfangen kann.«

»Zeig mal her, ist bestimmt eine Frauensache, die ihr Männer nicht versteht!«

»Mm, mm, verstehe ich nicht. Ruf sie doch einfach an und frag, was los ist!«

»Hab ich versucht, ohne Erfolg. Sie geht nicht ran.«

»Mio, irgendwas stimmt da nicht.« Pit wurde hektisch und rief bei Svenja an. Auch sie nahm nicht ab.

»Mist!«

»Was willst du tun?«

»Wir fahren nach Horn, zu ihrer Wohnung und schauen nach.«

»Okay! Bin gleich fertig!«

Immer und immer wieder versuchte Pit, bei Jessika oder bei Svenja anzurufen. Ohne eine Reaktion. Sie verließen die Wohnung und das Haus nur fünf Minuten später und erreichten die Garage. Mio startete den Mercedes und fuhr auf die Eppendorfer Landstraße. Pits Telefon klingelte. Svenja: »Pit, bist du verrückt? Ich bin erst um zwei ins Bett gekommen.«

»Svenja, irgendwas ist mit Jessika, ich habe eine komische SMS bekommen! Wir fahren jetzt nach Horn, um zu sehen, was los ist.«

»Moment!«, rief sie ins Telefon. Pit konnte hören, wie sie über etwas fiel. Dann war sie wieder da: »Scheiße! Sie ist nicht zu Hause. Sie ist in Eidelstedt, Baumacker, in ihrer zweiten Wohnung. Zumindest ist ihr Handy dort.«

»Okay, Zieländerung. Mio, wir müssen nach Eidelstedt.«

»Verstehe!«, kam von Mio und sie musste über ihren Ausdruck grinsen.

»Pit, ich ziehe mich an und melde mich gleich wieder!«, rief Svenja und legte auf.

»Mio, gib Gas!«, forderte Pit sie auf. Mio fuhr gerne Auto und sie fuhr mit Vergnügen schnell. Aber nicht riskant.

Sie erreichten die Kieler Straße, den Eidelstedter Platz und bogen Richtung Halstenbek, Rellingen ab. Danach fuhr sie rechts in den Baumacker. Immer noch war die neblige Sicht nur wenige hundert Meter weit.

Mio sah sie zuerst. Zwei Männer verstauten eine leblose Frau auf der Rückbank. »Jessika!« Es war ein hellblauer Toyota, der an der Bushaltestelle auf der gegenüberliegenden Straßenseite stand. Mio beschleunigte noch mal den Mercedes. Sie erreichten das fremde Fahrzeug. Der Grieche saß inzwischen am Steuer, der Motor lief. Der zweite Mann stieg ein. Mio fuhr dicht an den Toyota heran und blockierte das Auto so, dass er vorwärts nicht starten konnte. Pit sprang aus dem Wagen. Beim Toyota heulte der Motor auf. Räder quietschten und rauchten. Das Auto machte einen Satz rückwärts, dann schleuderte das Fahrzeug eine Einhundertachtzig-Grad-Drehung und raste davon. Pit musste zur Seite springen, sonst hätten sie ihn überfahren. Er saß noch nicht richtig im Mercedes, als Mio anfuhr. Sie drehte und nahm die Verfolgung auf.

»Bleib dran, wir dürfen sie nicht verlieren«, bestätigte Pit ihren Fahrstil. Er telefonierte mit Svenja.

»Ich bin auf dem Weg zu euch!«, rief sie ins Telefon. Ihre Stimme klang gestresst.

»Da sind sie!«, kam von Mio.

»Es ist ein hellblauer Toyota, wir sind jetzt am Eidelstedter Platz und rasen die Kieler Straße Richtung Innenstadt. Der Wagen ist drei- bis vierhundert Meter vor uns.«

»Okay, ich habe bei der Polizei angerufen. Pit, ich gebe denen die aktuellen Informationen«, heischte sie und legte auf.

»Mio, gib Gas!«, forderte Pit sie erneut auf. Pit war äußerst angespannt.

»Ich knalle doch schon mit achtzig oder neunzig Sachen über die Kieler Straße!«

Der Toyota ignorierte die rote Ampel an der Autobahnauffahrt. Mio tat es ihm gleich. Sie überquerten die Volksparkstraße. Es war wenig Verkehr auf der Kieler Straße. Einige Autofahrer, die sie überholten, zeigten ihnen einen

Vogel. Mio grinste nur. Sie fuhr schnell aber souverän und sicher.

»Du musst mir beizeiten mal erklären, wo du so Auto-fahren gelernt hast«, lästerte Pit.

»Auch ein Geheimnis.«

»Weiter!«

Wusch! Blitz!

»Pit, das ist mein erstes Foto im Straßenverkehr!«

»Weiter!«

Svenja am Telefon: »Die Polizei weiß Bescheid. Sie werden das Fahrzeug abfangen! Acht Streifenwagen sind unterwegs.«

Mio holte auf. Der Verkehr wurde dichter.

»Okay, das Kennzeichen ist ›HH FO-6663‹. Wir erreichen jeden Augenblick die Kreuzung Kieler Straße, Holstenkamp, Eimsbüttler Marktplatz«, las Pit vom Navi vor.

»Okay, ich komme euch entgegen. Bin gleich da.«

Sie legte auf.

»Gleich haben wir sie!«, flüsterte Mio.

Sie waren auf einhundert Meter heran. Mio bremste sachte ab. Die Straße wurde vierspurig, die beiden linken Spuren waren durch einen Schwertransport blockiert. Der Tieflader hatte eine riesige Schiffsschraube geladen. Zwei Begleitfahrzeuge schlichen versetzt hinter dem Spezialfahrzeug her. Auf der dritten Fahrspur befand sich ein großes ADAC-Abschleppfahrzeug und rechts fuhr ein Bus der Hochbahn. Die Ampel wurde rot, alle Fahrzeuge hielten. Der Toyota entschied sich für die Spur hinter dem Abschlepper.

»Quetsch ihn ein«, forderte Pit sie auf. Mio fuhr bis an die Stoßstange des Toyotas auf. Schaltete in den ersten Geländegang und schob den hellblauen Wagen vor sich her. Ein unangenehmes Geräusch, Rücklichter zerplatzten. Der Toyota drückte sich unter den LKW. Die Kofferraumhaube sprang auf. Der ADAC-Mann war ausgestiegen und schrie. Mio bremste. Der Toyota saß fest. Pit war schon auf der Straße, als der Beifahrer sein Fenster herunterkurbelte und einen Revolver hinausstreckte. Der ADAC-Mann erschrak und rannte zu seinem Fahrerstand. Polizeisirenen kamen näher. Pit war bereits am Toyota, ergriff den Revolver, riss ihn hoch und zog kräftig daran. Gleichzeitig versetzte er dem Besitzer der Waffe einen gewaltigen Schlag mit seinem Ellbogen ins Gesicht. Der Beifahrer schrie auf.

Der erschreckte ADAC-Mann saß inzwischen in seinem Abschlepper und gab Gas. Er riss den Toyota mit sich. Ein unangenehmes Kratzen war zu hören. Der Grieche am Steuer bremste ab. Die Fahrzeuge lösten sich. Der Toyota schoss nach vorne. Der ADAC-Wagen fuhr links ab, der Toyota geradeaus, die Kieler Straße entlang, weiter Richtung Altona. Pit, noch immer die Waffe in der Hand, wollte gerade in seinen GLK einsteigen, blieb abrupt stehen. Sie wurden von mehreren Streifenwagen eingekreist. Die Polizisten sprangen aus dem Wagen. Sie hatten ihre Waffen in der Hand. Pit legte den Revolver auf die Straße und hob seine Arme. Die Polizisten fackelten nicht lange und drückten Pit auf den Boden. Seine Hände wurden auf den Rücken gedreht. Er bekam Handschellen. Der Protest von Pit, dass er von der Polizei ist, wurde überhört. Mio wurde aus dem Fahrzeug gezerrt und auf Waffen untersucht.

»HEY! Seid ihr total verrückt geworden!«

Pit hörte den Schrei, der wohl von einer Furie kommen musste, so laut und durchdringlich war der. Dann sah er den E-BMW mitten auf der Kreuzung. Und darauf sah er sie, Svenja. Sie schrie den Einsatzleiter zusammen, der vielleicht einen Meter vor ihr stand. Sie war gefühlt doppelt so laut wie die Sirenen der acht Einsatzfahrzeuge.

Es dauerte acht Minuten, bis das Missverständnis aufgeklärt war. Mio und Pit durften ihre Fahrt fortsetzen. Hinter der Kreuzung steuerte Mio den Parkstreifen an. Sie stieg aus und checkte den GLK auf Beschädigungen. Sie hatte schlechte Laune. Der Polizist, der sie untersuchte, hatte sie unsanft angefasst. Sie musste sich zurücknehmen, um sich nicht zu verteidigen. Pit saß auf dem Beifahrersitz und grübelte.

»Keine sichtbaren Schäden!«, murmelte Mio. »Echte deutsche Wertarbeit.«

Svenja stieg hinten in den Mercedes. »Das Fahrzeug gehört zur ›Y-Bar‹, Lincolnstraße. Das ist eine Seitenstraße von der Reeperbahn. Die Bar gehört Oppenheimer.«

»Dann wissen wir, wem wir das zu verdanken haben!«, grummelte Mio. »Wenn der Jessika auch nur ein Haar gekrümmt hat und wenn ich den erwische …«

»Ich fahre zum Kiez und suche nach dem Toyota. Und ich sorge für Verstärkung!«

»Die wieder uns aufhalten?«, warf Mio ein.

»Nein, das passiert nicht noch einmal. Ich glaube, dafür habe ich schon gesorgt«, grinste sie.

»Verstehe!«, begann Pit. »Kiez ist eine Option! Ich glaube aber nicht, dass sie dort sind. Das wäre viel zu gefährlich für Oppenheimer. Mio, wir fahren in die HafenCity.«

»Der wird doch nicht in die abgebrannte Bude wollen?«

»Vielleicht!«

»Na gut! Ihr schaut dort nach. Und ich übernehme den Kiez. Und wenn ich seine sämtlichen vier Läden auseinandernehmen muss, ich werde Jessika finden!«, kam von Svenja. Sie verließ den GLK und stieg in den BMW.

»Dann mal los!«, sagte Mio. Sie war sich nicht sicher, ob sie das richtige Ziel ansteuerte. »Ich vermute, Svenja hat recht. Die wollten zur Reeperbahn.«

»Das wäre zu einfach! Wir probieren es zuerst mit der HafenCity. Wenn Svenja einen Hinweis findet, wird sie sich schon melden.«

Mio startete den Mercedes. Sie fuhren Richtung Hafen.

»Scheiße, war das knapp«, sagte Theodor Klein. »Hey! Yanni, hörst du mir überhaupt zu?«

»Halt die Klappe. Der Motor stottert, die Lenkung klemmt. Die Karre ist hin.«

»Sie wird noch die paar Meter durchhalten?«

»Was macht unsere Patientin?«

»Schläft! Süß sieht sie aus. Ich werde mal mit dem Chef reden, ob …«

»Nichts wirst du! Bist du verrückt oder lebensmüde?«

»Schon gut, schon gut.«

»Wir müssen die Kiste hier loswerden. Die kennt inzwischen jeder Bulle in Hamburg! Und Entführung, wir stehen ganz oben auf der Fahndungsliste!«

»Fahr rechts ran! Uns kommt die Polente entgegen! Mit Blaulicht!«

»Wo wollen die denn hin? Die rauschen an uns vorbei?«

»Freu dich nicht zu früh! Fahr zu, damit wir weiterkommen.«

Der Toyota startete und quälte sich auf die Straße. Der Grieche hatte zu tun, das Fahrzeug zu beherrschen. Sie erreichten die HafenCity. Das Auto stotterte, aus dem Kühler kam eine Dampfwolke, dann gab es einen Knall, einen Ruck und der Wagen stand.

»Kolbenfresser. Die Kiste ist heiß gelaufen.«

»Es ist nicht mehr weit, vielleicht noch sechshundert Meter. Das laufen wir zu Fuß!«

Die Männer stiegen aus und schoben den hellblauen Toyota in eine Parkbucht. Theodor Klein zog Jessika von der Rückbank und stellte sie aufrecht. Der Grieche schmiss die Autotür zu und unterstützte seinen Kumpel, der bereits vorgegangen war. Jessika hielt sich mehr oder weniger in der Mitte.

»Was ist mit ihr! Können wir helfen?«, fragte ein Passant, der besorgt die junge Frau ansah.

»Nicht erforderlich, sie hatte gestern einen zu viel!«

Alle, bis auf Jessika, lachten.

MONTAG, 26.03.2018, 7:20 UHR, IM MERCEDES:

»Ich habe Angst!«

»Wovor?«, fragte Pit.

»Um Jessika!«

»Verstehe! Ich auch!«

»Und ich glaube, wir suchen an der … da, da ist der Toyota!«, rief Mio.

Sie hielt hinter dem Fahrzeug. Pit war gleich auf der Straße und untersuchte den Wagen. Die Kühlerhaube war heiß, es zischte leise. Der Schlüssel steckte. Auf dem Rücksitz fand er Jessikas Handtasche. Pit stieg wieder ein. »Wir sind richtig! Das Auto hat seinen Geist aufgegeben.«

»Die können hier überall sein«, flüsterte Mio und schaute sich um.

»Sie sind zu Fuß weitergegangen. Fahr zu!«

Das Gespräch mit Svenja dauerte nur zwanzig Sekunden. Mio parkte kurz hinter dem Zollmuseum. Sie liefen die letzten dreihundert Meter.

»Und jetzt?«, fragte Mio.

»Du bleibst hier und wartest auf Svenja und die Polizei. Ich werde vorsichtig die Lage auskundschaften. Und sie sollen die Rückseite abriegeln. Da gibt es ein Treppenhaus«, antwortete Pit und stellte bei seinem Telefon den Ton aus.

»Pit! Sei vorsichtig! Ich habe Angst. Pass auf dich auf. Ich liebe dich!«

»Mach ich!«, flüsterte er, nahm Mio in den Arm und gab ihr einen Kuss. »Ich liebe dich auch!«

Sie wusste, dass sie ihn nicht aufhalten konnte. Es wäre nur zu einem Streit gekommen, den sie verloren hätte.

MONTAG, 26.03.2018, 7:20 UHR, HAFEN, BROOKTORKAI, LAGER-HAUS:

Pit öffnete vorsichtig die Tür zum Treppenhaus. Hier war es ruhig. Die Eisentür zum Erdgeschoss war abgeschlossen. Langsam und behutsam schlich er in den ersten Stock. ›Eine neue Eisentür‹, registrierte Mattes. Sie war verschlossen. Es war der Eingang, durch den Pit die Woche zuvor in Oppenheimers Lager und Labor gegangen war. Die grauenhaften Bilder waren sofort wieder präsent. Er überlegte kurz und stieg behutsam und vorsichtig in den zweiten Stock. Überraschenderweise gab es hier eine Holztür. ›Hafenkontor FO GmbH‹ stand auf dem Emailleschild. Die alte Tür war kein Hindernis. Mit seiner Scheckkarte öffnete er die Eingangstür genauso schnell wie mit einem Schlüssel. Von oben kamen zwei junge Männer entgegen. Sie unterhielten sich angeregt über den HSV. Mattes zog die Tür zu den Geschäftsräumen wieder zu, damit keine Geräusche nach innen gelangten. Die beiden Herren im Businessanzug grüßte er nur mit einem Kopfnicken. Er wartete, bis sie unten das Treppenhaus verließen. Leise schloss er die Holztür hinter sich. Er stand in einem langen Flur und hörte Geräusche aus einem der Räume. Mattes schlich von einer Bürotür zur nächsten. Da, da waren Stimmen.

»Was habt ihr mit dem Luder gemacht?«

»Chef, die hat sich wie verrückt gewehrt. Da haben wir ihr was zum Träumen verpasst.«

»Yanni, sieh zu, dass du sie wachkriegst. Sie soll was davon mitbekommen …« Der Rest wurde durch ein Geräusch überdeckt.

»Bist du verrückt, ihr das Wasser ins Gesicht zu schütten! Du machst ja alles nass hier!«

Pit hörte Jessika stöhnen.

»Klappt aber immer wieder!«

Mattes hörte Polizeisirenen.

»Was ist das?«, kam aus dem Büro.

»Polizei!«, kam von einer dunklen Bassstimme.

»Die fahren bestimmt nur vorbei! Die sind uns eben schon entgegengekommen.«

»Quatsch. Die haben herausbekommen, wo wir sind. Theodor, du nimmst die Kleine und verpasst ihr eine Überdosis und machst dich aus dem Staub. Vincent, Karl und Gerd, ihr haltet uns den Rücken frei. Wo die Waffen versteckt sind, habe ich euch gezeigt. Wir brauchen zehn Minuten, dann verschwindet ihr über das Dach zum Nebenhaus. Das Treppenhaus dort ist immer auf. Yanni, du gehst ins Erdgeschoss und öffnest das hintere Lagertor zum Wasser. Mein Boot steht am Hinterausgang. Ich muss noch eine Sache erledigen, brauche drei, vier Minuten dafür. Dann komme ich runter. Willi, du gehst mit mir. Auf und los!«

Pit erreichte gerade noch das Büro daneben. Und er hatte Glück, dass die Tür nicht verschlossen war. Von innen steckte ein Schlüssel. Pit schloss sich ein. Auf einem Schreibtisch lag eine Rolle Panzertape, die er sich einsteckte.

MONTAG, 26.03.2018, 7:40 UHR, HAFEN, BROOKTORKAI, LAGERHAUS:

Es wurde laut auf dem Flur. Es rumpelte und Leute liefen umher. Pit wusste, wohin sie Jessika bringen wollten. Er schrieb eine SMS an Mio, öffnete ganz vorsichtig die Tür und sah noch, wie ein gedrungener, aber kräftiger Mann, eine zappelnde Jessika hinter sich herzog. Theodor Klein kam nicht im ersten Stock an. Mattes griff ihn auf der Treppe an. Er drehte sich um, dabei musste er Jessika loslassen. Der Schriftsteller verpasste ihm einen Schlag ins Gesicht. Es knackte. Das Nasenbein brach. Theodor Klein schrie auf. Und nachdem er sich vor Schmerz zu Jessika drehte, zog sie ihr Knie an und traf seinen Genitalbereich. Er schrie noch einmal auf und fiel um. Pit nahm Jessika. Sie hatte glasige und verheulte Augen. Er trug sie mehr oder weniger durchs Treppenhaus. Unten standen Mio und Svenja. Draußen wurde geschossen.

»Wir müssen hierbleiben, bis die da oben fertig sind«, erklärte sie. Wieder fielen Schüsse. Darunter war das Knattern eines Maschinengewehrs zu hören.

MONTAG, 26.03.2018, 7:50 UHR, HAFEN, BROOKTORKAI, LAGER-HAUS:

»Passt auf Jessika auf! Ich komme gleich wieder!«, sagte Pit, gab Mio einen flüchtigen Kuss und verschwand im Treppenhaus. Zuerst fesselte er Theodor Klein an den Händen und Füßen mit dem Panzertape. Dann lief er ins Erdgeschoss. Die Tür war nur angelehnt. Mattes verschwand in eine große, fensterlose, schlecht beleuchtete Lagerhalle. Der Lagerraum war leer. An der Stirnseite sah er zwei Tore, die jeweils in angrenzende Räumlichkeiten führten.

Wieder fielen Schüsse. Sie kamen aus dem zweiten Stock. Dann die Gewehrschüsse des mobilen Einsatzkommandos. Die Lautsprecheransage der Polizei konnte man in der Lagerhalle nicht verstehen. Dafür hallte es zu stark. Langsam, gebückt und immer an der Außenwand entlang schlich Mattes auf das rechte Tor zu. Die Flügeltüren standen halb auf.

Er spähte in den angrenzenden Lagerraum. Vorsichtig! Hier standen drei riesige Holzkisten, um Maschinenteile zu transportieren. Den Raum konnte man nicht vollständig einsehen. Er wusste, dass sich der Grieche hier irgendwo aufhielt. Vorsichtig! Mattes ging in die Hocke.

Es knallte. Der Strom fiel aus. Plötzlich war alles finster. Pit blieb stehen, er musste sich erst an die Dunkelheit gewöhnen. Aus dem angrenzenden Lager kam ein Geräusch. Dieser Gebäudeteil hatte nur kleine verdreckte

Fenster. Nur spärliches Scheinwerferlicht drang durch die Luken in den Raum. Da war ein Rascheln. Der Hobbykriminalist setzte sich in die Hocke. Er konnte mittlerweile die Konturen der Kästen erkennen. In gebückter Haltung lief er zur ersten Kiste. Hier blieb er stehen und lauschte. Er konnte ein schnelles Atmen hören. Es war nicht sein eigener. Langsam, ganz langsam rutschte er, ohne ein Geräusch zu machen, zur Ecke. Mattes lag auf dem Bauch und schaute um die Kistenecke. Da sah er ihn. Auch er war in gebückter Haltung. Eine Waffe befand sich in seiner linken Hand. Mattes hielt den Atem an. Der Grieche schlich in seine Richtung. Im Schneckentempo stand Mattes auf. Er quetschte sich an die Holzkiste. Er konnte ihn hören, ihn spüren. Dann sah er die Hand mit der Waffe. Pit ergriff den Colt und drückte ihn mit voller Kraft gegen die Kistenkante. Der Grieche schrie auf und ließ den Revolver los. Mattes holte aus und traf ihn ganz klassisch unter seinem Kinn. Er sackte zusammen und blieb liegen. Der Schriftsteller fixierte den Mann, der auf dem Rücken lag, mit dem Knie.

»Okay, das war's!«, ergab er sich.

Mattes ließ ihn frei, stand auf, hob den Revolver auf und untersuchte ihn. Es waren keine scharfen Patronen in der Waffe. Im ersten Lagerraum hörte man Schritte. Mehrere Personen, die liefen. Lichtkegel von Taschenlampen huschten durch den Raum.

Der Grieche stand auf. Er griff in seinen Gürtel und zog eine weitere Pistole. Mattes war sofort da und wollte ihm die Waffe abnehmen.

»Ist auch leer!«, kam von ihm. Er wollte die P8 von Heckler & Koch an Mattes übergeben.

In diesem Moment ging das Licht an. Zwei Polizisten in Schutzkleidung und Helm standen in der Tür. Einer schoss sofort. Der Grieche sackte zusammen. Mattes fing ihn auf und legte ihn auf den Fußboden. Blut drang aus der Wunde in seiner Brust.

»Ich habe Sie in dem Antiquitätenladen gesehen. Dann in der Zeitung. Da spürte ich, dass wir das Spiel verloren haben. Oppenheimer hat uns hier in die Falle geschickt. Ich ahnte es«, röchelte er. Mattes beugte sich zu ihm hinunter. »Bleiben Sie ruhig, gleich kommt Hilfe!«

»Ich will nicht in den Knast! Ich habe alles geregelt und vorgesorgt. An meinen Hals ist ein Schlüssel. Nehmen Sie ihn. Den zweiten und dritten haben meine Frauen. Im Wohnzimmer im Regal steht die silberne Box dazu. Nur mit den drei Schlüsseln öffnen, sonst PENG! In der Kiste sind genug Beweise, die Oppenheimer für Jahre …«, röchelte er. Er starb.

Mattes nahm den Schlüssel an sich, richtete sich auf, hob die Pistole und den Revolver auf und verließ das Gebäude.

Draußen stand Kriminalhauptkommissar Schneider mit dem Einsatzleiter des MEK. Pit Mattes schlurfte auf sie zu, drückte ihnen die beiden Waffen in die Hände und zockelte, ohne was zu sagen, weiter zum Rettungswagen. Jessika saß auf einem Sessel im Fahrzeug. Sie hatte etliche Schürfwunden und blaue Flecken. Mio nahm Pit in den Arm. Sie standen einen Augenblick eng umschlungen vor dem Rettungswagen. Pit wischte Mios Tränen ab und schaute zu Jessika.

»Pit, mir geht es gut! Mir ist bloß so fürchterlich schlecht. Und die Birne brummt.«

»Das kommt von den Drogen, die sie bekam. Wir nehmen sie mit und behalten sie unter Beobachtung«, sagte der Unfallarzt. Mattes nickte nur und hob den Daumen Richtung Jessika. Der Arzt gab das Zeichen zum Aufbruch.

»Bitte, fasst das Schwein!«, rief Jessika, bevor die Tür geschlossen wurde.

»Pit, ich fahre hinterher«, kam von Svenja. Pit nickte und hob die Hand. Mio nahm ihn an die Hand. Sie trotteten zum Einsatzwagen der Polizei.

»Es ist vorbei«, begrüßte Kriminalhauptkommissar Schneider die beiden. »Wir haben sie! Einer ist mit dem Motorboot geflohen, die Wasserschutzpolizei kümmert sich darum.«

»Das wird Oppenheimer sein. Er sprach davon, mit dem Boot zu verschwinden.«

Der Einsatzleiter kam aus dem Gebäude. Er sah mitgenommen aus. »Kommen Sie! Setzen Sie sich in den Bulli, hier ist es kalt.«

»Wie sieht es aus?«, wollte Schneider wissen.

»Im Gebäude liegen drei Tote. Theodor Klein und Gerd Fleischmann wurden verhaftet und eine Person ist flüchtig.«

»Mm!«, kam von Pit.

Der Einsatzleiter schaute Mattes fragend an. Schneider sah von seinem Mobiltelefon auf.

»Da fehlt noch einer! Ja – bestimmt – ich bin mir ganz sicher! Oppenheimer hatte ihn Willi genannt.«

Der Einsatzleiter griff zu seinem Sprechfunkgerät und öffnete die Schiebetür vom Bulli. »Sie bleiben hier!«, befahl er und verschwand Richtung Lagerhaus. KHK Schneider schloss die Wagentür wieder und verteilte heißen Kaffee aus einer Thermoskanne. Es dauerte zehn Minuten, dann kam der MEK-Mann zurück. »Wir haben eine neue Situation. Die Wasserschutzpolizei hat das Motorboot gestoppt. Sie haben einen Wilhelm Schwarz festgenommen.«

»Dann muss Oppenheimer noch im Gebäude sein«, schlussfolgerte Mio und Pit nickte mit dem Kopf.

»Wir durchsuchen gerade die anderen Stockwerke.«

Mattes versank in seinen Sitz. Er schloss die Augen und grübelte. Er ging die Situation durch, die sich im Flur im zweiten Stock abspielte: ›Zuerst rannten die drei Männer an der Bürotür vorbei. Das waren bestimmt Vincent, Karl und Gerd. Dann schlurfte ein schwerer Mann über den Flur, die Holzbohlen knarrten. Das kann nur der Grieche gewesen sein. Zuletzt hatte ich Theodor Klein mit Jessika gehört. Denen folgte ich. Oppenheimer und Willi waren also noch im großen Büroraum‹, überlegte Mattes.

»Herr Mattes, ist Ihnen nicht gut? Trinken Sie den Kaffee, das hilft. Noch ist er warm!«

»Nein, lassen Sie Pit. Der denkt nur nach. Das dauert einen Augenblick«, warf Mio ein.

»Ja! Ich hab's! – Oppenheimer ist noch im zweiten Stock. Er versteckt sich dort. Suchen Sie nach einem Versteck oder einer Kammer.«

Pit hatte noch nicht zu Ende gesprochen, da verließ der MEK-Chef das Fahrzeug. Er sprach etwas in sein Funkgerät und rannte zum Gebäude. KHK Schneider schloss die Tür.

MONTAG, 26.03.2018, 8:45 UHR, HAFEN, BROOKTORKAI, IN MATTES' AUTO:

Oppenheimer wurde festgenommen. Er hielt sich in einem Versteck hinter einem Aktenregal auf. Der Einsatz wurde beendet. Die Spurensicherung rückte an und nahm ihre Arbeit auf. Das erfuhren Mio und Pit auf ihrem Weg nach Eppendorf. Pit wollte sich umziehen und Mio fror und hatte Hunger. Sie steuerte den GLK. Von unterwegs telefonierte er mit Svenja und berichtete über den aktuellen Stand. Sie erzählte, dass es Jessika gut ging und dass sie schlief. Der NDR berichtete im Autoradio, dass Peter Tschentscher zum neuen Bürgermeister in Hamburg gewählt wurde. Erst ganz zum Schluss erwähnten sie die Schießerei in der HafenCity und die Verhaftung eines Drogenbosses.

Mio und Pit verließen ihre Wohnung nach einem ausgiebigen Frühstück. Mio setzte sich wieder hinter das Steuerrad und lenkte den Mercedes zum Zollamt. Svenja war bereits dort und hatte umfassend von der Befreiungsaktion erzählt. Dann berichtete sie, dass Jessika okay ist und voraussichtlich zum Abend nach Hause kann. Pit übernahm die Moderation und fasste alle Faktoren zusammen.

Torben meldete sich zu Wort: »Ich habe auch was zu berichten. Mithilfe der Polizeischule bin ich auf Containerjagd gegangen. Am Freitagnachmittag fingen wir an und haben das ganze Wochenende durchgearbeitet. Eines möchte ich vorwegnehmen. Die Jungs und Deerns waren super. Sie haben einen tollen Einsatz gezeigt und so viel Kreativität wünschte ich mir in allen unseren Polizeidienststellen. Aber kommen wir zum Ergebnis: Wir haben über Hamburg ein Gitternetz gelegt und sind mithilfe von Luftaufnahmen, die der Polizeihubschrauber gemacht hatte, die einzelnen Planquadrate durchgegangen. Anhand der Luftbildaufnahme ermittelten wir dreiundsechzig Container-Positionen, an denen ein Drogenlabor möglich wäre. Gestern, am Sonntag, haben wir neunzehn Plätze mit einer Drohne überflogen und gefilmt. Am Abend werteten wir die Aufnahmen aus. Es blieben von den neunzehn Standorten vier übrig. Diese vier Positionen stehen seit Mitternacht unter ständiger Beobachtung. Christel leitet den Einsatz. Sobald an den Orten was passiert, wird sie sich bei mir oder Svenja melden. Falls sich bis achtzehn Uhr nichts ereignet, werden wir die Container stürmen.«

»Wow!«, rief Petra.

»Wo liegen die Standorte?«

»Auf diese Frage bin ich vorbereitet«, antwortete Torben und projizierte einen Stadtplan an die Wand. Man sah die Planquadrate. Einige waren leicht gelb unterlegt. Vier

Kreise markierten die Standorte. »Die gelben Quadrate sind von uns untersucht worden.«

»Was ist mit den anderen Möglichkeiten?«

»Die Suche geht weiter. Seit heute Vormittag setzen wir drei Teams mit jeweils einer Drohne ein. Die Filme werden sofort ins Polizeipräsidium übertragen und dort ausgewertet. Leider hatten wir bis zehn Uhr starken Nebel, sodass die Fluggeräte nicht fliegen konnten. Und noch was, dieses Gebiet hier um den Flughafen dürfen wir mit der Drohne nicht überfliegen. Den Standort hier …«, Torben zeigte auf einen Kringel am Flugplatz, »… will Christel persönlich übernehmen. Sie wohnt dort in der Nähe.«

»Ihr macht einen guten Job!«, kommentierte Pit.

»Das werden wir sehen, wenn wir den Container gefunden haben.«

»Nein – ihr habt ein gutes Konzept und ermittelt schnell und professionell.«

»Danke, Pit. Ich werde dein Lob weitergeben!
Ich zeige euch gleich die vier Filme, die die Drohne aufnahm.«

Pits Telefon klingelte. Es war Kriminalhauptkommissar Schneider. Pit hob die Hand und nahm das Gespräch entgegen.

»Schneider hier. Herr Mattes, ich möchte Ihnen ein Zwischenergebnis geben.«

»Einen Moment, Herr Schneider, ich schalte mein Gerät auf laut. Wir sind in unserer Einsatzbesprechung.«

»Okay, hallo in die Runde. Ein paar Fakten zum Fall von heute Morgen: Bei dem Einsatz kamen Karl Schmidt und Yanni Michelakakism, der Grieche, ums Leben. Theodor Klein, Wilhelm Schwarz und Franz Jörg Oppenheimer wurden festgenommen und der Staatsanwaltschaft übergeben. Vincent Pierno liegt verletzt im Krankenhaus.«

Pit bedankte sich beim Kriminalhauptkommissar und legte auf. Eine Pause entstand.

Torben startete die vier Filmsequenzen. Pit fiel in Gedanken. Er konzentrierte sich auf die örtlichen Gegebenheiten. Dann stand er auf.

»Zeige noch mal den Stadtplan«, forderte er Torben auf. »Hier diese Standorte ...«, Pit zeigte mit dem Finger auf drei Kreise auf dem Stadtplan, »... halte ich für unwahrscheinlich. Da ist viel zu viel Aufmerksamkeit rundherum. Aber dieser hier, an der Autobahn ist möglich. Ja – sogar wahrscheinlich. An der A7 wird der Tunnel gebaut. Da treffen viele Gewerke aufeinander. Da fällt ein Bürocontainer mehr oder weniger nicht auf. Kannst du den passenden Film noch einmal zeigen?«

Torben zeigte den Film, den die Drohne aufgenommen hatte.

»Stopp! – Halt – stopp den Film. Genau! Unauffällig genug, fast schon versteckt zwischen den anderen Gerätschaften. Seht ihr – hier – es gibt keinen direkten Zugang zur Baustelle und die Anfahrt kann von zwei Seiten erfolgen. Dazu kommt die Nähe zur Autobahn. Perfekt für ein Versteck.«

»Wir werden es spätestens heute Abend wissen! Ich persönlich halte den Standort am Schanzenviertel für unseren Kandidaten. Aber wir werden es sehen.«

»Okay, was liegt sonst noch an?«, fragte Pit.

»Pit, ich würde mich heute gerne um Jessika kümmern. Ich nehme meinen Laptop mit und bin auch jederzeit erreichbar«, sagte Svenja.

»Natürlich, benutze das Auto, dann bist du wesentlich flexibler.«

»Rolf und ich verfolgen noch die Spur vom roten LKW und dann haben wir von Torben die Ermittlung zum grauen Rover und dem blauen Porsche Cayenne übernommen. Svenja hat mir dazu einen Zettel auf den Tisch gelegt, dass der Cayenne mit 85 km/h auf der Kieler Straße geblitzt wurde. Passt zu deiner Theorie mit der A7!«

»Danke. Ich möchte die beiden Frauen vom Griechen besuchen. Will mich jemand begleiten?«

Es wurde still im Raum.

»Ich komme mit!«, sagte Mio. Pit nickte ihr zu.

MONTAG, 26.03.2018, 15:00 UHR, OTTENSEN, YANNI MICHELA-KAKISMS WOHNUNG:

Bevor Mio und Pit nach Ottensen fuhren, telefonierte er eine halbe Stunde mit Christel. Er wollte sie unbedingt auf dem Laufenden halten und sie in die Ermittlungen einbinden.

»Mein Name ist Pit Mattes und das ist Mio Takahashi. Bin ich hier richtig bei Michelakakism?«, sagte Pit, nachdem eine Frau die Tür öffnete.

»Ja, wir haben Sie erwartet. Kommen Sie herein. Mein Name ist Tatiana Marinos und das ist meine Schwester Amalia.« Die beiden Schwestern gingen vor ins Wohnzimmer. Mio schätzte sie auf fünfunddreißig und knapp unter vierzig Jahre. Sie kamen am Schlafzimmer vorbei. Das Bett war für drei Personen hergerichtet. Mio knuffte Pit an, während er neugierig dort hineinschaute.

»Was dürfen wir Ihnen anbieten? Tee, Kaffee?«

Mio und Pit wählten Tee.

»Yanni hat uns seit einer Woche auf diesen Tag vorbereitet. Wir wissen, was zu tun ist und wir werden in Zukunft keine Probleme haben. Aber einfach ist es nicht.«

»Ja – verständlich. Sie lebten zu dritt hier?«

»Nein, zu viert. Mein Sohn, er ist jetzt drei Jahre alt, ist auf einem Kindergeburtstag in der Nachbarschaft«, erklärte Tatiana, die jüngere der Schwestern.

»Sie werden sich bestimmt wundern über unser Zusammenleben. Ich erzähle Ihnen unsere Geschichte: Vor zwanzig Jahren lernte ich Yanni kennen. Schon drei Tage später zog ich bei ihm ein. Meine Schwester geriet vor dreieinhalb Jahren in Berlin in Schwierigkeiten mit einem gefährlichen Typen. Yanni klärte das und holte Amalia nach Hamburg.«

»Ich war damals schwanger. Als mein Sohn geboren wurde, erkannte Yanni die Vaterschaft an.«

»Und ich bin jetzt in guter Hoffnung. Unsere Kinder werden ohne Vater aufwachsen.«

»Verstehe!«

»Herr Mattes, Yanni hatte vorhergesagt, dass Sie hier vorbeikommen werden und seinen Schlüssel mitbringen. Haben Sie den von ihm bekommen?«

»Ja, habe ich. Ich war bei ihm, als er starb.«

»Haben Sie ihn getötet?«

»Nein!«

»Entschuldigen Sie, aber wir mussten das wissen. Yanni sprach gestern von Ihnen. Er nahm an, Sie würden ihn erschießen.«

»Nein, ich besitze keine Waffe.«

»Danke! Danke – Herr Mattes.«

Pit überbrückte die entstandene Stille, indem er einen Schluck Tee trank. Mio nahm seine Hand.

»Haben Sie den Schlüssel dabei? Dann können wir die Silberbox öffnen.«

Pit holte den Schlüssel aus seinem Portemonnaie und übergab ihn Tatiana, während Amalia die Box aus dem Regal holte. Die beiden Frauen trugen ihre Schlüssel an einer Kette um ihren Hals. Tatiana schloss die silberne Kiste auf. Obenauf lag ein verschlossener Brief an Tatiana und Amalia adressiert. Darunter viele Bilder, Zettel, Dokumente. Im Deckel der Kiste befanden sich ein Zünder und ein Glasbehälter mit einer Flüssigkeit.

»Der Brief ist für uns, und der Rest ist für Sie!«, sagte Amalia und nahm den Umschlag an sich.

»Das Ding im Deckel ist gefährlich. Im Glasbehälter ist Säure. Yanni hat gesagt, dass Sie die Kiste haben sollen, sie gehört Ihnen, sie ist aus reinem Silber.«

Mio und Pit blieben noch eine Stunde bei den Frauen. Amalia las den Brief vor und Mio und Pit versprachen, zur Beerdigung zu kommen.

Bevor die beiden in ihr Auto stiegen, baute Mattes den Zünder aus und sicherte den Säurebehälter. Mio hatte kein gutes Gefühl mit dem Ding im Kofferraum.

»Wo bringen wir das hin?«

»Ins Polizeipräsidium, ich sage Christel Bescheid.«

Mio fuhr auffällig vorsichtig und verhalten.

»Pit, der Grieche, hatte seinen Tod geplant. Er wollte, dass du ihn erschießt.«

»Er wollte nicht ins Gefängnis. Ich hatte keine Waffe bei mir. Ich nahm ihm seinen leergeschossenen Revolver ab. Dann holte er eine Pistole aus dem Gürtel. Er wollte sie mir übergeben. Der Polizist, der den Raum betrat, schoss sofort, weil er annahm, dass der Grieche die Waffe benutzen wollte.«

Christel nahm die Dokumente entgegen. Ein Sprengmeister packte den Zünder und die Säure in eine Kiste und verabschiedete sich. Mio atmete auf, nachdem er weg war. Sie schauten sich die Unterlagen eine gute Stunde an.

»Das reicht für zig Jahre! Diese Dokumente hier bringen Oppenheimer für den Rest seines Lebens hinter Gittern. Die Staatsanwaltschaft bekommt vor Freude feuchte Augen!«, kommentierte Christel die Unterlagen.

»Noch was Pit, die Container-Aktionen sind auf morgen früh verschoben worden. Alle vier Standorte werden zur gleichen Zeit untersucht. Schneider und sogar Biestmann sind mit dabei. Einen genauen Zeitplan habe ich aber noch nicht. Ich binde euch ein.«

Mio und Pit verabschiedeten sich und fuhren nach Eppendorf. Die Silberkiste behielt Pit auf seinem Schoß.

MONTAG, 26.03.2018, 19:15 UHR, EPPENDORF, MIOS UND MATTES' WOHNUNG:

Der Schriftsteller setzte sich an seinen Schreibtisch und schrieb am Skript. Mio kam mit ihrem Bürostuhl ins Büro und setzte sich zu ihm. Sie diskutierten den Fall.

Um neunzehn Uhr fünfzehn ging Pit in die Küche und kochte Wasser für Kaffee und Tee. Der Tee war noch nicht fertig, als das Telefon klingelte. Christel rief an: »Hallo, ihr beiden! Ich hoffe, ich störe euch nicht. Ich möchte nur einige Ermittlungsergebnisse und Beobachtungen zu den vier Containern übermitteln, die wir seit Mitternacht im Fokus haben. Ich sprach eben mit Svenja, sie ist bei Jessika zu Hause und machte gerade für sie das Abendbrot.

Also zum ersten Container-Kringel auf der Karte: Der Bürocontainer gehört einer Baufirma aus Heide, die das anliegende Gebäude saniert. Heute gab es dort keine Aktionen. Keiner kam und keiner ging.

Der zweite Container-Kringel ist auch schnell abgehandelt. Die Box gehört dem Ingenieurbüro ›Plan&Bau‹ aus Hamburg. Beobachtet wurde ein Elektriker, der die Stromversorgung und dann die Heizungsanlage in Betrieb nahm. Um sechzehn Uhr kam der Firmenchef und brachte Baupläne und Aktenordner. Er war zehn Minuten im Container.

Der dritte ist offiziell nicht mehr in Gebrauch. Er wurde vor vierzehn Tagen geräumt. Dort hatten sich ein paar Obdachlose eingenistet. Wir haben heute Abend den Container geräumt. Rauschgift wurde nicht gefunden.

Kommen wir zum letzten Container an der A7. Er gehört einer Baugesellschaft, die am Tunnelbau beteiligt ist. Laut den Unterlagen der Baubehörde ist das ein Aufenthaltsraum für die Straßenbauarbeiter. Am Vormittag wurden dort Getränke und Verpflegung angeliefert. Auch diesen Container-Kringel können wir vergessen. Ich hoffe, dass wir mit den Kommenden mehr Glück haben.«

»Verstehe. Danke, Christel. Wir wünschen dir einen schönen Feierabend.«

Pit legte auf. Es ließ sich in seinen Bürosessel zurückfallen und überlegte.

»Damit ist deine Prognose und Theorie widerlegt und nicht eingetroffen«, lästerte Mio.

»Ja, sieht so aus. Hätte aber gut gepasst.«

Mio stand grinsend auf, ging in die Küche und holte den Tee. Als sie mit den Bechern im Büro ankam, war Pit fest in seine Gedanken vertieft. Sie knuffte ihn freundschaftlich. Er erschrak, sah Mio und lächelte. Dann sah er den Tee und lachte laut auf. Pit nahm den Becher entgegen und trank vorsichtig einen Schluck.

»Oh!«

»Heiß?«

»Ich bin mir nicht sicher!«

»Du merkst doch, ob der Tee zu heiß ist oder nicht?«

»Nein – Mio – ich bin mir nicht sicher, aber so schnell schmeiße ich meine Theorie vom Container an der A7 nicht über den Haufen«, freute er sich und griff nach dem Telefon. »Der Tee ist übrigens gut. Und er ist nicht zu heiß!«

»Moin, Christel, bist du auf dem Heimweg?«

»Ach, du bist es, Pit. Nein, noch nicht, aber in zehn Minuten bin ich hier weg.«

»Ich habe zum A7-Container ein paar Fragen. Wurden Foto-Aufnahmen gemacht bei der Beobachtung? Und wie viele Bauarbeiter besuchten den Aufenthaltsraum und wie lange waren sie dort?«

»Das ist einfach zu beantworten. Aufnahmen wurden gemacht. Ich schicke sie dir gleich. Und Bauarbeiter waren heute nicht dort, da sie alle zu einer Betriebsversammlung waren.«

»Okay, verstehe! Das bedeutet, es kamen nur der Getränkemann und der Lieferant mit Verpflegung zum Container?«

»Nein, der Getränkelieferant brachte auch die Nahrungsmittel.«

»Wozu brauchen die was zu essen, wenn sie zur Betriebsversammlung gehen?«, warf Mio ein.

»Auf den Fotos kann man erkennen, wie Getränkekisten ausgeladen wurden und zwei Kartons. Irgendwas von Fisch steht darauf!«

»Ja! Ich sehe das«, sagte Pit, der die Bilder empfangen hatte und sie sich anschaute. »Ja – Fisch aus der Fischgroßhandlung Marina«, rief Pit und grinste wieder.

»Und der Fahrer ist unser Herr Magnús Áki. Den kennen wir schon!«, fügte Mio hinzu.

Pit nahm noch einen großen Schluck vom Tee und erzählte Christel, was sie in der Fischhandlung erlebt hatten.

»Wow, Pit! Das bedeutet, dass wir wissen, wie das Zeug nach Hamburg kommt, und wir, wir – und wir – wir haben den Container!«

»Die Wahrscheinlichkeit ist hoch! Ja, so bei sechsundachtzig Prozent«, kam von Pit, nachdem er kurz überlegte.

»Den nehmen wir uns heute noch vor. Ich rede mit Biestmann, er wollte unbedingt dabei sein. – Pit, Mio, ich melde mich bei Euch!«

»Mensch, Schatz! Du gibst nicht auf!«, flüsterte Mio und streichelte ihn. »Dann kommen wir heute wohl nicht rechtzeitig ins Bett«, hängte sie noch an.

Fünfzehn Minuten nach dem Gespräch bekam Pit eine SMS von Christel. ›*Treffen um 20:30 Uhr Kieler Straße bei der Zufahrt zum Container. CK‹.*

Mio, die mit einem Einsatz gerechnet hatte, war bereits umgezogen. Sie zogen sich ihre dicken Jacken an und verließen die Wohnung. Mio fuhr, und sie erreichten zehn Minuten zu früh den verabredeten Platz. Biestmann stand dort schon und rauchte.

»Oh, das trifft sich gut, Herr Mattes. So lerne ich Ihre Geheimwaffe mal kennen!«, sagte er, während er den beiden entgegenkam und sie begrüßte. Mattes stellte Mio Takahashi vor und fragte nach der aktuellen Situation.

»Frau Kurzmann und Herr Gerold, der Einsatzleiter vom mobilen Einsatzkommando, leiten die Aktion. Wir sind die Zuschauer. Frau Kurzmann ist übrigens schon da. Wir warten noch auf das MEK.«

»Ich gehe davon aus, dass Christel an der entgegengesetzten Zufahrt ist«, warf Mattes ein.

»Richtig! Sie wartet dort auf … Da sind sie ja!«, sagte Biestmann und zeigte auf den Mannschaftswagen, der von der Kieler Straße abbog. Dem Mercedesbus folgte ein Bulli. MEK-Einsatzleitung stand darauf. Herr Gerold begrüßte Frau Takahashi, Herrn Biestmann und Mattes. Er fragte nach Frau Kurzmann. »Die ist an der anderen Zufahrt«, erklärte Biestmann.

»Herr Gerold«, fing Mattes an. »Der Porsche dort drüben, mit dem Segeberger Kennzeichen, ist ein gesuchtes Fahrzeug. Nach dem Fahrer, es ist Ned Kelly, wird gefahndet. Der hält sich wahrscheinlich im Container auf.«

»Ah, verstehe«, kam von ihm, bevor er zu seinen Leuten ging und sie für die Aktion einteilte. »Stehen Sie bitte hier nicht herum, setzen Sie sich in den Einsatzwagen. Danke!«, rief er Mio, Biestmann und Mattes zu und zeigte auf den blauen Bulli.

Die drei gingen zum Einsatzwagen und konnten beobachten, wie die Leute vom MEK in voller Montur, mit Schutzhelm, Bewaffnung, Rammbock und so weiter, auf den Container zuliefen. Der Fahrzeugführer vom Einsatzwagen, der zurückgeblieben war, schenkte heißen Kaffee aus. Sie konnten den Sprechfunk im Fahrzeug mitverfolgen.

Die Aktion dauerte keine fünf Minuten. Es wurden fünf Personen festgenommen, ungefähr achthundert Kilogramm reines Kokain, zweihundertdreißig Tütchen mit gestrecktem Kokainpulver und etliche andere Drogen sichergestellt. Biestmann, Mio und Pit durften den Container kurz besichtigen. Unter den festgenommenen Personen war Magnús Áki. Seinen Getränketransporter fanden die Polizeibeamten dreihundert Meter weiter an der gegenüberliegenden Zufahrt zum Container. Ned Kelly war nicht dabei. Pit sprach nur kurz mit Christel. Sie hatte nur wenig Zeit. Sie verabschiedeten sich. Auf dem Weg zu ihrem Auto erkannten Pit und Mio, dass der Porsche Cayenne nicht mehr dort stand. Mattes ärgerte sich. Der kalte Ostwind war unangenehm. Er merkte nicht, dass er so langsam durchfror.

19

»Moin zusammen!«, rief Pit in die Dienststelle, nachdem er mit Mio dort ankam. Alle waren schon im Besprechungsraum versammelt. Sogar Christel verweilte an diesem Morgen im Zollamt. Jessika kam aus dem Beratungsraum und fiel zuerst Pit, dann Mio um den Hals. »Danke, danke«, schluchzte sie.

Svenja war über Nacht bei Jessika geblieben. Um halb sieben schickte sie eine SMS an Pit. So fuhr er mit Mio im eigenen Auto zum Zollamt.

Ausführlich berichtete der Schriftsteller von der Container-Aktion. Danach ergänzte Christel: »Wir haben die fünf festgenommenen Personen gestern Abend noch verhört. Dabei erfuhren wir, dass der Container seit vierzehn Tagen dort steht und als Lager und Labor diente. Ned Kelly und Rosario Tedesco, der Italiener, waren ab neunzehn Uhr dort. Sie gingen, kurz bevor wir eintrafen, nach draußen, um zu rauchen. Wir fanden in der Aktentasche von Kelly eine Kahr K40 und im Parka von dem Italiener eine Beretta 92. Leider sind diese beiden Personen noch flüchtig.« Anschließend las Christel die Liste der beschlagnahmten Drogen und Waffen vor.

Beim zweiten Thema ging es um Jessikas Entführung. Sie berichtete, was vorgefallen war. Pit ergänzte: »Heute Morgen telefonierte ich mit Kriminalhauptkommissar Schneider: Oppenheimer wurde der Staatsanwaltschaft übergeben. Mit den Beweisen, die der Grieche gesammelt hatte, wird er einige Jahre sitzen. Vincent Pierno, ein gesuchter Auftragskiller, starb im Krankenhaus. Mit der

Waffe, die er bei sich trug, wurden Ben Mosner und Helmut Bretz alias Petro getötet. Alles andere habe ich euch gestern erzählt.«

Petra meldete sich und berichtete: »Torben, ich, acht Kriminalpolizisten von der Spurensicherung und die Kollegen von der Rauschgiftabteilung mit ihren Hunden waren gestern früh bei der Fischgroßhandlung Marina. Der komplette Lagerbestand wurde kontrolliert. Da es für Tiere und Menschen dort recht kalt war, brauchten wir den ganzen Nachmittag. Wir wissen, dass Kokain dort war, haben allerdings nichts gefunden. Übermorgen kommt ein weiterer Container, den wir genauestens untersuchen werden.«

»Verstehe! Damit haben wir die Bestätigung, dass das kolumbianische Kokain über Nuuk nach Hamburg kam«, sagte Pit.

»Genau! Pit, du hast uns auf die richtige Fährte gebracht. Wieder einmal! Ich habe heute Morgen mit den Kollegen in Nuuk telefoniert. Die fielen aus allen Wolken«, ergänzte Petra und musste dabei lachen.

»Pit, der Polizist aus Irland hat sich nicht bei mir gemeldet. Christel weiß auch nicht, wo er sich aufhält«, berichtete Svenja und Christel nickte zustimmend.

»Ich habe noch eine Kleinigkeit«, begann Christel. »Das Schiff, das wir im Hafen beobachteten, hat Gesellschaft bekommen. Ein italienisches Segelschiff hat dort festgemacht. Wir trafen gestern an Bord keine Person an. Ich ging an Bord und untersuchte den Segler und habe aber nichts Außergewöhnliches gefunden. Wir mussten gestern Abend wegen Personalmangel die Beobachtung im Hafen einstellen.«

»Ich habe heute die Unterlagen zum Italiener aus Neapel bekommen«, startete Svenja und zog einen Zettel aus ihrem Stapel hervor. »Name: Rosario Tedesco, Spitzname: Rosa, Alter: fünfundfünfzig; Größe: ein Meter fünfundfünfzig; schwarzes Haar und schwarze Augen; italienische

Staatsangehörigkeit. Er hat Pyrotechnik gelernt und wird von der italienischen Polizei wegen Drogenhandel und Körperverletzung gesucht. Er ist in Neapel gemeldet und besitzt mehrere Sport- und Segelboote.«

»Ah, daher weht der Wind!«, rief Rolf.

»Ja! Ich werde nachher zum Hafenmeister gehen und mir die Anmeldung anschauen.«

Pit schaute Svenja verdutzt an. »Ach so, Pit. Jessika und ich haben für heute unsere Rollen getauscht.«

»Das wollte ich vorhin mit dir besprechen. Ich würde gerne heute Innendienst machen.«

»Einverstanden!«

Rolf meldete sich: »Die Autovermietung in Segeberg hat sich bei der Polizei gemeldet. Am Freitagabend brachten zwei Rentner den Rover zurück. Das Polizeikommissariat in Segeberg nahm die Personalien der beiden auf. Ich habe sie zur Anhörung für heute elf Uhr vorgeladen.«

»Oh, interessant! Da möchte ich dabei sein.«

»Kein Problem!«

DIENSTAG, 27.03.2018, 11:00 UHR, ZOLLAMT WALTERSHOF, FINKENWERDER STRAßE, BEFRAGUNGSRAUM:

Die beiden Senioren waren über eine halbe Stunde zu früh im Zollamt. Mio brachte sie in den Befragungsraum und versorgte sie mit Kaffee. Jan Baumann war mittelgroß, nicht gerade schlank, trug eine Klapphose und ein Finkenwerder Blouson, darüber einen dunkelblauen Troyer. Den achtundsechzigjährigen Seemann schmückte ein weißhaariger, gepflegter Vollbart. Er war der Raucher. Die Packung Marlboro legte er auf den Tisch. Klaas Schieber, der zweite Senior, der für Ned Kelly auf Beobachtungsposten stand, war siebzig Jahre alt und genauso wie Jan Baumann zur See gefahren. Auch er trug einen Bart und wollte seinen Colani nicht ausziehen.

Das Gespräch oder die Befragung, woran sich Mio und Rolf beteiligten, war mehr als amüsant. Sie hatten ihren

Auftraggeber nie kennengelernt. Das Auto bekamen sie von einer hübschen und jungen Frau. Sie hatten lediglich eine Telefonnummer. Dort gaben sie ihre Beobachtung ab und bekamen neue Aufträge. Pit musste grinsen, während sie erzählten, dass er auch von ihnen observiert wurde. Nach einer dreiviertel Stunde verließen sie wieder das Zollamt.

DIENSTAG, 27.03.2018, 12:00 UHR, ZOLLAMT WALTERSHOF, FINKENWERDER STRAßE:

Zufrieden setzten sich Pit und Mio ins Foyer. Sie saßen dort nicht lange. Pit hatte noch nicht einmal seinen Tee ausgetrunken, als Svenja anrief: »Pit, ich haben den Italiener aufgespürt.«

DIENSTAG, 27.03.2018, 13:00 UHR, HAFEN:

Mio und Pit erreichten die Landungsbrücken und bogen in die Straße Vorsetzen ab. Kurz vor dem Sir William Lindley Denkmal fand Mio einen freien Parkplatz. Pit beobachtete, wie ein Cayenne, der im Halteverbot stand, abgeschleppt wurde. Das Fahrzeug hatte ein Segeberger Kennzeichen.

Fast gleichzeitig verließen Mio und Pit den GLK und überquerten die Straße. Svenja telefonierte mit der Polizeiwache vierzehn. Sie forderte Verstärkung an. Rechts von Pit lief Mio und links Svenja. Sie erreichten die Treppen zum Sportboothafen. Pit zeigte auf das italienische Sportboot, das schräg hinter dem Feuerschiff lag. Sie erreichten das Restaurantschiff und liefen den Bootssteg hinter dem Schiff weiter. Jetzt waren sie nur noch fünfzig Meter von ihrem Ziel entfernt. Fünf Personen verließen das italienische Segelboot und kamen ihnen entgegen. Zwei von ihnen hantierten aggressiv mit Ketten herum.

»Der Rechte ist Ned Kelly.«

»Und der zweite von links ist der Italiener«, ergänzte Pit.

»Na ja, dann sind wir hier richtig. Ich weiß nicht warum, aber Pit hatte recht«, sagte Svenja.

»Das kenne ich schon länger! Übrigens, die beiden rechts gehören mir«, kam von Mio.

»Mir die beiden Linken«, entgegnete Svenja.

»Na, findet ihr das richtig? Ich bin der Ältere und bekomme nur einen?«

»Ja!«, kam von den beiden Frauen gleichzeitig.

»Okay, dann gehen wir mal sie einsammeln«, scherzte Pit.

Sie rannten nicht weiter, sondern blieben nebeneinander stehen.

Die fünf näherten sich bis auf fünf Meter. Der Bootssteg war an dieser Stelle so eng, dass sie nicht nebeneinander stehen konnten. Zwei Kerle bildeten notgedrungen eine zweite Reihe.

»Polizei!«, rief Svenja. »Ich verhafte Sie wegen Körperverletzung und Drogenhandel. Lassen Sie die Ketten fallen und kommen Sie nacheinander zu mir herüber.«

»Svenja, hast du genügend Handschellen oder so was Ähnliches mit?«, flüsterte Mio leise.

»Ich glaube nicht, dass die Knaben sich freiwillig mit Handschellen ausstaffieren lassen.«

Sie hatte ihren Satz noch nicht beendet, da schoss der Mittlere aus der ersten Reihe vor.

»Meiner!«, sagte Pit und ging einen Schritt rückwärts.

Der Knabe war verblüfft und stürzte zwischen Mio und Svenja durch. Pit packte ihn am Arm und nutzte den Schwung, den der einhundertdreißig Kilo schwere Kerl mitbrachte. Pit drehte ihn zur Seite. Platsch! Bei zwei Grad Lufttemperatur und drei oder vier Grad im Wasser ist so eine feuchte Erfrischung ernüchternd.

»Der Nächste bitte!«, rief Mio.

Die vier liefen los. Zuerst packte Svenja den Italiener mit der Kette am Arm. Die Ketten konnte er nicht einsetzen, dafür war nicht genug Platz. So zog Svenja den Gegner am Arm und haute dabei mit ihrem Fuß in seine Kniekehle. Er verlor das Gleichgewicht, ließ die Kette fallen und landete auf den Knien. Pit versetzte ihm mit dem Fuß einen Schubs und er rollte zu seinem Kollegen ins Wasser. Pit musste grinsen, denn der Erste versuchte an dieser Stelle, sich auf den Steg zu ziehen. Der Zweite rollte ihm entgegen und vereitelte sein Vorhaben.

Mio hatte es mit zwei Gangstern gleichzeitig zu tun. Einer hatte die Kette um ihren Oberkörper geworfen und zog mit Kraft zu. Pit erschrak und wollte gleich zu Hilfe eilen. »Misch dich da nicht ein! Die gehören mir«, stoppte sie Pit. Mio streckte den Fuß, der unmittelbar darauf das Kinn ihres Widersachers erwischte. Der zweite Tritt traf zwischen den Beinen. Der Mann knicke wie ein Taschenmesser zusammen und krümmte sich auf dem Steg.

»Auf den Bauch und die Hände auf den Rücken! Sonst wasserst du auch!«, schrie Pit ihn an. Er gehorchte.

Mio hatte sich inzwischen nach vorne fallen lassen und zog ihren Peiniger mit der Kette über sich rüber. Er schlug mit seinem Rücken auf den Steg und blieb liegen.

Svenja hatte den Letzten, es war Ned Kelly, im Polizeigriff und legte ihm die Handschellen an. Ein Paar hatte sie dabei. Auch er musste sich auf den Bauch legen.

Pit zog den Italiener aus dem Hafenbecken. Seine Winterkleidung hatte sich mit Wasser vollgesaugt und die Kälte tat das Übrige. Er hatte nur noch wenig Kraft und war auf die Hilfe vom Steg angewiesen.

Polizeisirenen waren schon eine Weile zu hören. Die ersten zwei Uniformierten kamen um das Feuerschiff gerannt. Ein Polizeibeamter half Pit bei der Bergung der zweiten Person aus dem Wasser.

Weitere Polizisten erreichten den Bootssteg. Sie sammelten die fünf Burschen ein und führten sie ab.

Mio und Svenja klatschten sich ab und folgten Pit, der in Richtung Segeljacht unterwegs war.

Das harmonische und flotte Schiff mit einer schönen Linie hatte eine Länge über alles von knapp siebzehn Metern. Pit schätzte die Segelfläche für Großsegel und Besan auf einhundertfünfzig Quadratmeter. Dazu kam ein Vorsegel oder Blister von der gleichen Größe. Der Rumpf war aus Mahagoni auf Eiche und das Deckhaus aus Teak. Das Schiff war in gutem Zustand.

Pit betrat den Segler und ging zuerst unter Deck. Er fand sieben Einzelkojen für Gäste und eine separate Eigner-Kabine mit Doppelkoje vor. Es waren keine weiteren Personen an Bord. Er betrat anschließend das Deckshaus und fand einen großen übersichtlichen Navigationsplatz.

Mio und Svenja standen auf dem Bootssteg und warteten auf Pit.

»Keiner an Bord. Ein Fall für die Spurensicherung«, rief er hinüber. Svenja telefonierte darauf.

Nachdem er das Schiff verlassen hatte, marschierten sie zurück zum Auto. Sie fuhren zum Polizeikommissariat 14 in die Caffamacherreihe. Svenja musste dort einige Formalitäten zum Einsatz erledigen. Mio und Pit fuhren nach Eppendorf. Sie setzten sich ins Café und aßen und tranken etwas, um sich aufzuwärmen. Um fünfzehn Uhr kam Svenja vorbei und holte sie ab. Sie wollten sich alle noch einmal im Zollamt treffen.

DIENSTAG, 27.03.2018, 15:30 UHR, ZOLLAMT WALTERSHOF, FINKENWERDER STRAßE:

Sie fuhren zum Zollamt zu einer Abschlussbesprechung. Zuerst diskutierten sie den gesamten Fall noch einmal durch: den gekaperten Container-LKW, das Feuer und die Explosionen im Lagerhaus, Jessikas Entführung und die Festnahme von Kelly und seinen Leuten. Die Abläufe wurden kritisch betrachtet und diskutiert.

»Damit haben wir unseren Fall gelöst. Gute Teamarbeit«, sagte Svenja.

»Nein, noch nicht ganz. Eine Person müssen wir noch überreden, sich zu stellen«, entgegnete Pit. Svenja schaute verblüfft Pit an. Mio beobachtete Pit abwartend. Sie hatte gestern Abend sein Skript gelesen und wusste, worauf er hinauswollte.

»Dann wollen wir das im Moment nicht genauer wissen«, warf Jessika ein und lächelte Mio an. »Aber wenn ihr beiden Hilfe braucht und wir unterstützen sollen, erwarten wir euren Anruf.«

»Versprochen!«, entgegnete Pit.

»Wohin darf ich euch bringen?«, fragte Svenja.

»Ich würde gerne erst zu Hause vorbei«, warf Mio ein.

»Okay, ihr beiden, ich fahre euch nach Eppendorf.«

Schon zehn Minuten später saßen sie zu dritt im E-BMW und fuhren Richtung Eppendorf.

»Pit, ich weiß zwar nicht, worum es geht, aber bitte macht keinen Alleingang. Und wenn, dann seid vorsichtig.«

»Du brauchst keine Angst haben, Svenja. Erstens bin ich dabei und zweitens ist die Person nicht gewalttätig.«

Svenja schaute direkt Mio an, die auf dem Beifahrersitz saß. »Du weißt, was Pit vorhat?«

»Na ja, ich ahne es. Wissen tue ich es nicht.«

»Wow, ich stehe im Dunkeln, keine Ahnung!«, kam von ihr und sie grinste, während sie in den Rückspiegel schaute. Svenja hielt direkt in der Eppendorfer Landstraße auf der gegenüberliegenden Seite von Mios und Pits Wohnung. Die beiden stiegen aus. Svenja winkte noch ganz kurz und reihte sich in den Feierabendverkehr ein.

»Pit, was hast du vor?«

»Ich werde mit ihr reden und sie überzeugen, sich zu stellen.«

»Bist du sicher, dass sie dort mit drin hängt?«

»Ja ziemlich. Ich weiß nicht wie tief. Und ich kenne auch nicht ihr Motiv. Aber ich bin mir sicher, dass sie in den Fall verwickelt ist.«

»Pit!«, flüsterte Mio und fasste ihn an der Hand. »Pit, ich wünschte mir, du hättest dieses Mal nicht recht.«

Sie erreichten die Haustür. Er blieb stehen und nahm Mio in den Arm. »Tut mir leid, aber ich habe recht.«

»Ja, ich befürchte es.«

Pit wischte ihr die Träne von der Wange. Sie gingen in ihre Wohnung.

DIENSTAG, 27.03.2018, 18:00 UHR, EPPENDORF, ANTIQUITÄ-TENLADEN:

Pit stellte seine Umhängetasche ins Büro und wartete im Flur auf Mio. Es dauerte nicht lange. Dann gingen sie aus dem Haus und zu Fuß die Eppendorfer Landstraße herunter.

»Was passiert mit ihr? Ich meine, vorausgesetzt, du hast recht. Muss sie ins Gefängnis?«

»Das entscheidet das Gericht.«

»Sie braucht einen guten Anwalt.«

»Deshalb habe ich mit Harald gesprochen. Er wird sie verteidigen.«

Mio stoppte, blieb stehen und drehte sich zu Pit.

»Du hast mit Harald gesprochen, dass er sie da raushaut?«

»Ja.«

Sie machte sich lang und gab ihm einen Kuss.

»Danke!«

Sie erreichten den Antiquitätenladen. Die Ladentür war nicht verschlossen. Pit ging voran. Der Schlüssel steckte. Mio schloss hinter sich ab und drehte das Schild auf ›closed‹. Er schaute noch einmal hinaus und sah einen grauen

Passat auf der anderen Straßenseite. Er musste zuerst schlucken und dann grinsen.

»Ich habe auf euch gewartet«, flüsterte Rebekka. Sie saß an dem großen Schreibtisch.

»Im Radio berichteten sie, dass die Polizei einige Drogenbosse festgenommen hat.«

»Stimmt, Rebekka! – Bitte erzähle uns die ganze Geschichte aus deiner Perspektive!«, forderte Pit sie auf.

»Okay! Es begann am 8. März, heute vor drei Wochen. Kurz vor Ladenschluss kam ein großer Kerl in den Laden. Er bedrohte mich, ich bekam ein paar kräftige Ohrfeigen. Dann verlangte er von mir, dass ich für ihn Rauschgift verteile. Die Drogen-Task-Force hatte einen Großteil des Verteilernetzes auffliegen lassen. Die Ausgabestellen in den Spielhallen waren nicht mehr sicher genug für die Hamburger Dealer. Die Gangster suchten neue, bessere Verteilplätze. Ich sollte meinen Laden zur Verfügung stellen.

Mio, Pit, tut mir leid, dass ich euch da mit hineingezogen habe. Ich wusste, dass im Seemann Rauschgift von meinem Vater war. Was ich aber nicht ahnte, dass es noch mehrere Verstecke im Laden gab. Ich bin mit dem Seemann zu euch hinüber und habe euch eine Geschichte erzählt. Ich schäme mich dafür, dass ich euer Vertrauen missbraucht habe«, erzählte sie. Tränen kamen aus ihren Augen. Mio reichte ihr ein Papiertaschentuch.

»Du wolltest mit dieser Aktion verhindern, dass dein Laden zum Umschlagplatz für Drogen wird?«, fragte Pit nach.

Mio schaute Pit erschrocken an.

»Ja, richtig. Ich sah so die Chance, dass mein Laden für den Griechen uninteressant wird.«

»Das hat ja auch so geklappt«, sagte Mio.

»Die drei Tage im Untersuchungsgefängnis waren die Hölle. Dann wurde ich entlassen und musste feststellen, dass ihr den Laden aufrecht gehalten habt. Am Abend besuchtet ihr mich und brachtet was zu trinken mit. Das war mein erstes Fest hier im Laden, seitdem mein Vater weg ist.«

»Nun komm, Rebekka, weich nicht vom Thema ab«, kam von Mio. Pit stellte sich hinter Mio und streichelte ihre Wange. Sie wusste sofort, was er mit dieser Geste erreichen wollte. Sie drehte sich um und gab ihm einen Luftkuss. Er erkannte so, dass sie ihn verstanden hatte.

»Rebekka, bitte erzähle weiter. Was passierte dann?«

»Am Mittwochmorgen kam ein Fremder in den Laden. Er war Ire. So um die fünfzig Jahre alt. Sein Name war Ned Kelly. Groß, schlank und sportliche Figur. Er trug weiße lange Haare. Er wollte von mir wissen, was ich mit dem Griechen zu tun habe.«

»Hat er dich bedroht?«

»Nein, er bot mir an, mich vor dem Griechen zu schützen, wenn ich ihm einige Auskünfte gebe.«

»Ach, und was wollte er von dir wissen?«

»Ich glaube, er vermutete, dass ich im Rauschgiftgeschäft aktiv involviert bin. Aber ich konnte keine seiner Fragen auflösen. Nicht weil ich es nicht wollte, nein, ich konnte sie nicht beantworten, weil ich die Antworten nicht kannte.«

»Wonach hat er gefragt?«

»Er wollte wissen, wer noch für Oppenheimer arbeitet und wo er sein Lager und sein Labor hat. Dass der Grieche in meinem Laden war, war für ihn nichts Neues.«

»Er ließ dich beobachten. Schwarzer Rover, Segeberger Kennzeichen und der Raucher«, warf Pit ein. »Ich habe ihn gesehen, nachts stand das Auto auf der gegenüberliegenden Seite zwischen unseren Häusern.«

»Das hast du gesehen?«, fragte Mio.

»Ja, konnte es aber damals nicht zuordnen.«

»Ich traf Kelly noch einmal. Bei der Winterveranstaltung in der HafenCity am Freitag danach. Du erinnerst dich. Ich wollte eigentlich nur raus, eine rauchen. Da stand auf einmal der Kerl vor mir. Wir stritten uns und du wolltest dazwischengehen.«

»Und Rebekka, was haben Sie ihm erzählt?«

»Ja, Pit! Ich habe ihm was gesagt. Ich wusste, dass Oppenheimer früher Lagerräume am Brooktorkai hatte. Also habe ich ihm diese Adresse genannt. Ich wusste aber nicht, dass er immer noch dort ansässig war.«

»Ist das die Adresse?«, fragte Mio.

»Definitiv! Das ist die Anschrift, bei der es gebrannt hatte.«

»Die Polizei geht von Brandstiftung aus. Es wurde ein größeres Kokainlager und ein Labor, in dem Kokain gestreckt wurde, vom Feuer zerstört. Damit hatte Kelly dem Oppenheimer einen kräftigen Schlag verpasst. Die Puzzleteile fügen sich zusammen.«

»Das Nächste, was ich gehört hatte, war, dass Oppenheimer von der Polizei festgenommen wurde.«

»Rebekka, hast du Kokain oder ein anderes Rauschgift angenommen, versteckt oder verteilt?«

Sie druckste herum.

»Rebekka!«, rief Mio energisch. Pit fasste Mio am Arm.

»Wenn hier was ist, wird die Polizei es finden. Die werden dann nicht zimperlich mit dir umgehen«, erwähnte Pit.

»Ja, ich habe was! Im Lager. Der Grieche war hier und stellte mir einen Alukoffer auf den Tisch. Er gab mir vierzehn Tage Zeit, den Stoff zu verteilen«, flüsterte sie und es kamen ihr die Tränen.

Pit fasste Rebekka am Arm. »Wie viel hast du davon rausgegeben?«

»Noch gar nichts!«

»Gut, zeig mir den Koffer.«

Rebekka stand auf und ging in die hinteren Räume. Mio und Pit folgten ihr. Sie erreichten einen Lagerraum im ersten Stockwerk. Die Tür zum Lager war verschlossen. Rebekka schloss auf, öffnete die Tür und schaltete innen das Licht an. Der Raum war etwa fünfzig bis sechzig Quadratmeter groß, hatte keine Fenster und war vollkommen mit alten Möbeln vollgepackt. Geschickt glitt Rebekka durch die Reihen und blieb vor einem Biedermeierschrank stehen.

»Hinten unten steht der Koffer.«

»Okay, hol ihn raus und bring ihn nach vorne in den Laden.«

Mio schaute Pit fragend an.

»Es reicht, wenn Rebekka den Koffer anfasst. Wenn wir ihn tragen, kommen nur unsere Fingerabdrücke dazu.«

Mio nickte.

Rebekka trug den Koffer, machte das Licht im Lager aus und schloss die Tür. Sie erreichten den Laden. Rebekka öffnete den Koffer, klappte den Deckel hoch und schritt ein Stück vom Schreibtisch zurück.

»Es müssten dreitausend Tütchen mit je fünf Gramm sein.«

»Fünfzehn Kilo Kokain«, stellte Mio fest. »Das ist mehr als eine kleine Menge für den Selbstbedarf.«

Eine Pause entstand. Dann stand Pit auf, ging in die Küche und setzte Wasser für Tee auf. Zehn Minuten später kam er mit einem Tablett und drei Bechern Tee zurück. Er setzte sich wieder an den Tisch.

»So, und jetzt möchte ich euch die eigentliche und wahre Geschichte erzählen!«, begann Pit.

Auf einmal wurde es still am Tisch. Rebekka und Mio schauten auf Pit. Man konnte ihren überraschten Gesichtsausdruck sehen und die Luft knisterte.

»Rebekka fuhr alle sechs bis acht Wochen mit ihrem Kleinlaster in die Niederlande. Rotterdam oder auch Amsterdam waren jeweils ihr Ziel. Sie klapperte Antiquitätenläden ab. Wenn es irgendwie ging, erwarb sie alte, antike Kleinmöbel. Ich habe viele Rechnungen von Läden aus den beiden Städten gefunden. Und sie kaufte auch Drogen. Wahrscheinlich bei Ned Kelly. Die wurden in den Möbelstücken versteckt. Ein LKW von einem Antiquitätenhändler mit alten Möbeln auf der Ladefläche wird nicht an der Grenze kontrolliert.

Stimmt's, Rebekka?«

»Ich wurde nie an der Grenze überprüft.«

»Dachte ich mir's. Das ging viele Jahre gut, bis Oppenheimer herausfand, dass er einen, wenn auch kleinen, Konkurrenten in Hamburg hat. Also schickte er den Griechen, Yanni Michelakakism, zu dir. Er sollte dafür sorgen, dass du den Stoff bei ihm kaufst.
Dass er immer seine Verteiler bescheißt und ausnimmt, ist bekannt. Ich glaube, dein Vater ist auch auf ihn hereingefallen.«

»Pit, du hast eine blühende Fantasie. Aber das mit meinem Vater stimmt.«

»Ja, und das andere werden wir beweisen. Ich möchte weitererzählen: Du konntest Oppenheimer eine Weile hinhalten. Ich vermute, dir sind gute und einleuchtende Ausreden eingefallen. Ich weiß, dass du das letzte Mal Mitte Februar in Rotterdam gewesen bist. Mio erzählte mir, dass du zwei Tage dort warst. Mio schaute am Abend nach dem Rechten im Laden. In Rotterdam trafst du Ned Kelly, deinen Kokainlieferanten. Ihr vereinbartet einen Deal. Deine Aufgabe bestand darin, ihm den Weg hier in Hamburg zu ebnen. Du versorgtest ihn mit Informationen über den Markt in Hamburg, über unsere Infrastruktur. Du zeigtest ihm die Plätze, an denen gedealt wurde, und du erklärtest ihm die Vorgehensweise, wie Oppenheimer sein Geschäft führt.«

»Das kannst du nicht beweisen!«, kreischte sie.

»Die Autovermietung in Bad Segeberg bestätigte, dass Kelly mit einer jungen hübschen Frau dort war. Ihr bezahltet im Voraus und in bar. Jan Baumann und Klaas Schieber, beide um die siebzig, kanntest du von früher. Sie arbeiteten schon für deinen Vater.«

Rebekka rutschte unruhig auf ihrem Stuhl hin und her. Mio, die direkt neben ihr saß, fasste ihre Hand und versuchte, sie zu beruhigen. »Als Gegenleistung sollte dich Kelly vor Oppenheimer und seinem Griechen beschützen. Das tat er anfänglich auch. Ich habe den dunklen Rover vor deiner Ladentür gesehen und auf dem Winterfest stand er gegenüber der Festhalle im Halteverbot. Eure Partnerschaft dauerte nicht lange. Du erkanntest, dass Kelly und seine Leute genauso brutal vorgingen wie der Grieche. Wenn du dich über Ned Kelly in Rotterdam, in Dublin oder in London erkundigt hättest, hättest du gewusst, dass Oppenheimer mit seinem Griechen ein Waisenkind im Vergleich zu Kelly ist«, setzte Pit fort. Eine Pause entstand.

»Ja!«, kam von Rebekka und Tränen liefen ihr über die Wangen. Pit reichte ihr ein Papiertaschentuch.

»Rebekka, bitte ziehe jetzt einen Schlussstrich. Es wäre besser, wenn du dich stellen würdest.«

Sie schaute Mio an. Die drückte nur ihre Hand, die sie immer noch hielt, und nickte mit dem Kopf.

»Ja! Pit, du hast recht. Alles ist richtig. Es entwickelte sich so, ohne dass ich es steuern konnte. Und es wurde immer schlimmer.

Als ich mit dem Seemann in euren Laden gekommen war und ihr mir sofort Hilfe angeboten hattet, war ich so überrascht, dass ich es nicht schaffte, die Wahrheit zu sagen. Den zweiten Anlauf machte ich auf dem Winterfest. Aber ich packte es nicht. Ich wollte euch nicht enttäuschen. – Pit, bitte kläre das! Ruf die Polizei! Ich will das hier raushaben!«, rief sie und zeigte auf den Koffer.

»Verstehe!«, antwortete Pit und holte sein Mobiltelefon aus der Gesäßtasche.

»Moin, Svenja! Ihr könnt reinkommen. Ich mache euch die Tür auf!« Danach steckte er das Telefon ein, schlich zur Ladentür und schloss auf.

Mio und auch Rebekka waren überrascht. Man konnte ihnen das Fragezeichen im Gesicht ansehen.

Es dauerte auch nur ein paar Sekunden, dann kamen Svenja, Jessika und Petra durch die Ladentür.

»Pit, woher wusstest du das schon wieder?«

»Na ja, Svenja schaute auf dem Weg nach Eppendorf ständig in den Rückspiegel, um Jessika nicht zu verlieren. Und Petras Auto stand auf der gegenüberliegenden Straßenseite, als wir hierherkamen. Da brauchte ich nicht mal die Finger einer Hand, um alles zusammenzuzählen.«

»Wir rechneten damit, dass ihr mit dem Auto fahrt«, flüsterte Petra.

»Es ist gut, dass ihr da seid.«

Sie setzten sich alle an den großen Tisch im Laden. Hier hatten sie noch vor ein paar Tagen gefeiert. Rebekka machte ihre Aussage. Svenja schrieb das Protokoll, Jessika notierte sich einige Fakten. Pit hörte konzentriert zu und ergänzte hin und wieder einen Punkt. Eine halbe Stunde später waren sie fertig.

Rebekka unterschrieb ihre Aussage. Der Koffer mit Rauschgift wurde sichergestellt.

Jessika und Svenja brachten Frau Rebekka Sauer ins Untersuchungsgefängnis. Sie wurde der Staatsanwaltschaft übergeben.

Betrübt und mit einem Kloß im Bauch gingen Mio und Pit nach Hause.

»Irgendwie tut sie mir leid«, flüsterte Mio. »Sie ist meine Freundin! Auch wenn sie Scheiße gebaut und uns hintergangen hat. Aber gerade jetzt braucht sie meine Freundschaft.«

Pit blieb stehen, drehte sich zu Mio und gab ihr einen langen Kuss.

»Und, bist du jetzt fertig mit der Polizeiarbeit?«

»Ja.«

»Dieses Mal war es anders als sonst«, kam von Mio.

»Ja – ich bewundere die Polizisten, die Tag für Tag rausfahren und ihr Leben für uns aufs Spiel setzen. Für mich war es eine einschneidende Erfahrung. Man übernimmt viel Verantwortung, auch für Menschen. Und ich hatte Angst dieses Mal. Fast schon Panik.«

»Jessika! Das spürte ich! Mir ging es nicht anders.«

»Richtig, ich hatte Angst um Jessika! – Mio, ich bin froh, dass ich Schriftsteller bin und nicht Polizist!«

»Das heißt, du willst nicht mehr für die Polizei ermitteln?«

»Als Berater ja. Aber nicht als Teamleiter einer Ermittlung.«

Mio hakte sich ein. »Pit, ich liebe dich!«

Rebekka bekam fünfzehn Monate Haft ohne Bewährung. Mio wurde vorübergehend die Geschäftsführerin des Unternehmens ›Sauer Antiquitäten und Wohnungsauflösungen‹. Eine Studentin der Kunstgeschichte und ihr Freund, der Wirtschaftswissenschaft studierte, setzten den Antiquitätenhandel in Rebekkas Laden fort. Die Wohungsauflösungen wurden von Rüdiger Grasmeyer organisiert und durchgeführt.

Der irische Kriminalpolizist wurde nach seiner Rückkehr in Dublin verhaftet.

Jessika übernahm die Teamleitung des Sonderdezernates Hafen. Petra wurde ihre Stellvertreterin, obwohl sie das nicht wollte. Svenja zog in Jessikas Zweitwohnung in Eidelstedt. Jeden ersten Mittwoch im Monat trafen sich alle im irischen Pub in der Deichstraße.

Pit Mattes erhielt einen langen Brief von Parsifal Bär mit einer Bitte. Aber das gehört schon zu einer neuen Geschichte.

<<<< Ende >>>>